追放された万能魔法剣士は、皇女殿下の師匠となる

II

軽井広

ILL. COMTA

TSUIHOU SARETA BANNOU MAHOUKENSHI HA KOUJYODENKA NO SHISHOU TO NARU

TOブックス

侵攻・占領

聖ソフィア
騎士団本部

シンラ王国
（帝国に従属）

ソロンの
故郷
前線

国都
ポルスカ
王国
アレマニア・
ファーレン共和国
同盟
共和連盟
諸国
帝国従属
小国群
カロリスタ王国
（中立）

CONTENTS

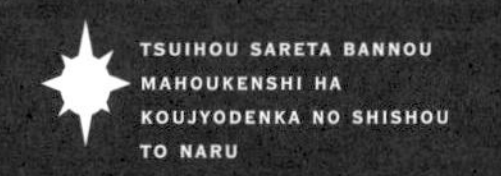
TSUIHOU SARETA BANNOU
MAHOUKENSHI HA
KOUJYODENKA NO SHISHOU
TO NARU

・フィリア・
奴隷の『悪魔』を母に持つ第十八皇女。
皇族にも臣下にも実質上無視された存在。
四年前にソロンに出会ったことで
冒険者に憧れるようになる。
ソロンの指導の下で
魔法を訓練し始めるが……？
・ソロン・
本作の主人公。
同窓生のソフィア、クレオンと
「聖ソフィア騎士団」と呼ばれる
冒険者パーティを設立し、
その副団長を務めていたが、
実力不足を理由に追放された。
恩師の紹介で、皇女フィリアの
専属家庭教師となった。
登場人物紹介

◆クラリス◆

フィリアに唯一許された専属のメイド。
元来より魔法剣士ソロンのファン。
義人連合の陰謀により誘拐されたが、
ソロンによって助け出された。

◆ルーシィ◆

ソロンの恩師で、魔法学校の現役教授。
百年に一度の天才と呼ばれる秀才。
追放されたソロンをフィリアの
家庭教師にした。

◆ソフィア◆

聖ソフィア騎士団の団長を
務めていた天才美少女。
パーティーの切り札であり、団員の結束の
象徴であったが、ソロンの後を追って
騎士団を辞め、ソロンと暮らすことに。

◆聖ソフィア騎士団◆

◆アルテ◆

聖ソフィア騎士団の女賢者。
魔法学校ではソロンの後輩で、
学校を首席で卒業した秀才。
力至上主義者であり、
ソフィアを妄信している。

◆クレオン◆

聖ソフィア騎士団の聖騎士。
ソロンとは魔法学校時代以来
の友人でともに騎士団を設立。
だが、後にソロンを騎士団から
追放した。

◆ノタラス◆

聖ソフィア騎士団の召喚士。
ソロンを呼び戻そうとした。

◆ガレルス◆

聖ソフィア騎士団の守護戦士。
貴族出身でソロンを嫌っている。

◆フローラ◆

聖ソフィア騎士団の占星術師。
アルテの双子の妹。

イラスト：COMTA

デザイン：世古口敦志(coil)

第四章

TSUIHOU SARETA BANNOU
MAHOUKENSHI HA
KOUJYODENKA NO SHISHOU
TO NARU

プロローグ

トラキア帝国は大陸で一番大きな国だ。でも、隣国のアレマニア・ファーレン共和国との戦争では負け続けている。

わたしは、そのトラキア帝国の第十八皇女。名前はフィリアという。わたしのお母様は奴隷の悪魔で、わたしも「汚(けが)れた血」を引いている。だから、わたしはずっと皇宮でみんなから無視されてきた。

でも、十四歳の今のわたしは孤独じゃない。

ソロンがわたしの師匠になってくれたから。

魔法剣士のソロンは、わたしより九歳年上の冒険者だった。名門の魔法学校の卒業生で、帝国最強の冒険者パーティ、聖ソフィア騎士団を作った人だ。そして、四年前、わたしに最初に魔法を教えてくれた人でもある。

ソロンは「器用貧乏の役立たず」という理不尽な理由で騎士団を追放されてしまった。本当は、ソロンは何でもできるすごい人なのに……。追い出したのは、ソロンの親友のクレオンという人とその仲間だというし、ひどい話だと思う。

だけど、そのおかげで、ソロンはわたしの家庭教師になってくれた。しかも……ソロンの屋敷の、同じ部屋で一緒に暮らせることになったのだ。まあ、わたしのメイドのクラリスと、ソロンの幼なじみのソフィアさんも一緒に住んでいるんだけれど。二人ともソロンのことが好きみたいで、しかもソロンの師匠のルーシィもソロンのことを意識しているし、ちょっと心配だったりする。

わたしも……ソロンのことが好きだ。皇女として、弟子として、そして一人の少女として、わたしはソロンのことが大好きだった。でも……。

わたしは屋敷二階の部屋の窓辺に立ち、庭を見下ろした。

そこにはぼろぼろの姿のソロンが立っていた。わたしを守るために、屋敷を襲撃した敵と戦ってくれていたのだ。

敵は、ソロンを騎士団から追い出した人たちだ。賢者アルテをはじめとする騎士団の幹部たち。

わたしが狙われたのは、わたしが魔王の子孫だから。魔王の子孫はすごい量の魔力を持っているから、魔術師の道具として奴隷にされ、廃人にされることもあるのだという。

今回はソロンが勝った。だけど、この先はどうなるかわからない。

悪魔とその混血児を憎む人々は大勢いる。魔王の子孫を魔力供給用の道具として欲しがる人もたくさんいると思う。皇女という身分を利用されることもあるかもしれない。

そういう人たちが何度もわたしを狙って襲ってきて、そしてソロンがわたしを守るために深く傷ついたら……。わたしは自分を許せなくなってしまうかもしれない。

「それでも、わたしは……ソロンと一緒にいたいの」

わたしのつぶやきは、誰に聞かれることもなかった。

一話　残された問題

屋敷での賢者アルテたち騎士団員との戦いに、俺は勝った。そして、俺たちは事後処理に移った。

アルテたちは聖女ソフィアを無理やり連れ戻そうとし、幹部の召喚士ノタラスを粛清しようとした。しかも、俺の弟子のフィリアにまで危害を加えようとすらしたのだ。

なんとかその企みは防げたものの、また同じことが起こるのは避けたい。

それに、アルテが進める無謀な計画、死都ネクロポリス攻略作戦も止める必要がある。

屋敷の建物の応接室の長椅子に、俺たち七人の騎士団幹部と帝都支部長ラスカロスが腰掛ける。

そして、話し合いを始めた。

敵側だった幹部三人のうち、賢者アルテはふさぎ込んでいた。双剣士カレリアも憮然とした表情をしていて、崇拝する聖騎士クレオンの意向以外に従うつもりはないといった感じだった。

自然と、交渉の主な相手は残る一人、占星術師フローラとなる。

フローラは戦闘中、ずっと気を失ってのびていたけれど、目を覚ましてからはぴんぴんしていた。

「わ、私は聖女様とソロン先輩たちの言う通りにしますから」

おどおどとした様子でフローラは俺たちの様子をうかがった。

占星術師フローラはアルテの双子の妹だけあって、アルテとそっくりの黒髪黒目の美少女だ。

けれど、フローラは占星術師の標準的な服装にならって、黄色を基調とした明るい衣装を身に着けていて、黒いローブの姉とは対象的だった。

性格のほうも、姉よりはかなりおとなしい常識人だったが、気弱なせいで姉に頭が上がらないらしい。

アルテが顔を上げて、きつくフローラを睨(にら)んだ。

「この役立たず！　あんたがすぐにやられちゃったせいで、あたしたちは負けたんだからね」

「そんなこと言わないでよ……お姉ちゃん。他にお姉ちゃんについてくる人がいなかったんだから、しょうがないでしょ」

小さな声でフローラは言った。

フローラに言わせれば、他の騎士団幹部、例えば守護戦士ガレルスたちがアルテの味方としてこの場に現れていないのは、アルテの人望のなさも一つの原因らしい。

アルテはむっとした顔をしたまま黙った。

占星術師は回復などもこなせるが、主な役割は、天体の軌道上の位置を把握して、その力を利用して超巨大型の魔法攻撃を扱うことだ。

フローラの攻撃は、遺跡深くに眠る強大な魔族でも一撃で倒せてしまうほどの、極めて高い力を発揮する。けれど一度使うと、しばらくのあいだ魔力は一切使えなくなるという代償付きだ。

一回の戦闘で使えるのは一度きり。

どう考えても対人戦闘向きではない。

フローラはたどたどしい声で、俺たちに向かって宣言した。

「私たちは……聖女ソフィア様の騎士団脱退を認めます。死都ネクロポリス攻略作戦は、撤回します。皇女殿下に……二度と危害を加えようとはいたしません」

それがこの場の話し合いの結論だった。

付け加えれば、召喚士ノタラスと機工士ライレンレミリアの「裏切り」については、当然、不問に付すこととなった。

アルテの処遇はいったん保留だが、少なくとも騎士団幹部の座は奪われるだろうし、重罪人としての処断もありうる。

俺の副団長としての復帰も議論にのぼったが、俺はためらいなく断った。

「残念ですな。聖女様とソロン殿、お二人に戻っていただくのが、我が輩の希望だったのですが……」

とノタラスがメガネをくいと押し上げながら言う。

「今の俺は皇女様の家庭教師だから」

俺は微笑して答えた。

ノタラスにしてみれば、俺とソフィアの復帰という当初の目標は果たせないことになる。

けれど、対立する賢者アルテの失脚は実現しそうだし、収穫はゼロではないというところだろう。

ノタラスはうなずいた。

「いつでも考えが変わったら戻ってきてくだされ。しかし、いずれにしても、クレオン殿がこの話し合いの結果を認めてくださるかどうかが問題ですな」

ノタラスの懸念はもっともだ。

この場にいる幹部は、元幹部を含めても七人。

十三幹部の過半数がいるとはいえ、まだクレオンたち幹部が六人残っている。

彼らが納得してくれないかぎり、この話し合いの結果は実効性を持たない。

とはいえ、死都ネクロポリス攻略作戦ぐらいは間違いなく撤回されるだろう。

これを推進していたのはアルテだし、そのアルテが失脚した今、もともと無謀なネクロポリス攻略作戦はお蔵入りとなるはずだ。

けれど、俺の見通しは甘かった。

コンコン、とノックの音がする。誰だろう？

どうぞ、と応えると、そこにはメイドのクラリスが立っていた。

クラリスは俺たち八人の冒険者の存在に気圧されたようで、目を瞬かせて、ためらうように俺たちの顔色をうかがった。

俺がなるべく柔らかい声で言う。

「クラリスさん。どうしたの？」

「えっと、その……お茶のおかわりがいるかと思いまして」

「ありがとう」

「あの……実は、もうひとつ、お知らせしたいことがあるんです」

「遠慮なく言ってよ」

俺が言うと、クラリスは帝都で発行されている日刊紙を差し出した。

その日刊紙は政治団体である平和革新党系の新聞社が発行しているもので、帝都周辺ではかなりの発行部数があり、読者も多かった。

その一面にはこう書かれていた。

「聖ソフィア騎士団が死都ネクロポリス攻略決行へ。帝国政府が全面的協力を約束」

日刊紙の見出しを読んで、その場にいた全員が黙った。

聖ソフィア騎士団はネクロポリス攻略を断行し、しかも帝国政府がそれを全面的に支援するという。

くすくすという笑いが沈黙を破った。

それはアルテの声だった。

アルテは、顔に生気を取り戻し、得意げに続けた。

「動き出した流れは止められません。ネクロポリス攻略はね、もう決定事項なんですよ。クレオン先輩がすべて用意を終えているんです」

「今からでもクレオンたちを説得さえすれば、ネクロポリス攻略は中止にできるはずだ」

俺はつぶやいたが、それを聞いてアルテは美しい顔に嘲り（あざけり）の色を浮かべた。

「無駄ですよ。政府が協力するって書いてあるでしょ？　政府が決めたことを今更覆すなんて、できると思いますか？　問題はもう聖ソフィア騎士団だけのものじゃないんです」

アルテの言葉はたしかにそのとおりかもしれない。

新聞記事によれば、国家後見大臣グディン、帝国軍最高総司令官ラーヴル、そして首相ストラスといった面々が、公式に声明を出して、騎士団のネクロポリス攻略遂行を歓迎すると語っている。

ネクロポリス攻略は国家事業になったのだ。

戦争での負け続きから、国民の目をそらすためかもしれないが、それにしても大がかりだ。

けれど、たしかにネクロポリスにはそれぐらいの価値があるかもしれない。

死都ネクロポリスは、二千年前に滅んだ古代王国の首都だ。

ネクロポリスの遺跡は地下深くに眠り、その最深部には古代王国の技術と財の粋を尽くした秘宝があるという。

さらに重要なことに、ネクロポリスには豊かで多様な鉱脈が巡っており、もし攻略できれば、急激な工業化を進める帝政政府にとって、これほど素晴らしいことはないだろう。

しかし。

それほどの利点があるにもかかわらず、ネクロポリスが攻略されてこなかったのには理由がある。

単純に敵が強すぎるのだ。

ネクロポリスの魔族は、遺跡の浅い階層にいるものも、並の遺跡の最深部にいる魔族の首領と同じくらいの力をもつという。

実際、過去に派遣された調査団は、そのほとんどが遺跡の最深部にたどり着く前に死んでいたし、その中には英雄と呼ばれるような伝説的な冒険者も含まれていた。

さらに本当のことかどうかはわからないけれど、最深部には古代王国を滅ぼした魔王の一人が眠っているという。

要するにそんな遺跡に挑むのは、いくら聖ソフィア騎士団でも無謀だということだ。

俺だったら、そんなところを攻略対象には選ばない。

冒険は命を捨てて挑むものではない。確実に勝利して十分な成果を手に入れることこそ大事なのだ。

クレオンはかつて遺跡での戦いで、大切な仲間の少女シアを失った。

だから、こんな無謀なことをすべきでないことはよく理解しているはずなのに。

俺はもう騎士団の人間ではないけれど、一般団員のなかには、かつての俺の仲間が数多く残っている。

彼ら彼女らが危険に晒されると考えると、冷静ではいられない。

日刊紙の後半をクラリスが指さした。

「問題はもうひとつあります。この記事によれば、聖ソフィア騎士団はなくなるんだそうです」

「聖ソフィア騎士団がなくなる？」

「はい」

俺はクラリスの指先の示す部分を読んだ。

聖ソフィア騎士団は、バシレウス冒険者団、金字塔騎士団、帝国軍遺跡調査部二課などの複数の強大な組織と合併し、発展的解消を遂げる。

つまり、ネクロポリス攻略にあたって、聖ソフィア騎士団を核として新たな冒険者集団を作るらしい。

その名もクレオン救国騎士団。

名前のとおり、新団長は聖騎士クレオンだという。

新聞の見出しこそ聖ソフィア騎士団が死都ネクロポリス攻略を行うと書いてあるが、その実態はクレオン主導の新組織がネクロポリス攻略を行うのだ。

「あたしに何の相談もなくこんなことをしていたなんて……」

それまで黙っていた機工士ライレンレミリアがうめいた。

俺とソフィアとクレオンたちが作った帝国最強の冒険者集団、聖ソフィア騎士団がなくなる。

さすがの俺も、しばらく固まった。

これはどういうことだろう？

団長だったソフィアがいなくなり、騎士団の結束は弱まっている。

それを立て直すための策なのかもしれない。

外部から有能な人材を多数取り入れれば、ソフィアが抜けた分の戦力もある程度は補強できる。

そうだとすれば、これで聖女ソフィアの騎士団復帰をクレオンたちは諦めてくれるのだろうか。

そのとき、皇女フィリアが勢いよく扉を開けて入ってきた。

「ソロン！　お客さんだよ！」

俺は慌てて立ち上がり、他の七人も席を立った。

そして、胸に手を当て、うやうやしくフィリアに向かって一礼する。

それは、皇女に対する礼節だった。

そのフィリアによれば、屋敷の入口に政府の人間が来ているらしい。

俺はフィリアをたしなめた。

「フィリア様……危ないですから一人で応対に出たりしないでくださいね」

「でも、ソロンもクラリスもいなかったから仕方ないもの。それに、わたしだけ、大事な話し合いに参加できないなんて、ずるいよ」

たしかにこの屋敷にいる人間は、メイドのクラリスを含め全員がこの応接間にそろっていた。

そこにさらに客が来るわけだ。

俺はクラリスにお願いして、客を居間へ通してもらった。

現れた客は五人ほどで、いずれも茶色の布地に、ところどころに金色の線の入った制服を着ている。

全員が、市中の犯罪を取り締まる都市憲兵隊の人間のようだ。ノタラスの通報によって駆けつけたのだという。

都市憲兵隊は厳格な規律で知られる優秀な組織だ。

その中央に見覚えのある人間がいた。皇宮(こうぐう)衛兵隊副隊長のギランだ。

かつて俺とフィリアが同じ部屋に住むことに反対し、決闘をした相手である。

「久しぶりだな、ソロン。覚えているかね、元皇宮衛兵隊副隊長のギランだよ」

「元？」

「七月党襲撃事件での失態から副隊長をやめさせられてね」

「それは気の毒に。で、憲兵隊に異動になった？」

「そのとおりだ。七月党襲撃事件のときは君に助けられたな。いちおう礼を言っておこう」

ギランはそれからアルテ・カレリア・フローラの三人を見て、口を開いた。

ギランが言うことは想像がついた。

「皇女殿下誘拐未遂および貴族令嬢に対する暴行の罪、軽くないぞ。諸君を拘束する！」

その声と同時に、一斉に憲兵隊の人間が三人を拘束した。

三人とも抵抗せず、手錠をかけられて憲兵隊に連行されていく。

まあアルテは犯罪者として扱われても仕方がない。

けど、「そんなぁ」と涙目でつぶやくフローラは、ただアルテの言うことを聞いていただけだろうし、ちょっと気の毒ではある。

しかし、アルテが入り口のあたりで、俺をちらりと振り返った。

アルテは、くすりと余裕の笑みを浮かべていた。

どういう意味だろう？

アルテにはまだなにか策があるんだろうか。

憲兵隊にアルテたちを引き渡すべきではなかったかもしれない。

けれど、すでに遅かった。

この場で憲兵隊に楯突けば、こちらが犯罪者だ。

ギランが皇女フィリアに対してひざまずき、辞去の口上を述べていた。

†

その日の深夜、俺はあくびを噛み殺しながら、屋敷の書斎にこもり、机に向かっていた。

もうソフィアたちは寝ているはずだ。

ちなみにノタラスとライレンレミリアも、今日はこの屋敷の客室に滞在している。二人もぐっすり眠っているに違いない。

賢者アルテの襲撃もあったし、みんな疲れているんだろう。

俺も今すぐ寝たいほど眠たいけれど、やらないといけないことがある。

窓枠と同じぐらいの大きさの図鑑や、片手ではつかめないほど分厚い事典。

そういったものを俺は読んでいた。

俺は立ち上がって本棚に手を伸ばし、別の古い本を手に取ろうとした。

そのとき、ノックの音がした。

こんな時間に誰だろう？

「どうぞ」

俺が応えると、寝間着姿の少女が顔をのぞかせた。

薄いピンクの布地のワンピース姿だが、肩も大きく露出しているし、胸元も少し開いているから、けっこう大胆な衣装だ。

そんな姿をしているのは、皇女フィリアだった。

「入っていい、ソロン？」

「こんな夜更けに、そんな格好で男と部屋で二人きりになるのは、お勧めできませんよ」

俺は困惑まじりに笑った。

まあ、俺がフィリアをどうこうするつもりはないし、フィリアもそれはわかっているだろうから、信頼されているということだろうけれど。

フィリアはくすりと笑った。

「でも、いつも同じ部屋で寝てるよね？」

「それはそうですが……しかし、最近は二人きりというわけではないですし」

この屋敷では、いろいろあって、フィリアだけでなく、クラリスもソフィアも俺と一緒の部屋でベッドを並べて寝ることになっていた。

最初は「これは困った」と思ったけれど、他の二人がいたほうが、フィリアと二人きりよりは緊張感はないという面もある。

フィリアはこくっとうなずいた。

「そうそう。最近はソロンと二人きりってことが少なくってさみしかったの」

「ええっ。でも、一緒に杖を買いに行きましたし、魔術の訓練だって二人でしたじゃないですか」

「それじゃ足りないの。ね、この部屋、入っていい、ソロン？」

ねだるように、フィリアが俺を上目遣いに見た。

そう言われて、ダメだと言うことはできない。

俺は諦めて「入ってください」と言った。

フィリアは、机の上に広げられていた事典を見て、目を輝かせた。

「何を見てるの？　楽しそうだね！」

「えーとですね、死都ネクロポリスの情報を集めていまして」

俺がこんな夜遅くまで本を読んでいたのは、死都ネクロポリスの情報を集めるためだった。

過去に攻略に挑んだ冒険者たちが残した情報が、様々な形で本として残されているのだ。

だから、遺跡そのものに行かなくても、わかることはある。

「なんでそんなことをしているの？」

「ネクロポリス攻略が絶対に無理だという証拠を探しているんです。もし、どう考えても実現不可能だとわかれば、クレオンや政府の上層部だって考え直すかもしれませんからね」

おそらくクレオンに焚き付けられて、ネクロポリス攻略に賛成したのは軍の人間が中心だと思う。クレオン救国騎士団は帝国軍の遺跡調査部の一部を吸収しているし、ネクロポリス攻略を歓迎しているのも軍関係者が多かったようだった。

軍の責任者に対し、ネクロポリス攻略を非現実的だと納得させれば、今からでも、俺のかつての仲間たちの死が防げる。

一方で、逮捕された賢者アルテたちも何か策がある様子を見せていたが、今は気にしても仕方ない。

フィリアが首をかしげた。

「しなければならないこと……なんだね？」

「まあ、そうです」

「ソロン、大丈夫？」

「なにがですか？」

フィリアが俺の頬にそっと手を触れた。

どきっとして俺は後ずさろうとしたが、背後は本棚だった。

フィリアの柔らかく小さな手が、俺の頬を撫でた。

そして、心配そうにフィリアが俺の目をのぞき込む。

「ソロン、眠たくってたまらないって顔してるよ。疲れてるんだよね、休んだほうがいいよ」

「いえ……まだ、大丈夫です」

「ほんとに？」

「……ちょっと微妙かもしれませんが」

フィリアは俺の頬から手を離し、じっと自分の手と俺を交互に見つめていた。

どうしたんだろう？

「今のソロンは、何者なのかな」

なんでフィリアは俺にそんなことを聞くんだろう？

「俺が、何者か、ですか？」

俺が何者かといえば、魔法剣士だ。

もともとは公爵家の使用人の息子。

その後は魔法学校の学生で、その次は聖ソフィア騎士団の副団長。

そして、今は。

なるほど。フィリアの言いたいことに気付いた。

「俺は皇女フィリア殿下の師匠です」

俺は答えると、フィリアは柔らかく微笑んだ。

「だったら、明日もちゃんとわたしにいろんなことを教えてくれるように、体調にしっかり気を付けないと」

「そうですね」

たしかにネクロポリス攻略作戦阻止も大事だけれど、今の俺はフィリアの家庭教師なのだ。

一番、大事なことを忘れていた。

俺は本棚の事典を見て、良いことを思いついた。

「フィリア様は眠くはないですか？」

「わたし、なんか目が冴えちゃって。それでこの部屋に来たの」

「だったら、今から俺の授業を受けることができますね」

「真夜中の授業だね！」

フィリアが目をきらきらとさせた。

喜んでくれるのは嬉しいけれど、今回の俺がフィリアに教えるのは魔術ではなく、もっと別のことだった。だから、フィリアにとっては、期待はずれということになるかもしれない。

でも、教えておく必要のあることだ。

俺は教材を準備しようと立ち上がった。

フィリアが期待するように、俺を上目遣いに見つめた。

「真夜中の授業っていうと、ちょっといやらしい感じがするよね！」

「……クラリスさんみたいなことを言わないでくださいよ」

「冗談だよ」

フィリアがくすくすっと笑った。

なんというか、クラリスとフィリアは姉妹みたいなところがあるな、と俺は思う。

知らず知らずのうちに、お互い影響を受けているのかもしれない。

ともかく、授業の時間だ。

魔術の授業ではないけれど。

俺は机の上に大型の書籍を置き、それをぽんぽんと叩いて示した。

書名は『帝国遺跡総合参考事典』となっている。

「この本、読んだことはありますか？」

フィリアが首を横に振る。

そうだとは思う。こんなもの、冒険者パーティの幹部しか使わないものだ。

「これはですね。攻略対象の遺跡について調べるための参考書なんです」

「この本に遺跡にどんな敵がいるか載っているの？」

「いいえ」

俺が言うと、フィリアは首をかしげた。

「じゃあ、遺跡の由来みたいなのだけが載っているとかなの？」

「それも違います。この本には遺跡の情報そのものはほとんど載っていません」

俺がそう言うと、フィリアが困ったような顔をした。

何のための本か、想像がつかないんだろう。

俺は微笑んだ。

「例えば、この本からレニン神殿という遺跡を調べてみてください」

「うん」

フィリアはぱらぱらと本をめくった。

けっこう時間がかかり、苦戦しているみたいだった。

辞書や事典を引き慣れていなければ、そんな感じになると思う。

そして、十四歳の女の子はそういう分厚い本には用がない。

「これ、帝国の地域別に遺跡が並んでいるんですよ。レニン神殿があるのは、トロラン郡ですが、
それより、綴りをもとに探したほうが早いです」

「どうやって？」

「後ろのほうに綴りによる索引がついています」

フィリアは分厚い本の末尾をめくり、「ホントだ！」と手を打った。

そして、それをもとにもう一度、調べはじめる。

索引でレニン神殿を見つけ、ページ数とページの何段目にあるかを調べる。

そうしたら、本のその部分を開けばいい。

フィリアはレニン神殿の部分を見つけて、「やった！」とつぶやき、読み始めた。

けれど、すぐに不思議そうな顔になった。

フィリアの頭の上には、疑問符がたくさん浮かんでいるように見えた。

「ソロン、なにこれ？」

フィリアの指差した部分には、「レニン神殿」という文字の下に、「調査済。帝国暦三二一年」と書かれていた。

さらにその下に、ひたすら本の名前と数字が書かれている。

挙げられている本のなかには、『帝国中央州の鉱脈』、『古代神殿の研究』といった硬そうな書名もあれば、『明日から初級冒険者！　安全な第一歩の踏み出し方』といった軽めの実用書もある。

「今フィリア様に調べていただいた『帝国遺跡総合参考事典』は、遺跡の情報がどの本に載っているかを一覧にしたものなんです。参考書を調べるための参考書といったところですね。そこに書かれている『古代魔族生態大事典』って本が、本棚にありますから、取ってみてください」

フィリアはうなずくと立ち上がり、背後の本棚に手を伸ばした。

しかし、背が届かない。

「うーん、あとちょっとなんだけど」

「あ、俺が取りますから大丈夫ですよ」

さっと俺は本棚の上段にある『古代魔族生態大事典』を取った。

フィリアがちょっと悔しそうに自分の手を見つめる。

「もっとわたしの背が高かったら良かったのに」

「すぐに伸びますよ。フィリア様は成長期じゃないですか」

「そうだね。身長以外もいろいろと成長期だもの！　すぐにソロンをあっと言わせるんだから！」

「身長以外のいろいろの内容は深くは尋ねませんが、とりあえず勉強も頑張ってくださいね？」

「もちろん！　でも、こんな本、調べてどうするの？」

フィリアは『古代魔族生態大事典』を指差した。

「遺跡を攻略する前に、こういう本をあらかじめ調べておくんです。敵とか地形とかの情報のあるなしでは、遺跡攻略の安全度が全然違ってきますからね」

「ソロンも騎士団ではこういう本を使っていたの？」

「そうですよ。こういうのを調べて作戦を立てるのは主に冒険者パーティの幹部ですから。でも、俺はそれ以外のメンバーも本来であれば、ちゃんとこういう情報は事前に調べてくるべきだと思っています」

「どうして？」

「リーダーに任せきりでは、全員が即座に正しい判断ができませんからね。情報は魔術師と冒険者の生命線です。だから、フィリア様もこうした作業に慣れていただかないといけません。さ、フィリア様、さっそく何冊かの本を使って、遺跡の敵や地図、主な資源・財宝といったことをまとめてみてください」

フィリアは言われたとおり、作業を始めたが、しばらく経って音（ね）を上げた。

「そ、ソロン。ひたすら地味な作業だよ……」

「冒険は華々しい戦いだけではないんですよ。千里の道も一歩から、です」

「そうだね。でも……ちょっと退屈かも。それにしても、こんなに遺跡や冒険の本が屋敷にあるんだね」

フィリアは本棚を見回した。

たしかにこの屋敷には魔術の本だけでなく、それなりの量の遺跡関係の本が集めてある。

それは俺が改めて購入したものだった。

フィリアが首をかしげる。

「ソロンはさ、本当はまだ遺跡の攻略や冒険をやりたいって思ってるんじゃない？」

「どうしてですか？」

「そうじゃなかったら、屋敷にこんなに遺跡の本を置いておかないよ」

フィリアが心配そうに俺の瞳をじっと見つめた。

どうしたんだろう？

「もしかして、わたしの家庭教師だから、我慢してるなんてことないよね？　わたしがいるから、ソロンがホントにやりたいことができないんだったら……」

ああ、なるほど。フィリアが心配しているのはそういうことか。

フィリアはいい子だな、と俺は改めて思った。

俺が冒険者を続けたいと思っていて、自分が邪魔になるんじゃないか、なんてそんなことを想像して心配するのは、フィリアが細やかな心を持っている証拠だった。

俺はフィリアの言葉を否定した。

「俺はもう冒険者なんてしばらくはやりませんよ。初期の聖ソフィア騎士団ではだいぶ実績を残せましたし、あの騎士団にいたとき以上に活躍できることはないでしょうから」

「でも……」

「俺は冒険者以外の道を探して帝都に来て、そして望んでフィリア様の家庭教師になったんです。だから、そんな心配しないでください」

「……うん」

「この屋敷に遺跡関係の本がいくらかあるのは俺の趣味ですね。俺は本を読むのが好きなんですが、けっこう遺跡攻略絡みの本は面白いですよ」

「か、変わってるね」

「そうですか？　それはともかく、もう一つ、理由がありまして」

「なに？」

「実は近々、フィリア様と一緒に、遺跡に行こうと思っています。そのために本を揃えているんです」

「ホント!?」

フィリアが目をふたたび輝かせた。

たしか、フィリアは俺みたいな魔法剣士になりたいと言っていて、それには遺跡の攻略で活躍するということも含まれているはずだった。

未攻略の遺跡は危険な場所が多いが、すでに最深部まで探索済みの遺跡であれば、比較的安全だ。

ごく初級の遺跡なら、俺がついていけば、まったく問題ない。

「フィリア様が最初に行く遺跡は、レニン神殿です。つまり、今調べていただいている遺跡ですね」

フィリアは意外そうな顔をして、レニン神殿について書かれた本に目を落とし、じっくりとそれを見つめた。

俺は微笑んだ。

「少しはやる気が出てきましたか？」

「うん！」

フィリアは勢いよくうなずくと、ふたたび作業に取りかかった。

俺はその様子を見ながら、昔のことを思い出した。

俺も冒険者パーティを作った頃は、こうしてワクワクしながら、次に行く遺跡を調べていた。

最初の頃は、俺、クレオン、ソフィア、そしてシアしかパーティには仲間がいなかったけど、全員が結束して情報を共有し、戦いに当たっていた。

今やソフィアは冒険者をやめ、クレオンは俺と決別し、そしてシアは死んだ。

いつからか、道は分かれてしまったのだ。

俺はフィリアの椅子の横に、椅子を持ってきて腰掛けた。

そして、その作業を眺めているうちに、まぶたが重くなってくるのを感じた。

フィリアが作業を終えるまで、ちょっとだけ目をつぶるぐらいはいいか。

そう思って、俺は瞳を閉じた。

二話　聖騎士クレオンは賢者アルテを利用する

聖騎士クレオンは、窓の外に広がる早朝の帝都の様子を一望した。

今クレオンがいるのは、帝国陸海軍省だった。

皇宮を出て南西すぐにある政府機関だ。

陸海軍省の建物は周囲を威圧するように高くそびえ立っていた。

灰色の外壁は、市民を冷たく拒絶するようにも見える。

その四階に、帝国軍遺跡調査部の執務室が存在していた。

執務室は無機質だが広々として、四十人分ほどの机と椅子が用意されている。

そして、クレオンはその執務室の部長席に腰掛けている。

クレオンは聖ソフィア騎士団を解体し、自分の名前を冠した救国騎士団を組織した。

聖女ソフィアと並ぶほど、クレオンは英雄として名前が知られていたし、その名前を使うことはいい宣伝になる。

自惚（うぬぼ）れではなく、これは客観的事実なのだ。

そうでなければ、帝国軍の遺跡調査部第二課を吸収合併することなどできなかったはずだ。

そもそも遺跡の調査は民間の冒険者が行うのが伝統だった。

遺跡攻略は、平均的な能力の多数の軍人が行うより、少数の偉大な魔術師たちが行うほうがずっと効率的だったからだ。

それに遺跡の攻略に成功すれば、莫大な財宝と資源の採掘権が得られるが、軍人として行うかぎり、全部成果を国に持っていかれてしまう。

残るのは軍人の安月給だけ。

だから、軍が遺跡の攻略を組織的に行うことは、長らくうまくいっていなかった。

けれど、最近の帝国軍は遺跡調査部をかなり強化し、その陣容は整えられつつあった。

その仕上げが、クレオン救国騎士団の設立だ。

聖ソフィア騎士団をはじめとする有力冒険者集団を帝国軍の遺跡調査部と併合させ、軍の一部とする。

もちろん待遇はかなり良く、政府・軍の全面的な協力が得られる。

その上、遺跡探索の成果の大部分は冒険者たちが自分のものにできるような仕組みになっていた。

その代わり、戦争時の従軍義務を負うことにもなるが。

クレオン救国騎士団設立には、首相ストラスや軍最高総司令官ラーヴルが深く関与している。

クレオンは名門貴族の一人として、そして帝国最強の冒険者の一人として、彼らと対等の交渉の席に着いていた。

クレオンは権力の中枢に関わる力を手に入れたのだ。

ただの皇女の家庭教師のソロンとは違う。

もっとも、こんなものはただの通過点に過ぎないが。

今、この部署にはクレオンとカレリアしかいない。

やがてこの部署には新たな騎士団の幹部となる人間たちが籍を置くことになる。

「僕もこれで軍人か。軍服を着たほうがいいと思うかい？」

クレオンは軽口を叩いて、隣にいる双剣士カレリアに尋ねた。

かしこまった様子で、カレリアが返事を口にする。

「クレオン様なら、きっと軍服もお似合いになることと思います」

「ありがとう。お世辞でも嬉しいよ」

「お世辞などではありません」

そう言って、カレリアは少し頬を赤くした。

逮捕されたカレリアたちを釈放するのは、クレオンにとって、それほど難しくなかった。

政府上層部とのつながりもあるし、アルテもカレリアもそれぞれ大貴族の生まれだ。

まあ、アルテが独断で大暴れしすぎたせいで多少困ったことにはなったが、誤差の範囲だ。

それに、襲撃を受けたソロンの側にも重大な問題があった。

ソロンと極めて親しいある人物が、反政府的な思想を持ち、革命派の秘密結社の構成員らしい。

さらには敵国アレマニア・ファーレン共和国から金をもらう売国奴（ばいこくど）でもあるという。

この話を聞いたとき、クレオンは耳を疑った。

けれど、秘密警察である皇帝官房第三部の構成員たちがそう言うのだから、ほぼ間違いない。

その人物は捜査の都合上、泳がされているだけで、いつ逮捕されてもおかしくなかった。

そして、ソロンにも同様の疑いがかけられていた。

これがアルテたちの釈放が容易だった理由の一つで、アルテもすでにこのことを知っていた。

そして、これはソロンを潰す材料になる。この線を進めれば、本当に聖女ソフィアを連れ戻すことも可能になるかもしれない。

そう考えていたとき、部屋に一人の黒髪黒目の少女が現れた。

賢者アルテだ。

「失礼しますね。クレオン先輩」

「よく来たな、アルテ」

「やっぱり、先輩が手を回していてくれたおかげで、釈放されたみたいですね。お礼を言っておきます」

アルテは言葉とは裏腹に当然のことのように、全然ありがたくなさそうにそう言った。

クレオンは気にしないふりをして、その言葉に応えた。

「君はクレオン救国騎士団の副団長として、この国に貢献する人材だからな。帝国政府もアルテを牢屋に入れたりはしないだろう」

「そうでしょうね。なんといっても、あたしには力がありますから」

「ただ、残念だが、ソフィアの奪還には失敗したようだな」

クレオンはなるべく柔らかい口調で言ったが、アルテはムッとした表情をした。

こういうところが、アルテは良くない。

騎士団随一の実力者だから利用はしているが、正直ちょっとしたことですぐに反抗してくるし、扱いづらい。

アルテは聖女ソフィアだけを尊敬していて、クレオンのことは自分とほぼ同格だと思っているらしい。

実力重視の看板を掲げている以上、優れた賢者であるアルテを副団長に任命せざるをえない。

けれど、できればカレリアのような従順な人間を副団長としたいところだ。

そうクレオンは考えていた。

クレオンは内心を隠して、アルテに優しげに語りかけた。

「ソフィアを連れ戻せなくて悔しいか？」

「ええ。悔しいですよ。あたしは聖女様と並んで戦う、最強の賢者になるつもりだったのに。聖女様はあたしと一緒にいるべきなのに。なのに……」

憧れの存在に拒絶されたせいか、さすがのアルテも暗い顔をしていた。

どのみち、アルテによるソフィア奪還作戦は失敗するとクレオンは予想していた。

うまくいけば儲けものだが、アルテでは聖女ソフィアを説得できないし、力ずくで連れ戻すというのも、様々な困難が伴う。

一方で、あのソロンなら、アルテたちを殺したりもしないだろうと思っていた。

クレオンにとっては、アルテに失敗してもらうほうが都合が良かった。

これは次の計画の布石に過ぎない。

けれど、アルテは深刻に聖女ソフィア奪還失敗に悩んでいるんだろう。

そこにつけ込むようにクレオンは続けた。

「なぜ君はそんなにソフィアにこだわる？」

「それは……聖女様が、わたしよりも優れた力を持っているからです」

「なら、君が聖女を超えれば、何も落ち込むことはないだろう？」

アルテが大きく目を見開いた。

そんな手があったのか、というような表情だ。

あまりにも当たり前のことすぎて気づいていなかったのだろう。

アルテは首を横に振った。

「わたしが聖女様よりも強くなるなんて、できるわけがありません。聖女様は特別な存在なんです」

「できるさ。魔王の力を使えばいい」

「魔王の力？　魔王の子孫のことですか？　あれは便利な魔力供給の道具ですけど、あんなもので聖女様よりも強くなることなんてできません」

アルテは道具扱いしているが、その魔王の子孫というのは、実際には年端も行かない少女たちだった。

そして、アルテの「使用」により彼女たちは「壊れて」しまった。

悪魔の血が混じっているとはいえ、人間の幼い女の子を犠牲にして、アルテは自分の力を強化したのだ。

そして、それを勧め、魔王の子孫を提供したのはクレオンだった。

クレオンは続けた。

「あんな紛(まが)い物ではなく、本物の魔王の力だよ。死都ネクロポリスには七人の魔王の一人が眠っている。そして、魔王の持つ魔力は、尽きることがない」

「あれはおとぎ話でしょう？　古代王国を滅ぼした魔王がいるなんて、今時子どもだって信じちゃいませんよ」

「いや、魔王は実在する。古代の文献はその実在を証明しているんだよ。そして、魔王は目覚めを待っているんだ」

クレオンがあまりに自信を持って言ったせいか、アルテは気圧(けお)されたように黙った。

狙い通りだ。

クレオンは微笑んだ。

「ネクロポリス攻略は単に財宝と資源の獲得のために行うわけでもないし、栄光と名声を得るために行うわけでもない。僕たち救国騎士団、そしてこの国がより偉大な力を手にすることが、真の目的だ」

「仮に魔王がいたとして、魔王の復活なんてことが可能なんですか？」

「可能ではあるが、最初の起動が難しい。眠った魔王を蘇らせるためには、最初にかなりの魔力量が必要となる。それも魔王と親和性のある媒体を使わなければならない。何が必要となると思う？」

「もしかして、魔王の子孫ですか？」

「その通り。四人の魔王の子孫を起動のための犠牲にしなければならない。君が壊した三人はまだ生きているから、これを使うとして、計算ではあと一人、健康な魔王の子孫が必要だ」

「あと一人といいますけど、そんな簡単に見つかりますか？」

「カレリアから興味深い話を聞いたよ。魔法剣士ソロンが教えている皇女、名前をなんといったかな」

「フィリアとかいう女の子でしたよ」

アルテが苦い顔で言う。

この前の敗北を思い出して、嫌な気分になったのだろう。

アルテはまだソロンに一矢報いる方法を探している。

「フィリア殿下は魔王の子孫だそうじゃないか」

「……なるほど。そういうことですね」

アルテは表情を崩した。

きっとクレオンの提案にアルテは乗るだろう。

ソロンの大事な教え子を奪い、魔王復活の犠牲にする。

聖女ソフィア奪還は本人の意思もあるし無理だとしても、小さな女の子を一人拉致してくるぐらいできるはずだ。

アルテはそれで力を手に入れられるのだから、反対するはずがない。

一応、アルテたちは皇女に危害を加えないと約束したそうだが、そんな誓約には何の意味もない。

破ってしまえばいい、とクレオンは思っていた。

アルテもそう思っているだろう。

そして、クレオンはアルテと握手を交わした。

「ともかく、まずはネクロポリス攻略だ。そうしなければ、魔王のいるところまでたどり着けない」

「はい。多少の犠牲を払っても、あたしたちは進むのみです」

アルテは端整な顔に綺麗な微笑みを浮かべると、部屋から出て行った。

その姿を見送った後、クレオンはため息をついた。

アルテはどうして自分がこれまで魔王の子孫を提供されていたのか、まったく理由に気づいていないらしい。

それならそれでいい。

ネクロポリス攻略そのものは成功するだろう。

クレオン自身、ネクロポリス攻略は最優先課題に位置づけているし、それによって得られるものは大きい。クレオンの真の目的に、一歩近づくことになる。

しかし、ネクロポリス攻略はアルテの望み通りの結末には決してならない。

クレオンはそう確信していた。

三話　皇帝官房第三部の代理人

耳元で優しい声がした気がした。

いや、気のせいじゃない。

俺はうつらうつらしながら、その声を聞いていた。

「わたしは、ソロンのこと、大好きだよ。でも……」

その続きは聞き取れなかった。

夢か、現実か、はっきりしない。

とんとんと、軽く肩を叩かれた。それから、頬を引っ張られる。

「ねえ、起きて。ソロン」

目を開けると、すぐ近くに寝間着姿のフィリアがいた。

フィリアは微笑み、俺の瞳をのぞき込んでいた。

書斎で椅子に座り、フィリアが遺跡のことを調べる姿を眺めていたら、いつのまにか寝てしまったらしい。窓の外はもう、明るくなりはじめていた。

慌てて俺は椅子から立ち上がった。

「ふぃ、フィリア様！　申し訳ありません！」

「ソロンが謝ることないよ。わたしが無理を言って、この部屋にやってきたんだし。眠かったのに、ごめんね？」

「いえ、せっかくフィリア様に授業をしてさしあげたかったのに、寝てしまうなんて、情けないかぎりです……」

「いいよ。ソロン。わたしも一緒に寝ちゃってたし。代わりに、おはようのキス、してもいい？」

「え？」

「前はソロンがわたしを起こしてくれて、おはようのキスをしてくれたよね？」

「あー、そうでしたね」

俺が父の役で、フィリアが娘の役という設定で演技していたとき、父は娘におはようのキスをしてくれるものだと、フィリアに迫られた。

そして、俺はフィリアの頬にキスしたのだ。

でも、今はそうじゃない。

フィリアが楽しそうに言う。

「もういっぺん、『父と娘ごっこ』する？」

「あれは疲れますから勘弁してください」

「残念。でも、おはようのキスはするからね？　クラリスやソフィアさんと一緒の部屋でするわけにはいかないし、だから、今しかできないもの」

「いや、別にする必要があるというものでもないのでは……？」

「わたしがそうしたいの。今度はわたしからソロンにする番だから」

「ええと。前も言いましたけど、そういうのは、父と娘か、恋人同士でするものですよ」

「うん。わたしたちはどっちでもないよね。でも、大事な師匠に、感謝の気持ちを込めてするのは、そんなにおかしいことかな？」

「俺がルーシィ先生の頬にキスをしたりしてたら、変だと思いません？」

俺の師匠のルーシィ先生は、年齢がそれほど離れていないせいか、俺との距離感が近かった。

けど、頬にキスをしたりなんてしたことはない。

フィリアが首をかしげた。

「うーん。ソロンがルーシィとそういうことをしてたら、ちょっと嫌な気分になるかな」

「そうでしょう？」

「でも、ソロンがわたしとそういうことをしてくれるのは、大歓迎なの。わかる？」

フィリアが上目遣いに俺を見つめた。

俺が戸惑っていると、フィリアは微笑んだ。

「ソロンは何もしなくていいんだよ。ただ、わたしがキスをするのを受け入れてくれればいいだけ。簡単でしょ？」

「いや、でも、ですね……」

「ソロンが立ったままだと、キスできないよ。わたしのほうが背が低いから。ね、座って？」

俺はためらった。

ここでフィリアの言う通りにしていいんだろうか。

でも、フィリアをほったらかして寝てしまった負い目もあるし、断りづらい。

それに頬にキスされるだけだ。俺は観念して椅子に腰掛けた。

フィリアは真正面から俺を見つめ、少し顔を赤くした。

「自分からするのって、恥ずかしいね」

「俺も恥ずかしくなりますから、そういうことを言うのはやめてくださいよ」

「だって、前は頬にキスしたときも、手の甲にキスをしてくれたときも、ソロンからしてくれたもの」

「まあ、そうでしたが」

どちらもフィリアのお願いを聞いて、キスしたのではあるけれど。

フィリアの視線はじっと俺に注がれていて、たぶん、俺の唇のあたりを見ていた。

フィリアがそっと俺に顔を近づけてきた
慌てて俺は口の前に人差し指を立てた。

ちょんと人差し指に、フィリアの唇が触れる。

「フィリア様……キスするのは頬のはずですよね？」

「そ、そうだよ？」

「今、俺の唇にキスしようとしていませんでしたか？」

「き、気のせいだよ」

そう言って、フィリアは顔を真っ赤にした。

口の前に立てた人差し指に、フィリアの唇が触れたのだから、フィリアは嘘をついている。

きっと唇同士でキスをするつもりだったのだ。

でも、それはさすがにまずい。

俺は立ち上がり、微笑んだ。

「嘘つきの悪い子には、おはようのキスをしてもらう必要はありませんからね」

「ソ、ソロン。ごめん、嫌だった？」

「嫌ってわけではないですけどね」

こんな可愛い子にキスされて嫌な男はいないと思うけど。でも、そういう問題じゃない。

俺は続けた。

「そういうのは、フィリア様が本当に好きになった、大事な人にしてあげてください。師匠をからかうためにするものではありませんよ」

「ソロンはわたしのこと、大事じゃないの？」

「大事ですよ。大事な俺の弟子です。だから、フィリア様と普通の意味でのキスをするわけにはいきません。代わりに俺にできるのは……」

ぽんぽんと俺は机の上の事典を叩いた。

俺の役目はフィリアの師匠だ。

だから、フィリアには、魔術でも、それ以外の面でも一人前になってほしい。

「さあ、勉強の続きをやってください！」

「ええっ」

「とりあえず俺は軽食と飲み物を持ってきますから。頑張れますか？」

「……うん。頑張るよ。ソロンが教えてくれるんだもの」

「ありがとうございます」

俺は微笑み、フィリアが作業に取りかかったのを確認して、部屋の扉を開けて厨房へと向かった。

フィリアに言った通り、フィリアは俺を慕ってくれる大事な弟子だ。

俺にできるのは、フィリアを教え導き、そして守ることだ。

それはネクロポリス攻略阻止よりも重要なことだと思う。

俺は厨房へ向かう途中で、ふと新聞を読みたいなと思い、屋敷の入り口に行って、日刊紙『言論』の朝刊を回収した。

新聞には、悪魔や混血者の虐殺が帝国辺境で起きたことや、アレマニア・ファーレン共和国との戦況がさらに悪化していることが書かれていた。

それに、七月党幹部のポロスたちの公開処刑が今日、予定されていることも報じられている。

反政府組織の七月党はまだ壊滅したわけではなく、幹部の一部が逮捕されたにすぎない。

その勢力は帝国政府にとって大きな脅威となっていた。

処刑実行の予定地を見て、俺は驚いた。

この屋敷のすぐそばだ。

そのとき、朝靄（あさもや）のなかから一人の男が現れ、屋敷の入り口に立った。

黒服の長身の男は、胸に金色の十字架をかけていた。

その十字架は、彼が帝国教会の聖職者であることを示していた。

男は死んだような虚ろな目で俺を見つめ、そして告げた。

「私は皇帝官房第三部の代理人・神父ガポンだ。君は魔法剣士ソロンで間違いないね？」

「そうですが……」

「皇女フィリア殿下にお越し願いたい。七月党の叛逆者の処刑だが、殿下に立ち会っていただきたいのだよ」

ガポン神父は淀んだ声でそう言った。

……七月党幹部のポロス伯爵たちの処刑に、フィリアを参加させる？

ガポン神父はそう言ったが、そんなことをして何になるというのだろう。

俺は警戒して神父を眺めた。

その顔はしわだらけで、瞳は吸い込まれるような不思議な茶色だった。

皇帝官房第三部といえば、政治秘密警察として、反政府勢力の摘発を行う組織だ。

その構成員には純粋な官僚もいれば、外部の協力者である代理人もいる。

第三部の代理人の多くはスパイとして、反政府組織に潜入するなど秘密裏に活動していた。

だから、官房第三部の人間は、普通なら正体を明かしたりはしない。

けれど、ガポン神父は正面切って第三部の代理人だと名乗った。

ということは、すでに第三部の代理人であるということが露見し、広く知られてしまっていると
いうことだ。そして、ガポン神父の名前なら、俺も聞いたことがあった。

「神父は、七月九日の惨劇のとき、民衆側の指導者だった方ですね」

「いかにも」

俺の問いに、ガポン神父は肯定で答えた。

二年前の七月九日に、帝都の民衆は生活の改善を求めて、皇宮へと行進した。

彼らは皇帝に直訴する前に、軍の魔法攻撃によって一斉に射殺された。

その運動の最前線に立って、民衆を指導していたのがガポンだったはずだ。

彼は魔法も使えなければ、権力もないが、帝国教会の良心を代表する聖職者だった。

危険を顧みず、民衆の救いを求め、政府を激しく非難するガポンの姿は、英雄というにふさわしかった。

しかし、惨劇の後、彼は民衆を見捨て、政府の側に寝返った。

「今では私は皇帝陛下の忠実な下僕（しもべ）なのだよ」

「たしかに、そう聞き及んでいます」

「私を裏切り者だと思うかね？　たしかに陛下と国に楯突く逆賊の立場からすれば、私は裏切り者だろう。しかし、真に国を思い、民を思うのであれば、帝国政府を強化することこそが、正義の道なのだ」

ガポンは闇に沈むような声で、しかし、ためらいなく言った。

民衆の英雄、神父ガポンは、今では帝国政府の犬に成り下がった。

世間では誰もがそう言う。

実際、彼は少しでも反政府的な立場に立つ人々がいれば、容赦（ようしゃ）なく捕縛し処刑させていた。

彼がなぜ、皇帝官房第三部という反政府組織弾圧の最先鋒に立つようになったのかはわからない。

処刑されるのを怖れて節を屈したのかもしれないし、無力な自分に絶望したのかもしれない。

しかし、いずれにせよ、彼が危険人物であることは間違いなかった。

「皇女フィリア殿下の処刑への立ち会いは、陛下御自（おんみずか）らのご命令だ。皇族の立ち会いがあれば、帝国が叛逆者（はんぎゃくしゃ）たちを容赦しないという良い宣伝になるだろう」

「しかし、フィリア様が処刑をご覧になるというのは、いかがなものでしょうか。叛逆者といっても、人の死と血を見ることになるのに変わりないですし」

俺は反対である旨を述べた。

人が次々と殺されるところをフィリアが見るなんて、そんなことは避けたかった。

師匠としての俺は、フィリアには幸せな場面だけを見せてあげたい。

けれど、ガポンは微笑して言った。

「君は皇女殿下の家庭教師だったな」

「そうですが……」

「世界は美しいものだけで構成されているわけではない。隣国との戦争では大勢の兵士が死に、民衆は飢えに苦しみ、そして叛逆者たちが罪なき人々を殺している。それがこの国と世界の真実だ」

「なにを仰りたいんです？　そんなことは私も承知しています」

「そのとおり。君だって、やむをえず人を殺したことがあるだろう。世界は血と涙と苦しみで満ちている」

「それは……」

「君には殿下に世界の真実を教えなければならない。なぜなら、君が殿下をそうした世界から守ろうとしても、守りきれるというものではないからだ」

そうなんだろうか。

フィリアはそんな暗い世界を知っておく必要があるんだろうか。

まだ、十四歳の女の子なのに。

人の死だったら、七月党襲撃の際にフィリアは十分に見たはずだ。

これ以上、人が殺されるところを見るのが、フィリアの成長につながるとは思えない。

そして、もし暗い世界がフィリアを襲おうとしても、そこからフィリアを守るのが俺の役目のはずだ。

しかし、ガポンはさらに過激なことを口にした。

「死刑の執行に立ち会う以上、皇女殿下にも一人か二人、罪人を処断していただこうと思っている」

俺はぎょっとした。

フィリアに人を殺させるつもりなのか。

「殿下は皇族だ。だから、この国のために尽くす義務がある。そうであれば、帝国に歯向かう者たちの処刑方法ぐらい覚えておいても損はなかろう」

フィリアが帝国に尽くす義務があるというが、逆に帝国がフィリアに何をしてあげたっていうんだろう？　フィリアは皇宮の片隅で、ずっと一人ぼっちでほったらかしにされていた。

誰もフィリアに愛情を注がず、皇帝も他の皇族も政府も、フィリアのことなんて何も考えていなかった。

なのに、フィリアに帝国に尽くす義務があるなどというのはおかしい。

「フィリア様の手を血で汚すなど、そのような畏(おそ)れ多いこと、俺は賛成しかねますね」

俺の言葉を聞いても、ガポンは虚ろな笑みを浮かべたままだった。

「これは皇帝陛下のご命令なのだ。魔法剣士ソロン。勅命に反するつもりなのかね？」

実際に、皇帝がどのぐらい積極的に意見を言ったのかはわからない。

そもそも、皇帝がフィリアのことなんて気にもかけていないのも明らかだ。

なら、なんでフィリアが処刑場の立ち会いに指名されたのか。

もしかすると、聖騎士クレオンが一枚噛んでいるのかもしれない。

クレオンは皇帝官房第三部と接触しているらしい。

いずれにしても、官房第三部は皇帝直属の組織だし、形式的とはいえ皇帝の言葉を奉じていることと自体はたしかだろう。

歯向かうわけにはいかない。

俺はやむをえずうなずき、ガポンを客室に案内した。

それから、俺は一礼して、客室を去った。

クラリスを起こして、フィリアが出かけられるように準備をお願いしないといけない。

幸い時間的余裕はあるので、それほど急ぐ必要はない。

ただ、フィリアの処刑への立ち会いは仕方ないとしても、フィリア自身が死刑を執行するなんてそんなことは回避したい。

どうすればよいだろう?

そんなことを考えながら、屋敷の二階へと駆け上がった。

そして寝室の扉を開け放つ。

俺は非常にまずい失敗をした。

自分の寝室だから、ついノックなしでも大丈夫だと思ってしまったのだ。

けれど、甘かった。

部屋では二人の少女、つまりクラリスとソフィアがもう起き上がっていた。

そして、二人とも下着姿だった。

たぶん着替えかけていたんだと思うけど、タイミングが悪い。

クラリスは黒いレースの下着を身に着けている。俺と目が合うと、ちょっと恥ずかしそうに顔を赤くしたが、楽しそうに言った。

「あら、ソロン様？　あたしとソフィア様のエッチな姿を見たくて、わざとこの時間に戻ってきたんですか？」

「誓ってわざとじゃないよ」

「ほんと、ソロン様って大胆ですね」

くすくすっとクラリスは下着姿のまま笑った。

俺とフィリアとソフィアとクラリスは同じ部屋で寝起きしている。

ということは、当然、俺と一緒の部屋の彼女たちは、着替えもその部屋でするということだ。

俺は自分のうかつさに頭が痛くなった。

もう一方のソフィアは、純白の健康的な下着を来ていたが、綺麗な翡翠（ひすい）色の瞳を大きく見開いて固まってしまっている。

やがて、ソフィアは顔をみるみる赤くして、悲鳴を上げそうにしていた。

慌てて俺はソフィアに近寄り、「きゃあっ」という言葉の「きゃ」ぐらいのところで、ソフィアの口を押さえた。

屋敷の中から女の子の悲鳴が聞こえたなんてことになれば、ガポン神父にどう思われるか。

政府の人間の心象を無意味に悪くすることは避けたかったので、ソフィアには悲鳴を上げるのを強制的に止めさせてもらった。

ソフィアが涙目になりながら、「んんっ」とうめいた。

……悪いことをしたな、という気持ちになる。

誰もが憧れる美しい聖女が、下着姿のまま、俺の下でじたばたと暴れている。

ちょっと背徳的な感じだ。

クラリスも、意外そうに俺を見た。

「ソロン様ってば、あたしがいる前で大胆ですね。ソフィア様を無理やり……」

「そんなことしないよ……」

「わかってますって。優しいソロン様がそんなことしないぐらい。冗談ですよ」

くすくすっと笑うクラリスは、やっぱり下着姿のままだった。

早く服を着てほしいんだけど。

俺はソフィアに落ち着いてもらおうと話しかけた。

「落ち着いて。悲鳴を上げられると困るんだよ。それだけやめてもらえば、放すから」

ソフィアがこくこくとうなずいた。

俺はソフィアの口から手を放した。

本当に悪いことをしたな、と思う。

ソフィアは両手で胸を隠すようにして、俺を睨んだ。

「ひっ、ひどいよ。ソロンくん。いきなり入ってきて、わたしの口を押さえて……」

そう言ってから、ソフィアは俺の手をじっと見つめた。どうしたのだろう？

ソフィアが顔をさらに赤くした。

「もしかして、わたし、ソロンくんの手にキスしちゃったのかなあ」

「え？　いや、まあ、たしかにそうともとれるけど……」

言われてみれば、手で触れたソフィアの唇はとても柔らかかった。

俺も恥ずかしくなって赤面していると、横からクラリスが口をはさんだ。

「ソロン様！　わたしの口もふさいでください！」

「いや、クラリスさんは、悲鳴を上げようとしてないし……」

「なら、今から悲鳴を出します！」

「頼むからやめて……」

クラリスはふふっと笑うと、ソフィアに向き直った。

ふたりとも下着姿のまま。

俺がそっと出て行こうとすると、クラリスに腕をつかまれた。

「なんで出て行こうとしているんですか？」

「いや、だって、ふたりとも服を着てないし……」

俺が言うと、クラリスはちっちっと人さし指を横に振った。

「いいんですよ。だって、ここはソロン様の寝室でもあるんですから。同じ部屋に住んでいるですから、こういうことだって起こります。そうですよね、ソフィア様？」

ソフィアはきょとんとし、それからびっくりした顔をした。

「え……ええっ⁉」

「じゃないと、やっぱり別々の部屋に住もうってソロン様が言い出して、この部屋に残るのはフィリア様だけになりますよ？」

「そ、それは嫌だけど……」

「つまり、ソフィア様も素っ裸を見られても平気、ぐらいの覚悟を持たないといけません。さあ、実践してみましょう！」

どこまで本気かわからない感じで、クラリスが面白くってたまらないといった口調で言う。

ソフィアはそれを真に受けたのか、「ううっ」と涙目でつぶやき、胸の下着に手をかけた。

まさか。今、裸になるつもりなのか。

俺は慌てて止めようとしたが、その前にクラリスがソフィアの手をとった。

そして、困ったような顔で、ソフィアに言う。

「じょ、冗談ですよー。ソフィア様」

「冗談、だったの？」

「はい。からかいすぎちゃって、すみません」

「そ、そんなぁ」

ソフィアが消え入るような声で言う。

素直なのがソフィアの美徳だけれど、ちょっと今回は素直すぎたと思う。

クラリスは申し訳なさそうに言う。

「ソフィア様だけに恥ずかしい思いをさせてしまいました。ここはあたしも裸になってお詫びをせねば……」

「しなくていいからね、クラリスさん」

「それは残念ですね」

全然残念ではなさそうにクラリスは言い、それから首をかしげた。

クラリスはじっと俺を見つめている。

そういえば、俺は本題を伝え忘れていた。

「フィリア様がお出かけになるから、準備をしてほしい。いちおう帝国公式の行事だから、それにふさわしい格好をさせてあげてね」

「公式の行事ってどんなやつですか？」

「大逆罪を犯した者たちの公開処刑だよ」

俺は渋い顔でそう言い、事情を説明した。

クラリスはあまり良い顔をしないだろうな。

クラリスだって、フィリアに死刑の執行を見せたいなんて思わないだろう。

ところが、意外なことに、クラリスはフィリアの処刑への参加に反対しなかった。

クラリスはその理由を説明し始めた。

「フィリア様が処刑の立会人になるというのは、たしかに気分は良くないです。でも、悪いことばかりじゃないと思います」

クラリスはいつものふざけた口調ではなく、落ち着いた声で言った。

俺は驚いて、クラリスの目を見つめた。

フィリアを公開処刑の立会人にさせることに、クラリスは肯定的な意見を述べたのだ。

「だって、フィリア様ってずっと皇宮では冷たく扱われていて、皇帝陛下の命令を受けたことなんて、ほとんどなかったんですよ」

「そうだろうね」

同じ皇族とはいっても、母親の身分や置かれた環境などで、その待遇は大きく違う。

たとえば、皇后の娘で、有力者の援助もあり、皇位継承の可能性もあるということであれば、他の皇族も貴族も官僚も使用人たちも敬意を払うし、本当のお姫様として扱われる。

けれど、フィリアは大勢いる皇帝の娘の一人で、形式的な母親であった妃もすでに死去している。

しかも本当は、悪魔の奴隷娘とのあいだに生まれた子だから、厚遇される理由がなかった。

実の父親の皇帝だって、フィリアのことなんて、興味も関心もかけらも持っていなかっただろう。

「でも、今、皇帝陛下が、つまりフィリア様のお父様が、フィリア様のことを必要としてくれているんです。それはフィリア様にとって、幸せなことかもしれませんよ」

「実際には、陛下は官僚たちの言うとおりにしただけだと思うけどね」

「そうだとしても、フィリア様が今までと違って、皇宮や政府にとって意味のある存在になったなら、あたしは嬉しいんです」

クラリスは優しい微笑みを浮かべてそう言った。

「それに、処刑は立ち会うだけで、後は目と耳を閉じておけばいいんですよ」

「まあ、うん。そうかもね」

フィリアが直接、罪人を殺すということは、クラリスには伏せておいた。

さすがにそう言えば、クラリスも反対するかもしれない。

でも、いずれにしても、フィリアにはいったん処刑場の立ち会いには参加してもらわないといけない。

クラリスは言った。

「ソロン様は、あたしと最初に会ったときのこと、覚えてます?」

「覚えているよ。帝都に帰る途中の馬車に乗ってたときだよね」

「はい。あのとき、ソロン様は、あたしを山賊たちから守ってくれましたよね」

「そうだったね。あのときは、俺が彼らを殺したんだ」

六人の屈強な山賊たちは漆黒(しっこく)山賊団を名乗り、魔術すら利用していた。

そして、彼らに対して、俺は手加減せず力を振るい、そして命を奪った。

大勢の乗客の命を守る必要もあったし、それなりに手強そうだったから六人全員を生かしたまま倒すというのは難しかった。

それに、どのみち彼らは遅かれ早かれ帝国軍に殺されていたはずだ。

だけど、俺が山賊たちを殺したという事実に変わりはない。

そうやって、必要に迫られて人を殺したのは、初めてでもない。

十二歳だった俺は、主家の公爵令嬢を守るために、誘拐犯を刺殺した。

それ以来、自分の身を守るために何度か俺は人の命を奪った。

どれも仕方のないことだったけど、それでもそれはいつも心の濁るような、嫌な行為だった。

クラリスは目を伏せた。

「七月党が皇宮を襲撃したとき、あたしの友達のメイドが行方不明になって……あとで死んじゃったことがわかったんです」

「それは……気の毒に」

「その子は、見つかったとき、手足はちぎれていて、全身に大やけどをしていて……とても苦しそうな顔をしていたんです。すごく可愛くて、良い子だったんですよ。なのに……どうして……」

クラリスはそうつぶやいた後、顔を上げて、決然として言った。

「あの七月党はたくさんの皇宮の仕事仲間を殺しました。死んだ人たちは何も悪いことなんてしていなかったのに。……だから、あたしは七月党の幹部が処刑されるって聞いても、ぜんぜん同情できません」

「悪人は殺されるのが当然だと思う？」

「はい」

ためらいなく、クラリスはうなずいた。

クラリスの言うことはよくわかる。

あやうくフィリアやルーシィ先生たちだって死にかけたのだ。

七月党のやったことは決して許せるものじゃない。

ただ、七月党には七月党なりの理想があり、彼らにとってはそれが正義だった。

帝国政府の打倒。君主制と奴隷制の廃止。身分による差別の禁止。すべての人民に対する富の平等な分配。隣国との即時講和による戦争の終結。

それが七月党の求めるものだった。

破壊による理想の実現、という彼らのやり方が正しいとは思わない。

その主張も、すべて賛同できるわけじゃない。

でも、彼らは、人を食い物にして私腹を肥やす山賊と違い、普遍的な理想を掲げる人々だった。

クラリスさんがぽんと手を打った。

「さあ、暗い話はここまでにしましょう！　あたしもフィリア様もソフィア様も、そしてソロン様も、笑顔でいるのが一番なんですから！」

クラリスは微笑み、ソフィアもうなずいていた。

そして、相変わらず二人とも下着姿のままだった。

†

フィリアが着替えを終えると、さっそく俺とフィリアとガポンは処刑場へと向かった。

公開処刑の場には俺もフィリアの護衛として参加することが許されている。

あまりめでたくない場でもあるからか、フィリアは黒を基調としたかなり地味なワンピースのドレスを着ていた。

そのドレスの胸元に、銀色に輝く双頭の鷲(わし)のブローチをつけている。

そして、フィリアは、不安そうにしていた。

処刑場は郊外の小高い丘の上にあり、草も生えない砂地だった。

ふもとにはすでに群衆が公開処刑を見ようと集まっていた。

数百人、あるいは千人ほどの人が集まっていそうだった。

罪人の公開処刑は、貧しい帝国臣民たちの数少ない娯楽だった。

人が破滅する様子を見たいという人は決して少なくない。

政府関係者のための控えの場として、多くの陣幕が張られていたが、俺たちはそのなかでも、ひときわ大きなものに入った。

白い陣幕のなかには数人の男がいた。

その中央には、公開処刑執行についての政府責任者であるブラドスという人物がいる。

ブラドスは無精髭(ぶしょうひげ)の目立つ中年男性で、衣服もしわだらけだった。

およそ官僚っぽい見た目ではなかった。

彼は皇帝官房第三部執行課の課長だそうだが、明らかにやる気がなさそうでもある。

ブラドスは立ち上がると、面倒くさそうにフィリアの前にひざまずいた。

「……よくぞ、お越しくださいました。フィリア殿下」

いつもと違って、フィリアは少し緊張した様子だった。

皇帝から間接的とはいえ言葉を受けるのが珍しいからか、それともガポンやブラドスに威圧されたのか、理由はよくわからない。

ブラドスは一枚の書面をフィリアに進上した。

そこには皇帝の玉璽(ぎょくじ)が捺(お)されてあり、たしかに皇帝の命令であることがわかった。

つまり、フィリアの処刑参加に異論は挟むのは困難だということだ。

「ごゆるりとお過ごしくださいませ」

ブラドスは適当な言葉をフィリアに投げかけた。

俺たちは陣幕から出た。

フィリアが後ろを振り返る。

「ガポンさん。下がっていいよ。あとはソロンがついていてくれるから大丈夫」

「そういうわけには参りません。殿下のことを見守るようにと、命令を受けているがゆえです」

ガポンは微笑した。

見守るといえば聞こえがいいが、監視なのではないかと俺は思った。

妙な振る舞いはさせない、ということだろう。

俺とフィリアは顔を見合わせた。

フィリアが俺を見つめたので、俺は微笑んでみせた。

「大丈夫です。フィリア様には俺がついていますから」

俺が小声で言うと、フィリアは大きく目を見開き、そして嬉しそうに頬を緩めた。

そんな俺たちの様子をガポン神父はじっと見つめているようだった。

そんなとき、俺たちは後ろから声をかけられた。

「ずいぶんと仲がよろしいのですね。仮にも私の妹が、このような男と親しくしているのは、まったく理解できません」

そこに立っていたのは、深緑の衣服に身を包んだ少女だった。

衣服は軽快に動きやすそうな感じで、腰にも剣を帯びている。

見たところ、十五歳か十六歳ぐらいだろう。

茶色の髪に茶色の瞳というごく標準的な帝国人の見た目をしていたが、しかし、その容姿はそうそうお目にかかれないほど、端整だった。

髪はゆるやかにウェーブがかかっていて、背もすらりと高い。

美少女かどうかといえば、ほとんどの人が美少女だと答えるだろう。

まあ、フィリアに比べると大したことはないが、と俺は心のなかで思い、これは俺が師匠としてフィリアを身びいきしているからそう思うんだろうか、と反省した。

その少女の瞳は少し冷ややかな印象を与えている。そして、フィリアと同じように、胸元を銀色の双頭の鷲のブローチが飾っていた。

相手の身分に想像はついたが、俺はわざととぼけてみた。

「高貴な方かと存じますが、失礼ながら、ご尊名を伺ってもよろしいでしょうか」

そう言うと、少女は鋭く俺を睨んだ。

そして少女は剣を抜き放ち、俺に切りかかってきた。

フィリアが息をのむ。

しかし次の瞬間には、俺の宝剣テトラコルドが少女の剣を受け止めて弾き飛ばした。

少女の剣撃はなかなかに速かったが、しかし、素人としては速い、というだけだ。

腐っても魔法剣士として長年戦ってきた俺にはかなわない。

いきなり何をするのか、という台詞(せりふ)を呑み込み、代わりに俺は微笑した。

「筋は悪くないと思いますが、まだまだですね」

悔しそうに少女はうつむいた。

けっこうプライドが高そうだ。

「もう一度言います。お名前は？」

俺の言葉に、少女は不満そうに答えた。

「私のことを知らないのですか？　私は第十七皇女イリス。正しき血統を受け継ぐ皇后の娘です」

目の前の少女はフィリアのことを妹だと言っていた。

だから、皇女だとは想像がついていたが、しかし、皇后の娘という点はわからなかった。

第十七皇女のイリスといえば、数々の帝国公式行事に皇帝の名代(みょうだい)として列席していたはずだ。

まだ幼さの残る可憐な容姿は、国民のあいだで絶大な人気を得ている。

逆に母親の身分が高くないフィリアはまったくの無名で、対照的だった。

本来であれば俺もひざまずき、イリスに対して臣下としての礼を尽くすべきだろう。

けれど、イリスはいきなり俺に斬りかかってきた。

ひざまずきなどしたら、こちらの身が危険だった可能性がある。

皇族の機嫌を損ねているというこの状況は、あまり良くない。

「イリス殿下。私に剣を向けたのはなぜですか？」

「あなたが私の名前を知らないからです」

「どういうことでしょうか？」

「あなたは魔法剣士ソロンですよね。聖ソフィア騎士団を無能がゆえに追い出されたと聞いています。そして、今では無価値な皇女の家庭教師に身を落とした」

俺が答える前にイリスはたたみかけた。

「あなたは帝国の臣民であり、しかも侍従の身分を持つにもかかわらず、もっとも高貴な生まれの皇女を知らないのは失礼千万です。しかも私はいずれ皇帝になるかもしれないのですよ。私の名前を知らないのは、臣下としての大罪です。誅殺（ちゅうさつ）されても仕方がありませんわ」

イリスは美しい声で、ろくでもないことを言い放った。

あまりの言い分に呆れるのを通り越して、笑ってしまう。

今時、これほどの強烈な選民意識を持っているのは珍しい。

帝国では、皇帝の権威は低下し、貴族と平民の区分もだんだん曖昧になっている。

皇帝の大臣のなかには、平民出身者も混じっているのだ。

それなのに、この皇女は、ただ名前を知らないというだけの理由で俺を殺そうとした。

いったいどういう教育を施されてきたのか、と俺は思った。

これでは帝国の未来は暗いと言わざるをえない。

ともかく、この皇女イリスの言う通り、俺はフィリアの家庭教師になると同時に、帝国から侍従の身分ももらっていたのだった。

まあ、形式的なものだし、大した価値があるわけでもないけれど。

俺は微笑した。

「これは失礼仕りました。しかしながら、殿下も仰っている通り、仮にも私は皇帝陛下から侍従の地位を拝命しています。そうであれば、殿下の一存で私を殺すのは、陛下に対する叛逆だと思われませんか？」

「私は皇帝の名代としてこの場の全権を預かっています。たかだか平民の一人を殺すぐらい、罪になるわけがないでしょう？」

俺はてっきり、フィリアが皇族代表として呼ばれたのだと思っていたが、どうも違うらしい。

皇女イリスは剣を振りかざし、後ろを振り返った。

「さあ、私に楯突く平民を殺してしまいなさい」

いかにも貴族っぽい男の従者が二人、少女の後ろに控えている。

どちらもなかなかの長身で美形だった。

さらにその後ろには軍人や警官が多数いる。

本当に皇女イリスは俺を殺すつもりなのか。

こんな無茶苦茶な命令をどれだけの役人が聞くのかは疑問だけれど、もし全員まとめてかかって来られたら、勝てるだろうか。

まあ、相手は政府の人間だし、さすがにフィリアに手出しはしないだろう。

俺は宝剣テトラコルドを構えた。

一人でこの場を切り抜けるくらいなら、なんとかなるだろう。

そう思ったとき、フィリアが、俺とイリスのあいだに立ちはだかった。

フィリアは小さな腕を広げて、まっすぐにイリスと対峙した。

「わたしの大事な師匠を傷つけようとするなら、わたしはイリスさんのことを許さない」

「『イリスさん』って他人行儀な呼び方ですね。私とあなたは姉妹でしょう?」

「わたしのこと、本当は妹だなんて思っていないくせに!」

「そうですね。私とフィリアでは、皇女としての格が違いますから。私は皇后の娘ですが……」

そして、イリスはフィリアへと歩み寄り、その耳元に口を近づけた。

イリスの声は周りに聞かれないように小さかったが、俺にははっきりと聞き取れた。

「あなたは悪魔の娘なんでしょう? 汚らわしい」

皇宮では、フィリアが悪魔の娘であるということは、公然の秘密だと聞いていた。

実際に、イリスもそのことを知っていたらしい。

「あなたなんかが皇女を名乗るのは、間違っていますもの。悪魔の混血者なんか、本当ならどこかのうらぶれた売春宿で奴隷でもやっているのがふさわしいんですよ」

俺は宝剣の柄を握る力を強めた。

少なくとも、このイリスなんかよりは、フィリアのほうがよほど皇女にふさわしい品がある。

フィリアは出生の秘密を持ち出されても、怯まなかった。

「たしかにわたしは悪魔の娘だよ？　でも、それでもソロンは、わたしがソロンの弟子だってことは変わらないって言ってくれた」

「それがどうしたと言うのですか？　そんな無力な平民の言うことになんの価値があるのです？」

「わたしにとってはすごく大事で、嬉しいことだったんだよ。だから、イリスさんがソロンを殺そうとするのを、わたしは認めない。ソロンは何度もわたしを助けてくれた。ソロンがいなかったら、今のわたしは生きていない。だから、もしソロンを殺すなら、先にわたしを殺せばいい！」

フィリアはためらいなく、綺麗な声でそう宣言した。

フィリアはその小さな身体で、俺をかばうように立っていた。

その場の全員がフィリアに注目する。

俺はフィリアの行動に驚かされ、息を呑んだ。

そして、イリスもフィリアの剣幕に気圧されたようだった。

「そこをどきなさい、フィリア。いちおう皇族のあなたを殺すことなんて、できるわけがないでしょう？」

「なら、イリスさんはソロンを殺すのをやめてくれる？」

たしかに、いくらイリスが皇帝の代理人だとしても、同じ皇女を殺すわけにはいかない。

平民の俺を殺すのとはわけが違う。

だから、フィリアがまず自分を殺せ、と言えば、俺の誅殺は実現しなくなる。

俺はフィリアの勇気に感心した。

そして、フィリアこそ真の皇女というにふさわしいと確信した。

俺はフィリアの師匠でいられて良かった、と改めて思う。

しかし、イリスは最初こそ怯んだ様子だったが、やがてくすりと笑った。

どうしたのだろう？

イリスは剣の切っ先をフィリアに向けた。

「皇族であるあなたを殺すわけにはいきませんけれど……皇帝名代の私に楯突いたのであれば、その罪は軽くありません。フィリアを牢に入れて拷問にかけるぐらいは許されるでしょう。あなたを殺さずに確保するぐらい、わけもないことですから」

そう言うと、イリスは愉しげに後ろの役人たちを振り返った。

彼らはみな、緊張した面持ちでイリスの命令を待っていた。

イリスは彼らに甲高く響く声で命令した。

「さあ、皇女フィリアを痛めつけ、魔法剣士ソロンを殺してしまいなさい！」

まずいことになった。

フィリアを守りながら、大勢の軍人と戦い、この状況を打開しないといけない。

味方は皆無だ。

この際、目の前のイリスを人質にとって逃亡するのが良いだろうか？

けど、そんなことをすれば、本当に大逆の罪を犯すことになる。

そして、そうなれば、俺の屋敷にいるソフィアとクラリス、それにペルセだって無事ではいられないかもしれない。

要するに普通に戦うしかないのだ。

しかも、叛逆者とならないためにも、イリスを始めとする敵を殺すわけにはいかない。

俺は考えた。

イリスが皇帝の代理人なのはこの場限りのことであって、ここを離れてしまえば、その脅威は少なくとも直接的には及ばなくなる。

なんとかするしかない。

フィリアが泣きそうな顔で俺を振り返った。

「ごめんね……ソロン。わたし、ソロンのために何もしてあげられなかった」

「いいんですよ。フィリア様は俺の弟子なんですから、俺がフィリア様を守るべきであって、その逆の義務はありません」

「でも……わたしはソロンの主なのに……」

「フィリア様が俺のことを助けようとしてくれて、とても嬉しかったです。ですから今度は俺がフィリア様を守る番です」

俺はフィリアの腕をそっとつかんでこちらに引き寄せ、その頭を軽く撫でた。

涙目のフィリアは、驚いた顔をして俺を見つめ、それからくすぐったそうに身をよじった。

政府の人間たちに、あまりフィリアと親しげな様子を見せるべきではないと思っていたが、こうなったらもうそんなことはどうでもいい。

俺は言った。

「さあ、必ず帰って授業の続きをしましょう。フィリア様には覚えていただくことがたくさんあるんです。攻撃魔法の効率的な扱い方とか、遺跡の魔族の生態とか、どの財宝がどのぐらいの相場で売れるとか」

「た、大変そう……」

「一緒に遺跡に行くためですよ」

俺がそう言うと、フィリアは嬉しそうに微笑んだ。

そして、俺もフィリアに微笑み返した。

「早くお屋敷に帰らないといけませんね」

「うん。だから……ソロン、わたしに勝利を！」

「必ずやこのような理不尽からフィリア様をお守りしてみせます」

俺は宝剣テトラコルドを構えた。

イリスの従者らしき男の一人が剣を抜き、こちらに踏み込んでくる。

俺が剣を一閃させると、その男の剣は簡単に弾き飛ばされ、男は腰を抜かした。

所詮は格式と見栄えだけで選ばれた貴族の従者だ。

大して強くはない。

もう一人の従者がフィリアに襲いかかろうとするが、その剣がフィリアに届くより遥かに速く、宝剣テトラコルドが男の胴をとらえた。

男は悶絶して倒れた。

峰打ちだがしばらくは起き上がれないだろう。

敵の第二陣は六人ほどの軍の将校たちだったが、彼らは明らかにやる気がなかった。

どう見ても、納得して戦っているわけではなさそうだ。

俺は宝剣を横に振り、俺とフィリアを中心とする魔法陣を展開した。

「形なく流転（るてん）する真理よ、我に力を」

俺が短く詠唱すると、魔法陣から水の塊のようなものが浮き上がる。

魔法陣に踏み込んだ将校たちが、それらに足をとられた。

まあ、これだけで敵を倒せるほどの強い魔法ではないのだが、ちょっと行動を止める程度には使える。

俺は動きが鈍くなった軍人たちに対して剣を振るう。

ぐふっと将校の一人が、うめき声を上げて倒れる。もちろん、峰打ちだ。

六人中、五人は倒せた。最後に残った一人は女性。階級章を見ると少尉のようだった。

灰色の髪を短く揃えており、目は綺麗に澄んでいる。

軍人たちのなかでは一番年下のようで、まだ少女のように見えた。

士官学校を卒業したばかりなのかもしれない。

俺は微笑した。

「君は俺の魔法を避けきったんだね。大したものだ」

「あの有名な魔法剣士ソロンに褒めてもらえるとは光栄ですね」

少女は不敵に笑った。

俺は問い返す。

「君はイリス殿下の命令に納得しているの？　こんな命令を聞いていたら、給料泥棒と言われても仕方ないと思うけどね」

「言われたことをやるのが軍人ですよ。安月給なんだから、勘弁してくださいよ」

少女はひょうひょうと言い、細長い剣を俺に向けた。

俺も宝剣テトラコルドをまっすぐに彼女へと構えた。

俺が前へ踏み込むと、同時に少女も剣を振りかざして、こちらへと走り出した。

互いの剣がぶつかりあい、激しく火花をちらす。

少女は次の一撃を放とうと剣を振りかざした。

しかし遅い。

俺は宝剣を一閃させた。

少女の細い剣は俺の剣撃に耐えきれず、その手から落ちた。

俺が少女の首筋に剣を突きつけると、少女は両手を上げて、表情を変えずに言った。

「参りました、といえばいいですか？　ソロンさん？」

「ずいぶんと余裕だね」

「だって、ソロンさんはわたしたちを殺すつもりがないんでしょう？」

俺はうなずいた。

合計で八人が、一瞬のうちに俺に倒された。

他の兵士や官僚たちが畏れるように俺を見つめていた。

彼らは、ほぼ戦意を喪失している。

もともとイリスの命令が理不尽だとは彼らも思っているのだろう。

それに加えて、俺と戦った者たちがあっさりと倒されたのを見れば、やる気がなくなるのも当然だ。

イリスが怯えた表情で後ずさった。

「誰かこの逆賊を……捕らえてしまいなさい！」

その言葉に誰も応えなかった。

場を沈黙が支配する。

みんなイリスの命令を聞く気がないのだ。

これで後は脱出すればおしまいだ。俺はほっとした。

そのとき、一人の黒服の男性がその場に現れた。

ガポン神父だ。

「見るに耐えない愚行はそのぐらいにしておいてはいかがですかな、イリス殿下」

ガポンはただの神父で、皇帝官房第三部の代理人にすぎないはずだ。

しかし、ガポンは苦虫を噛み潰したような顔で、そして当然その権利があるかのように、皇女イリスをたしなめた。

イリスはさっと顔色を変えた。

自分に異を唱えたガポンを、イリスは憎悪のこもった目で睨みつけていた。

「この私を愚か者だと言うのですか？」

「そのとおり。今の殿下には、愚か者という言葉こそがふさわしい。陛下がこのようなところをご覧になれば、イリス殿下にどのような罰を下されるか……」

「ガポン！　ちょっと陛下に気に入られているからって、皇女である私に対して、無礼です！」

「殿下。わかっておられますかな？　私が陛下にこの醜態をお伝えしてもよいのですぞ？」

ガポンが低い声で言うと、イリスはびくっと震えた。

そして、イリスは悔しそうに黙った。

ガポンは皇帝に対して強い影響力を持っているらしい。

この傲岸な皇女イリスを黙らせることができるほどなのだから、ガポンの意見はよほど重要視されているんだろう。

イリスは不機嫌そうにガポンから目をそらし、つかつかと俺のほうへ向かって歩いてきた。

俺は警戒したが、イリスが用があったのは俺ではないらしい。

さっきまで俺と戦っていた少女の前にイリスは立った。

少尉の階級章をつけた少女は、善戦したけれど俺に敗れ、今は地面に膝をついて両手を上げて無抵抗な状態になっていた。

軍服の少女はイリスを訝しげに見上げた。

次の瞬間、イリスは少女の腹を蹴り上げた。

「この役立たず！　あなた、軍人なんでしょう⁉」

少女はその場にくずおれ、痛みに顔を歪めた。

けれど、悲鳴は上げなかった。

軍人だからだろう。

イリスは今度は少女の背中を踏み付けた。

「仮にも帝国軍の将校でありながら、私に恥をかかせるなど……恥ずかしいとは思わないのですか⁉」

「そんなに言うなら殿下がソロンさんを倒せばいいでしょう？　できないんですか？」

少女は痛めつけられながらもにやりと笑った。

イリスは顔を赤くし、剣を抜いた。

まずい。

イリスは癇癪を起こして、この少女軍人を殺すつもりらしい。

少女の上に振りかざされた剣は弾き返された。

俺が宝剣を使って、少女をかばったからだ。

「イリス殿下……ご自身のために戦った臣下の命を奪うおつもりですか？」

「それの何が悪いっていうの⁉」

イリスは剣を構え、そして、俺へ向かって踏み込んだ。

甘い。

俺は剣をまっすぐに振り下ろし、皇女イリスの剣を捉える。

イリスの剣は、宝剣テトラコルドの剣撃に耐えきれず、あっさりと砕け散った。

愕然とした表情のイリスに、俺は剣を突き付けた。

「人に対して剣を振るう資格があるのは、自身もまた剣によって命を奪われる覚悟のある者だけです。殿下はその覚悟があるのですか⁉」

「私は……」

「今、俺の剣は、すぐにでも殿下の命を奪える位置にあります」

自分の首に突きつけられた剣を見て、イリスは弱々しくなにかをつぶやこうとした。

けれど、イリスは言葉を声にする前に、その場に膝をついて、幼い子どものように泣き出してしまった。

「嫌だ……ごめんなさい……殺さないで」

俺は宝剣を鞘にしまった。

そして、俺は身をかがめて、イリスの瞳をのぞき込んだ。

「殿下に怖い想いをさせてしまい、申し訳ありません。俺は殿下を殺したりしませんよ。ですから、殿下も人を軽々しく殺したりなど、しないようにしてくださいね？　誓ってくれますか？」

「……うん」

イリスはこくこくとうなずいた。

別にイリスが悪いわけじゃない。

イリスはフィリアよりも一つ年上なだけの少女なのだ。

一番悪いのは、イリスをこういうふうに非常識に教育してきた帝国のはずだ。

俺は微笑して、イリスの頭を撫でた。

びっくりした様子で、イリスが顔を赤くした。

「約束を守ってください、イリス殿下」

イリスは素直に、もう一度うなずいた。

俺は立ち上がると、周りを見回した。

なぜかフィリアが頬を膨らませて、俺を不満そうに睨んでいた。

どうしたんだろう？

それはともかく、さすがにイリスに剣を突き付けたのはまずかったか。

イリスがしようとしていたことを考えれば、反逆罪には問われないとは思う。

役人たちも、泣き出したイリスを見て、溜飲（りゅういん）を下げた様子だった。

ただ、安心はできない。

けれど、ガポン神父がにっこりと微笑んだ。

「素晴らしい。さすが魔法剣士ソロン。君は教育者としても優秀なのかもしれんな。一部始終を見させてもらっていたが、皇女フィリア殿下は優れた資質を持つ方のようだ。皇帝の名代にふさわしいのが誰かは明らかだと思わないかね？」

「名代はイリス殿下でしょう？」

「いや。このような愚かな娘を皇帝の名代にしておけると思うかね？　殺すべき相手と殺してはならない者の区別もつかないのだぞ？　それに、この様子ではとてもイリス殿下には務まらないだろう」

イリスは放心状態でその場に座りこんでいた。

たしかにガポンの言う通り、イリスはしばらく再起不能だろう。

とすれば、この場の皇帝の名代が誰になるか。

当然、別の皇族だ。

「この場の皇帝名代は聡明なフィリア殿下だ」

そう言うと、ガポンは七月党の罪人たちを指さした。

彼らはやや離れた位置に縛られている。

その数はおよそ数十名。処刑対象のなかには七月党の幹部本人だけでなく、その家族も含まれている。

年老いた父親。美しく若い妻。学生らしい息子。

そういった幹部の家族たちが怯えた目でこちらを見つめていた。

ガポンは宣言した。

「さあ。罪人たちの処刑を始めよう！　まずは、皇帝の名代たるフィリア殿下自らに、この者を処断していただく！」

そして、ガポンは、処刑対象として幼い女の子を指さした。

そのあどけない顔を見るに、十歳前後だろう。

女の子はぼろぼろの薄汚い布切れを着せられていた。

そして、縄で木の板に縛られている。

しかし、淡い栗色の髪と、美しく澄んだ青色の瞳は、気品を感じさせるものだった。

その子はまっすぐに俺たちを見つめていた。

帝国政府はこんな小さな子まで殺すつもりなのか。

フィリアが信じられないというふうに、大きく瞳を見開いた。

「この子がどんな罪を犯したっていうの？」

フィリアの問いかけに、ガポンはしわだらけの顔に何の表情も浮かべず答えた。

「この子どもは叛逆者ポロスの娘なのですよ、フィリア殿下」

「で、でも、この子自身は、何もしていないんだよね？」

「そのとおりです、殿下。しかしながら、ポロスたちは畏れ多くも皇帝陛下と首相ストラス閣下の暗殺を企み、実際に神聖なる皇宮で多くの者を殺しました。そのような叛逆者の娘であること自体が罪なのです」

「そんなのおかしいよ！」

フィリアは女の子を見つめた。

助けて、というように女の子はフィリアと俺を見つめ返した。

伯爵ポロスの娘、か。

つまり、伯爵の令嬢なのだ。どうりで気品があると思った。

七月党の幹部のポロスは、俺が倒した相手だった。

言ってみれば、この子が殺されそうになっている原因の一つは俺にあるということだ。

けれど、女の子は、さっきまでのイリスたちとのやり取りを見て、俺たちなら話がわかると思ったようだった。

「わたし、死にたくないです……」

女の子は俺たちに訴えかけた。

フィリアが身をかがめ、女の子に問いかけた。

「名前はなんていうの?」

俺は慌てて、フィリアを止めようとした。

名前を聞けば多少なりとも情が移る。

それはダメだ。

この子はあとほんのちょっとで死刑となって命を落とす。

しかもフィリア自身が殺すことになっているというのに。

けれど、俺の制止は間に合わなかった。

「エステルっていいます」

その女の子は綺麗な声でそう言った。

フィリアは微笑んだ。

「そっか。いい名前だね」

フィリアはその子の頭を軽く撫でた。

そして、立ち上がり、ガポンを睨みつけた。

「こんな小さな子を殺すなんて、わたしにはできないよ」

「しかし、陛下のご命令です。あなたはこの場では皇帝名代ですが、この決定は覆(くつがえ)せません。お忘れなきよう」

「この子は何も悪いことをしていない！」

「皇宮で殺された者も、何も悪いことをしていなかったのに、七月党によって理不尽に殺されたのですよ。そのなかには殿下や魔法剣士ソロンも含まれていたかもしれなかったのです」

そこでガポンは言葉を切り、俺たちを見つめた。

「あの事件では、誠実に皇室に仕えていた多くの使用人たち、そして、少なくない数の貴族が犠牲になりました。彼らの無念を晴らし、そして二度と同じ惨劇を繰り返さないためには、七月党の幹部だけでなく、その縁者も含めて、殲滅(せんめつ)する必要があるのです！　この子は今は無害な愛らしい子どもかもしれない。ですが、いずれ父であるポロスの仇をとるために、必ずや我々に復讐しようとするでしょう！」

フィリアは反論しようとし、口を開きかけた。

けれど、そこでフィリアは止まった。俺がフィリアの肩を叩いたからだ。

露骨に政府の方針を批判するのは、いくらフィリアが皇女でもまずい。

いや、皇女だからこそまずいというべきか。

この場には多くの官僚や軍人たちがいるのだから。

「フィリア様、ここは俺にお任せください」

「ソロンがこの女の子を助けてくれるの？」

俺はささやいた。

「フィリア様は本当にこの子を助けてあげたいのですか？　フィリア様とは何も関わりがない上に、フィリア様の命をも狙おうとした者の娘ですよ」

「それでも、わたしは目の前の出来事に納得できないの。だから、ソロン……この子を助けてあげて」

「フィリア様のご命令とあらば、最善を尽くします」

俺は言った。

もっとも、正直、ガポンを説得できる気はしなかった。

無理をして助けようとして失敗すれば、ガポンたちに目をつけられて、俺もフィリアも無事ではすまないかもしれない。

とりあえず、いちおう理屈をひねり出して説得を試みる。

「俺にはむしろ、こんな小さな女の子の命を救い、皇帝陛下と皇女殿下の慈悲を民衆に示すことこそが良い選択のように思われますけどね。そうすれば、帝政に歯向かおうなんてことを考える人も減るでしょう」

「君の言い分はわかった。しかし、君が口をはさむことではない。それに慈悲などでは国を救えんよ。必要なのは鞭と杖だ」

「しかしですね……」

「あくまで陛下のご意向に背くつもりなのかね、魔法剣士ソロン？」

皇帝の命令を持ち出されると、俺も黙らざるをえない。

処刑は避けられない、か。

俺は現実的な提案をガポンにすることにした。

「イリス殿下に続き、フィリア様も冷静さを失っているご様子。そこで俺がフィリア様の代行として、この娘の処断を行いましょう」

「殿下自身に行っていただくことに意味があるのだがね」

「俺の剣はフィリア様の剣でもあります。ですから、俺が剣を振るって人を殺めるとき、フィリア様もまた、同じ剣を振るって人を殺めていると思っていただければよいでしょう」

「妙な理屈だが、まあ、いいだろう」

意外とあっさりとガポンはうなずいた。

「その代わり、殿下にはソロンがこの娘を処刑するところを、目を閉じずに見ていていただきたい」

フィリアが俺を不安そうに見つめた。

この女の子、エステルを助け出すと、俺はフィリアに約束した。

処刑の合図のラッパが鳴る。

俺は宝剣テトラコルドを抜き放ち、そして幼いエステルの胸にためらいなく突き刺した。

あっ、とフィリアが息を呑むのがわかった。

声もなくエステルが崩れ落ち、エステルの胸から鮮やかな赤い血が吹き出る。

そのままエステルの身体はしばらく軽く痙攣（けいれん）していたが、やがてその動きも止まった。

俺が振り返ると、ガポンの吸い込まれるような深い色の瞳が、俺をまっすぐに見つめていた。

俺の内心をさぐるかのように。

「ふむ。魔法剣士ソロンよ。私は、君がこの幼い娘の命を救おうとすると思っていたが……。しかし、見事な剣技だな、ほぼ即死だ。この子も苦しまずに死んだだろう」

「こんな幼い子を殺すのは、俺としても心苦しいところですけどね。しかし、この子は逆賊（ぎゃくぞく）の娘。陛下の命令により死罪を免（まぬが）れない以上、致し方ないでしょう」

俺は血に濡れた宝剣テトラコルドを抜き放ったまま、フィリアを振り返った。

フィリアは呆然とした表情で、俺を見つめていた。

フィリアには刺激が強かったと思う。

自分よりも幼い女の子が目の前で死んだのだ。

いや。正確には死んだように見せかけただけだ。

伯爵ポロスの娘エステルはまだ生きている。

この場でそのことを知っているのは、おそらく俺だけだった。

四話　屋敷へ戻るのは三人

伯爵令嬢のエステルは処刑された。

そのことを疑う余地は、普通に考えればない。

少女の瞳は虚ろに見開かれ、光を失っていた。

胸にある大きな傷から流れる血で、少女の身に着けていた布切れは赤く染められている。

「こんな、はずじゃ、なかったのに。ソロンは、この子の命を助けてくれるって約束してくれたのに」

フィリアがつぶやくと、糸の切れた人形のように、その場にくずおれた。

よほど辛かったのだと思う。

目の前で、自分に救いを求めた女の子が殺されてしまったのだから、当然だ。

俺はふっと、かつての仲間の少女、シアが死んだときのことを思い出した。

シアも俺とクレオンに向かって「助けて！」と叫び、そして、その直後に惨殺された。

あのときほど、自分が無力だと感じたことはなかった。

ただ、今回は違う。

エステルはまだ生きている。

俺はガポンに言った。

「もう十分でしょう。叛逆者の娘は処刑されました。これ以上、フィリア様のお心に負担をかければ……」

俺はフィリアをちらりと見た。

座り込むフィリアは、もう心がすり減りきって、立ち上がることもできないようだった。

本当なら、今すぐにでも駆け寄って、大丈夫だと声をかけてあげたいのだけれど、それはできない。

ともかく、この場を離れる必要がある。

ガポンは言った。

「まあ、良いだろう。君は皇女フィリア殿下の側近であり、そして、その君が七月党の逆賊の処断において容赦なく剣を振るった、という事実はできた」

「今日は、もうフィリア様の手で誰かを殺させたりということはしませんね」

「ああ。させようとしても、この様子ではとても無理だろう。帝国が叛逆者を決して許さないという断固たる姿勢を示せたことに、満足せねばな。そして、もう一つの目的も果たせた」

ガポンは微笑を浮かべ、そして、その暗い闇色の瞳に、なにか不思議な光が灯った。

もう一つの目的とはなんだろう？

嫌な予感がする。

ガポンはエステル処刑の真相に気づいているんじゃないかと、俺は不安になった。

けれど、そんなはずはない。

ばれないように、万全を期したつもりだ。

ガポンはもう一つの目的を明かさないまま、俺に告げた。

「処刑はさせないとは言ったが、最後にフィリア殿下には、罪人の一斉射殺の命令を下していただきたい。一言おっしゃっていただくだけでよい。そうすれば、軍の魔法攻撃部隊がそこに並んでいる罪人たちを、速やかに死に至らしめるだろう」

そして、フィリアはお役御免として帰って良いということだった。

最初にフィリアに幼いエステルを殺させたのは一種の見せしめだ。

こんな幼い子どもでも、帝国は容赦しない。

家族の命が惜しければ、帝国に叛逆するなということだろう。

さらに、罪人のなかでも特に重要な人物、たとえばポロスも個別に処刑される。

そして、残りの何割かは一斉に処分される。

その部分の命令をフィリアに下させるということだった。

けれど、フィリアは首を横に振って、うつむいたままだった。

ガポンは顔をしかめると、やむを得ないという表情で、横に立つ官房第三部の役人ブラドスに耳打ちした。

ブラドスはよれよれの服を着たまま、暗い顔で短く宣言した。

「撃て」

その言葉と同時に、軍人たちが一斉に杖を構え、そして短く詠唱を行った。

次の瞬間には、無数の魔法攻撃の束が、処刑される人々の身体を貫いた。

七月党幹部の一人は、泣き叫ぶことなく、静かに命を落とした。覚悟はできていたのだろう。

また、年老いた男は魔法攻撃に身を切り裂かれ、短くうめきながら絶命した。たぶん、七月党幹部の父親だ。

魔法攻撃にさらされた若い女性は、救いを求めて悲鳴を上げていたが、やがてその声は止み、物を言わぬ死体となった。捕縛されていた少年も、痛みと苦しみに泣き叫びながら、殺されていった。

フィリアは大きく瞳を見開いたままだった。

早くフィリアを連れて帰らないといけない。

俺はそっとフィリアの背後に回ると、その小さな耳にささやきかけた。

「帰りましょう、フィリア様。ここは俺たちの居場所ではないんです」

「ソロン……あんなふうに人を殺すのが、正しいことなの？」

「帝国にとっては、そうなんだと思います」

結局のところ、フィリアがエステルを助けたいと思ったのも、私情といえば私情だ。

七月党の処刑は、帝国政府が決定したものであり、そして、それは七月党による陰謀に対する処罰という理由もあった。

そして、フィリアは皇族なのだから、国の決めたことに従い、粛々と処刑を行うのが正しいのかもしれない。

でも、目の前で自分に助けを求めるか弱い存在がいて、それを助けたいと思うのも、自然でとても大切な感情だ。

俺は師匠として、フィリアには、無抵抗な人々を当たり前のように殺すようになってほしくはなかった。だから、フィリアがエステルを助けたいと望んだのなら、俺はそれを叶えてあげたい。

危ない橋を渡ることになるけれど。

エステルの「死体」は刑吏の一人によって片付けられようとしていた。

俺はブラドスとガポン、そしてイリスに辞去の挨拶を述べると、フィリアを連れて、さりげなくその刑吏の後を追った。

刑吏は近くの深い森に入った。

人影が周りになくなった後、俺は彼を呼び止め、いくらかの金銭を渡した。

エステルの「死体」を引き渡してもらうための賄賂だ。

刑吏は特に何も言わず、エステルを引き渡した。

彼はエステルが生きているとは気づかず、俺のことを何らかの理由で少女の死体が必要な男なのだと勘違いしてくれた。

世の中にはいろいろ変わった方がいますからな、とだけ彼は言い、そして金貨をポケットにしまった。

俺はため息をついた。

隣のフィリアが不思議そうに首をかしげている。

フィリアへの説明は屋敷に戻った後だ。

屋敷に戻るのは、俺とフィリア、そしてエステルだ。

そして、戻り次第、エステルの「蘇生」を行う必要がある。

†

俺とフィリアは屋敷に戻ってくると、さっそくいつも使っている書斎に入った。

書斎は俺がフィリアに授業をするための場所だけれど、いつもと違うのは、書斎の机の上に幼い少女の身体が横たえられていることだ。

それは伯爵令嬢ポロスの娘エステルの「死体」だった。

俺が宝剣テトラコルドを使って、エステルを処刑したということになっている。

俺はフィリアを振り返り、微笑した。

「俺はフィリア様に、エステルを助けると約束しましたね？」

「う、うん……。そうだけど……でも、エステルは、死んじゃって……」

「俺はフィリア様との約束は破りませんよ」

フィリアが大きく瞳を見開いた。

屋敷の外でエステルが生きていると話すと、誰かに聞かれてしまう可能性もあったし、フィリアは演技が得意なほうでもないだろうから、俺はあえて黙っていた。

「ソロンがエステルを生き返らせるってこと？」

「いいえ。死者の蘇生は帝国教会が禁忌（きんき）としていますからね。最後の審判の日に神々が人間を裁くそのときまで、死者は決して蘇ってはいけないんです」

まあ、教会の教義がそうなっているという以前に、死者の蘇生を実現するという魔法は存在しない。

仮にそんなものがあったとすれば、とてつもない代償を払わなければ使えないはずだ。

「俺はね、死者蘇生の魔法なんて、そんな恐ろしいものは使えません。できることは多少の小細工のみです」

エステルは、ぼろぼろの布切れをまとっている。

罪人としてそんなぼろ布を着せられていたわけだが、栗色の髪と青い瞳の貴族らしい容姿の少女には、あまりにも不似合いだった。

俺はためらいなくその布切れを剥がした。

胸のあたりの大きな傷跡は、見るだけで気分が悪くなるようなものだった。

その身体は赤黒い血で汚れている。

俺が宝剣でエステルを貫いたときについたものだ。

フィリアが驚いた表情で俺を見た。

「な、なにしてるの⁉」

「まあ、見ていてください。フィリア様」

宝剣テトラコルドを抜き放つと、俺はそれをエステルの身体の上にかざし、軽く横に一振りした。

そうすると、一瞬のうちにエステルの胸の傷跡は消えた。

ただし、血の跡のほうは残っている。

「エステルの胸に剣が刺されたというのは、一種の幻覚です」

「魔法で死んだように見せかけたってこと？」

「そのとおりです。ただし、賢者でもなんでもない俺に使える幻視魔法は限られています。剣を振るった最初の一瞬とこの胸の傷跡のみしか幻覚では誤魔化せませんでした」

「なら、この血は？　それに今もエステルは身動き一つしないけど……」

「血はカラスを幻視魔法で見えなくして、エステル処刑のときにその身体の前で貫きました。ほぼ人間の心臓を貫いたのと同じように、吹き出す鮮血を見せることができましたからね」

　そして、もうひとつ。

　エステルが死んだように動かないのは、昏睡（こんすい）魔法のおかげだ。

　エステルに剣を振るうと同時に、俺は宝剣テトラコルドを用いてこの昏睡魔法を発動させていた。

　傷跡の幻覚、動物の血の跡、そして身動きしない死体があれば、あの場にいた人間たちもエステルは死んだものだと誤解する。

　俺の師匠のルーシィ先生が開発した魔法の一つに、極めて効果の高い昏睡魔法がある。

　それをかけられたものは仮死状態となり、結果的に死体同然の昏睡状態に陥る。戦闘用だけでなく医療用にも使えるという代物（しろもの）だ。

　学生だった頃、ご機嫌斜めのルーシィ先生にその昏睡魔法をかけられそうになって冷や汗をかいたけれど、なんとかそれを回避して、逆にその魔法の使い方を教えてもらったのだ。

　ただ、この昏睡魔法はあまりにも効果が強すぎる。

　下手をすると、このまま目を覚まさないという可能性も低くなかった。

特に、こんな小さな女の子に対して使えば、どんな副作用が起きるかわからない。

ただ、それ以外に、あのときにエステルを助ける方法はなかったから仕方ない。

さて、ここで失敗すれば、フィリアをぬか喜びさせたことになってしまう。

俺は宝剣を抜き、「この者を覚醒(かくせい)させよ」と短くつぶやいた。

しばらく、何の反応もなかったので焦ったが、やがて机の上の少女はびくっと震えた。

そして、すやすやと小さな寝息を立て始めた。

俺はほっとした。

これでエステルを助けることができ、フィリアとの約束を果たすことができたわけだ。

フィリアが嬉しそうにぱっと顔を輝かせた。

「ほんとにこの子、生きてたんだ！　ありがとう、ソロン」

「どういたしまして」

「そして、ごめんなさい」

「なんでフィリア様が俺に謝るんですか？」

「だって、わたし、ソロンが本当にこの子を殺したんだって思い込んじゃったんだもの。ソロンはわたしとの約束を守ってくれていたのに、そうだって信じることができなかった」

「俺はフィリア様を含めて、みんながエステルが死んだと誤解するようにしたんですよ。だから、フィリア様は俺を疑って当然なんです」

フィリアは首を横に振り、優しく微笑んだ。

そして、その小さな両手で、俺の手を包み込んだ。

「ふぃ、フィリア様？」

「わたし、もう二度とソロンのことを疑ったりしないよ。わたしの師匠はわたしとの約束を守ってくれる人だって、知っているから。だから、ソロンのこと、ずっと信じているからね？」

「あ、ありがとうございます……」

俺はただの魔法剣士で、俺の力なんて大したことはない。だから、いつでもフィリアの望みを叶えられるわけでもない。

フィリアは俺のことを疑ってくれていいし、疑うべきだと思う。

でも、俺がそう伝える前に、フィリアは俺からそっと離れた。

そして、フィリアが部屋の扉を開く。

「その子の服、用意してきてあげないとね！」

フィリアは弾んだ声でそう言うと、勢いよく飛び出していった。

そういえば、エステルは何一つ衣服を着ていなかったはずだ。

俺は慌てて、エステルが身に着けていた布を探したが、遅かった。

机の上のエステルが目をこすりながら、ゆっくりと起き上がった。

エステルはきょとんとした様子で首をかしげる。

淡い栗色の髪がふわりと揺れる。

そして、ぼんやりした目で俺を見つめ、そして、自分の身体を見た。

エステルの目から見れば、部屋の中には自分と男が一人だけ。

しかも俺は自分を殺そうとしていた相手だ。

そして、エステル自身は素っ裸。

エステルはみるみる顔を赤くし、薄い胸を両手で隠した。

そして、青い瞳で怯えたように俺の目を見た。

まずい。完全に誤解されている。

俺はエステルをなだめようとしたが、やはり間に合わなかった。

「……きゃあああああぁっ！」

小さな女の子の悲鳴が屋敷のなかに響き渡った。

まずいなあ、と俺は思う。

クラリスたちが屋敷のなかのどこにいるかは知らないけれど、エステルの叫び声を誰かは聞きつけているんじゃないだろうか。

裸の幼女が俺を見て、悲鳴を上げているというのが、今の状況だけれど。

誰かがこの場にやってきたら、俺がエステルになにかしようとしていたと勘違いされること間違いなしだ。

俺は急いで部屋の扉の鍵を閉めようと思ったけれど、その前に扉が開いた。

「あ、ソロンくん。今女の子の悲鳴が聞こえたような……」

聖女ソフィアが翡翠色の瞳で俺を見つめ、それから部屋の奥へと視線を移した。

部屋の奥の机では、エステルが一糸まとわぬ姿で、震えていた。

怯えた目でソフィアをエステルは見つめている。

ソフィアは愕然とした表情をした。

「そ、ソロンくん……。ついにこんな小さな女の子にまで手を……」

「手を出したりしないよ……」

「学校時代のわたしには何もしなかったのに！」

「そりゃ年が離れてたから、何もするわけないよ。この子にだって何もしていない」

俺が魔法学校に入学したのは十四歳のときのこと。他の同期たちはだいたい十二歳ぐらいだったから遅いほうだ。

さらに飛び級入学のソフィアは俺よりも五歳も年下で、一年生のときは九歳だった。そのときは本当に小さな女の子が、同じ学年にいるんだなあと俺は感心していた。

抜群の天才だったソフィアだけれど、周りが年上ばかりで、当時はかなりきつかったんじゃないかと思う。

魔法の能力や机上の勉強では引けを取らなくても、ソフィアの性格や思考までが大人びていたというわけでもない。

しかも、周りからは天才ゆえに嫉妬され、理解されない。

なので、一年生のときは、ソフィアはたびたび学校を休んで、寮に引きこもっていた。

そんなソフィアを心配して、当時の学校長の老人グレンが気を利かせた。

クラスメイトのなかからソフィアの世話係を選んだのだ。

貴族の同級生たちの多くはプライドが高かったし、ソフィアをやっかむ奴も多かったから、平民出身者が良いだろう。

特に、ある程度は年齢が上で、まあ性格も普通で、しかも貴族の令嬢に仕えていたような使用人だったりすると、都合が良い。

つまり、俺のことだ。

俺は俺で周りよりも年上だったので、若干浮いていたし、ソフィアの相手をする時間はいくらでもあった。

ソフィアはおとなしかったし、いい子で助かった。それにだいぶ俺に懐いてくれていたから、それも当時の俺には嬉しかった。

よくソフィアが、俺に頭を撫でてほしいとねだっていたことが、昨日のことのように思い出される。

いじめられていたクレオンを助けて、友人になったのも同じぐらいのときのことだ。

つまり、聖ソフィア騎士団の起源は、この魔法学校の一年生時代にあるわけだ。

三人とも当時は本当に何の力もなかった。

今はもうソフィアも十代後半で、大人の女性にかなり近づいてきている。

その上、帝国教会に選ばれた聖女様だ。

けれど、俺のなかでは、ソフィアの小さかった頃の印象がまだ鮮明に残っている。

俺は微笑した。

「ソフィアはさ、俺がこんな小さな女の子にひどいことをすると思う？　俺はそういうやつだった？」

「その質問の仕方はずるいよ。ソロンくんは、わたしにいつも優しかったし、わたしをいつも守ってくれていたけど……」

「なら、今の俺を信じてくれると嬉しいな。ちょっと事情があるんだよ」

ソフィアはこくりと素直にうなずくと、エステルにそっと近寄った。

エステルがびくっと震える。

ソフィアは身をかがめて、優しくエステルに微笑みかけた。

「大丈夫だよ。わたしも、この人も怖い人じゃないから」

「でも……」

「この人に、なにかされそうになった？」

ソフィアが問いかけると、エステルは俺をちらりと見た。

俺はエステルに剣をふりかざし、その直前で昏睡魔法をかけた。

だから、そこから先の記憶はエステルにはないはずだ。

そして、目をさますと、裸でこの書斎にいたわけだ。

エステルはあれ、という顔をして、首をかしげた。

「わたし、生きてる……？」

ソフィアは不思議そうに、けれどゆっくりとエステルに言った。

「そうだよ。あなたは生きているの」

エステルは青い瞳でじっとソフィアを見上げた。

それから、エステルの瞳に涙が浮かんだ。

「わたし、本当に生きて……るんですね」

そうつぶやくと、エステルは嗚咽（おえつ）をもらし、静かに泣き始めた。

ソフィアは何も事情を知らないはずだけれど、何かただならぬ事情があることに気づいたらしい。

ソフィアはそっとエステルを抱きしめた。

「大丈夫だよ」

「……お姉ちゃんはわたしを殺したり、わたしにひどいことをしようとしたりしない、ですよね？」

「しないよ。わたしはね、教会の聖女なの」

「聖女様？」

「聖女ソフィアって言えばわかるかな？」

エステルは涙のたまった瞳を大きく見開き、こくこくとうなずいた。

英雄ソフィアは帝国中で名前を知られた存在で、特にエステルのような少女たちにとっては憧れの的だったはずだ。

「聖女は、あなたみたいな女の子の味方だから。かつてわたし自身が、年上の男の子に守られてきたように、ね」

ソフィアは優しく言って、エステルを抱きしめたまま、その頭を優しく撫でた。

俺はその様子を見て、思わず微笑んだが、安心してはいられない。

逮捕された七月党とその家族たちはすべて処刑されているに違いない。

エステルの命はかろうじて助かったものの、彼女は叛逆者ポロスの娘だ。

フィリアの希望にそって、この屋敷にエステルはかくまうことになる。

ただ、本来であれば生きていてはいけない人間が、この屋敷にいる、というのは危険が皆無とは言えない。露見すれば、俺とフィリアの立場は極めて危ういものになる。

一方では、公衆の前でポロスの愛娘を殺したように見せかけたことで、七月党の残存勢力は俺のことを敵として狙ってくる可能性がある。

七月党は、幼いエステルの死を、帝国の非道として大々的に宣伝するだろう。

そうなれば、俺は帝国の残虐な処刑を代行した一人として、彼らに襲われかねない。

エステルの存在は、二重の意味で俺たちに危険をもたらしている。

俺が頭を回転させていたそのとき、フィリアが服をもって部屋に戻ってきた。

そして、泣いているエステルと、エステルを抱きしめているソフィアの姿を見て、フィリアは「ああっ！」と小さくつぶやいた。

「ああいうふうに、お姉ちゃんみたいにエステルを安心させてあげるのは、わたしがやりたかったのに……」

「姉代わり、という意味ではソフィアのほうが適任な気がしますね」

俺が肩をすくめて、笑いながら言うと、フィリアは頬を膨らませた。

「わたしにだってできるもの！」

「それなら、それにふさわしい存在になるように、フィリア様は成長しないといけませんね。今回の件では、エステルを助けようとするあまり、フィリア様は少し冷静さを欠いていたような気がします」

俺はなるべく優しく言ったが、フィリアはちょっとしょんぼりした。

「ごめんなさい……」

「謝ることはありませんよ。でもですね、人を助けることは、意欲と情熱だけでは実現できません。『汝、熱い心と冷たい頭脳を持つべし』という言葉を知っていますか？」

「ううん。熱い心と冷たい頭脳？」

「そのとおりです。昔の学者の言葉なんですけどね。人を救いたい、正義を現実のものとしたいという熱い心。その熱い心の目指すところに行くために、理論的に物事を解き明かしていく冷静な頭脳。その両方が人には必要なんです」

「つまり、わたしには、熱い心はあるけれど、冷静な頭脳が足りない。ソロンはそう言いたいんだね？」

「よくできました。そういうことです」

俺はそう言うと、フィリアの頭を撫でた。

今回、フィリアがエステルだけを助けようとしたのは、皇族として必ずしも正しい行いではないかもしれない。

ただ、フィリアには、人を救うための熱い心が備わっている。

それは身を挺して、俺を助けようとしてくれたことからも明らかだ。

フィリアは銀色の髪を撫でられながら、くすぐったそうに、そして、恥ずかしそうに身をよじった。

俺はくすりと笑った。

「フィリア様が熱い心を忘れずに、そして冷静に物事を考えられるようになれば、きっと皇族としても立派な方になれますよ」

そう。熱い心と冷静な頭脳。

俺はフィリアにその両方を教え、導かなければならない。

そして、目の前のエステルの問題も、なんとかする必要がある。

俺とフィリアが話しているあいだに、エステルはだいぶ落ち着いたみたいだった。

エステルは涙をぬぐい、きょろきょろと部屋のなかと、俺たち三人を眺めていた。

まだエステルは裸のままだ。

早いところ服を着てもらわないと、話が進められない。

フィリアが服を持ってきているはずだ。

俺はエステルに背を向けて、ドアのほうへと歩いた。

「なにしてるの？」

とフィリアに問われたので、俺はドアノブをつかんで答えた。

「女の子が服を着るのに、男の俺が一緒の部屋にいるわけにはいきませんよ。いくら十歳ぐらいの子といっても」

「わたし、十歳じゃなくて十一歳です」

と小さな抗議の声がした。エステルが言ったのだ。

年齢の割に、落ち着いた綺麗な声だと思う。

まあ、でも、十歳だろうが十一歳だろうが、かなり小さな女の子であることに変わりはない。

その一方で、異性に裸を見られて平気でいられるほど、幼いというわけでもないだろう。

「年齢を間違えてごめん。ともかく、俺は部屋を出ていくから」

ところが、ソフィアが俺の行動を止めた。

「ソロンくん。この子、服を着る前に一度、お風呂に入れてあげたほうがいいと思うの。その……」

エステルの身体の汚れがひどいのだろう。

たしかにエステルを死んだように見せかけたときに、動物の血が付着しているはずだ。

それを抜きにしても、処刑場でのエステルは服と呼べないようなぼろ布を身に着けていて、ろくに身体も洗うことができていなさそうだった。

よほど牢での扱いがひどかったんだと思う。

ただ、風呂に入ってもらう前に、エステルには経緯をわかっておいてもらう必要がある。

「毛布をかぶってもらったから、ソロンくんがこの子のほうを見ても大丈夫だよ。わたしにも事情を説明してほしいな」

ソフィアに言われて、俺は振り返った。

たしかにエステルは白い毛布をかぶっている。

俺が夜更けにこの書斎で作業するときに、寒かったら使っているものだ。

手短に、俺はソフィアにどうしてこの女の子がここにいるかを説明した。

エステルが叛逆者ポロスの娘であり、処刑されかけていたこと。

フィリアの願いによって、俺がエステルを助けたこと。

ソフィアはそういった事情を聞いて、困ったような、複雑な表情をした。叛逆者の娘というエステルの立場を聞いて、ソフィアも心配になったに違いない。

けれど、ソフィアは何も言わずに、「わかったよ」とだけ言ってくれた。

エステルのいる手前、あまり込み入った話はできない。

エステルは毛布にくるまれたまま、ちょこんと首をかしげ、栗色の髪が揺れた。

「お兄さんがわたしを処刑から助けてくれたんですか？」

「まあ、そういうことになるかな。ここは俺の屋敷だよ。君を殺したように見せかけて、ここまで連れてきたんだ。だから、とりあえずは安心してくれていい」

「ありがとうございます。あと……悲鳴を上げたりしてごめんなさい」

「裸で部屋に寝転がされていて、俺みたいな男がいたら、悲鳴を上げて当然だよ。それにね、お礼を言うのも、俺なんかよりフィリア様に言ったほうがいいよ」

「皇女殿下に？」

「そのとおり。君を救おうと言ったのは、フィリア様だからね」

もし俺一人が判断していれば、俺はエステルを助けなかったかもしれない。

俺が守るべきなのはソフィアであり、クラリスであり、そしてフィリアなのだ。

エステルを見殺しにするほうが、国に楯突いてエステルを助けるより、ずっと危険は少なかった。

だから、フィリアたち三人を守るという意味では、俺はエステルを助けるべきでなかった。

あくまで、エステルを助けたのはフィリアの意志によるものだ。

エステルはおどおどと、フィリアのほうを見つめ、小声で言った。

「あ、ありがとうございます。皇女フィリア殿下のおかげで、わたしは……」

フィリアは嬉しそうに目を輝かせ、弾んだ声で答えた。

「そんなに固くならなくていいんだよ？　フィリアお姉ちゃんって呼んでくれてもいいんだから！」

「お、お姉ちゃん⁉」

「うんうん！　わたし、仲の良い姉も妹もいなかったから、憧れだったの！」

「そ、そうなんですか……」

「それにエステルってすごく可愛いし。こんな妹がいたらいいなって思ってたの。ね、お姉ちゃんって呼んでみて？」

エステルはもじもじしながら、顔を赤くして、「ふぃ、ふぃ」と口ごもっていた。

たぶん、「フィリアお姉ちゃん」と言おうとして、ためらっているんだと思う。

相手は皇女殿下だし、そう気軽に姉などと呼べないだろう。

「フィリア様。エステルに無理をさせてはいけませんよ」

俺がフィリアをたしなめると、フィリアは残念そうにしながらも、「仕方ないよね」とつぶやいた。

フィリアがいいと言っていて、エステルもまだ小さな女の子だから、「フィリアお姉ちゃん」と呼ぶくらいは、冗談の一種としては許されるかもしれないけれど。

そういうのは、フィリアがもっとエステルと仲良くなってからすればいいと思う。

皇女と叛逆者の娘が仲良くなる、ということができればだけれど。

俺は暗い気持ちになった。

伯爵ポロスには若い妻がいて、エステル以外に、二人の娘がいたと聞いている。

だが、エステルの家族は帝国政府の手によって全員殺されたはずだ。

そして、フィリアと俺は帝国政府側の人間だ。

特にエステルの父親であるポロスを倒し、彼が処刑される原因を作ったのは俺だった。

エステルにどう説明して、どういうスタンスでエステルを匿(かくま)っていけばいいんだろう?

俺がエステルを見つめると、エステルと目が合った。

エステルは青い澄んだ瞳で俺を見返した。

そういえば、エステルは何一つ、自分の家族に関することを尋ねていない。

おそらく、自分の家族がどうなったか、理解しているんだと思う。

「ね、ソロン。これからエステルをお風呂に入れてくるけど、いい?」

「そういうのはクラリスさんにお願いしたほうがいいですよ」

「でも、わたしがこの子と一緒にお風呂に入りたいの」

「まあ、いいとは思いますが、ソフィアにも一緒に行ってもらいましょうか」

ソフィアが「わ、わたし?」とつぶやいて、自分を指さして、きょとんとした顔をした。

なんでソフィアにも頼んだかといえば、フィリアだけだと不安だからだ。

命が助かって一時的に落ち着いた状態とはいえ、エステルはちょっと前まで処刑寸前まで追い詰められていたのだ。

精神が不安定になっていてもおかしくない。

そんなエステルを、年がそれほど変わらないフィリアに任せるのは少し心配だ。

幸い、この屋敷には大理石でできた豪華な大浴場がついている。

数人が同時に入るのは平気だ。

フィリアがくすっと笑った。

「一緒に浴場に行くのは、わたしとエステルとソフィアさんってことだね。ソロンも来る？」

「……遠慮しておきます」

まさか、男の俺が三人の少女と一緒に入浴するわけにはいかない。

ソフィアが顔を赤くして、小刻みにうなずいていた。

まあ、フィリアとエステルの監督は、ソフィアに任せれば平気だろう。

俺は肩をすくめて、部屋から去った。

困ったな。

死都ネクロポリス攻略作戦の阻止だけでなく、エステルのような心配ごとがどんどん増えていく。

俺が屋敷の廊下をぼんやりと歩いていると、曲がり角で頭を丸刈りにした青年とばったり会った。

ノタラスだ。

彼はこの屋敷の客室を借りて、帝都に滞在していた。

聖ソフィア騎士団の解体と、クレオン救国騎士団の結成によって、彼の立場はよくわからないものとなっている。

そこで、彼はいったん様子見を決め込んでいるのだ。

ノタラスは丸メガネを指で押し上げた。

「これはこれは、ソロン殿。日刊紙の号外は読まれましたか？　大問題ですぞ」

「号外？」

ノタラスのくぼんだ瞳がメガネの奥で鋭く光る。

なんだか嫌な予感がした。

きっとろくでもない報せだ。

俺はノタラスの持っていた新聞『日刊言論』の号外を受け取ると、それに目を通した。

主な報道は三つ。

一つ目は、定例の帝国大臣会議が開かれたこと。

これは重要なことなのだとは思うけれど、俺たちに直接関係するかはわからない。

問題なのは残りの二つの記事だった。

二つ目の記事は、七月党とその家族の処刑が実行されたものの、ただ一人、幹部のポロスが処刑場からの脱走に成功したということを伝えていた。

そして、最後の一つの報道は、ネクロポリス攻略作戦の名目上の総指揮官に、皇女イリスと皇女フィリアが選ばれたというものだった。

第五章

TSUIHOU SARETA BANNOU
MAHOUKENSHI HA
KOUJYODENKA NO SHISHOU
TO NARU

一話　帝国大臣会議

「アレマニア・ファーレン共和国との戦争は一刻も早く終わらせるべきだ！　即時の単独講和しかもう道は残されていない！」

トラキア帝国財務大臣ウィッテは円卓を激しく叩いて立ち上がり、他の十一人の大臣たちを睨みつけた。

ここは帝都の灰宮殿のなかの一室だ。

トラキア帝国には、皇帝の住む最も大きな皇宮以外にいくつかの宮殿がある。灰宮殿はそのうちの一つだった。

灰宮殿は名前の通り、淡い灰色で外壁が統一されている。宮殿は千を軽く超えるドアと窓を備えていて、碧い大運河を背にその壮麗な姿を誇っていた。

そして、ウィッテたち大臣と皇帝がその灰宮殿の一室に集まっている。

この国の政治の最高決定機関である帝国大臣会議が開かれているのだ。

部屋に敷き詰められた赤い絨毯（じゅうたん）は波の模様を描き、高い天井では複雑な光を放つ豪勢なクリスタルシャンデリアが輝いている。

皇帝は奥の玉座に控えている。

そして、部屋の中央にある円卓を、十二人の大臣たちが囲んでいるのだ。

「落ち着いてくださいよ、ウィッテさん」

就任したばかりの首相ストラスが座ったまま、ウィッテに微笑みを返した。

ストラスはまだ三十代後半の元軍人だ。

六十を超えたウィッテよりもだいぶ若い。名門貴族の出身でもある。

一方のウィッテはたった一人の平民出身の大臣だった。

しかし、それにもかかわらず、彼は大臣の中でも財務大臣という要職を占めていた。

それは彼が極めて有能である証だった。

今では貴族待遇を受けているが、ただの官僚からここまで成り上がるのは容易ではなかった。

貴族の大臣たちとは質が違うのだ。

ウィッテはそう自負している。

ストラスが言う。

「この戦争は必ず帝国の勝利で終わります」

「勝てる勝てると言って、もう何年が経ちましたか？　四年ですぞ」

ウィッテは苦り切った顔で言った。

大共和戦争と呼ばれるこの戦いが始まったとき、帝国上層部は戦いの行く末を楽観視していた。

二週間もすれば、帝国の勝勢が明らかになるだろうと見ていたのだ。

ところが、敵のアレマニア・ファーレン共和国は予想外の強さを見せた。

この戦争のきっかけは、大陸全土へのさらなる領土拡張を図る帝国に対抗し、共和国が大陸東部の資源利権確保に動いたことだった。

帝国に従属するポルスカ王国は、共和国と帝国に挟まれ、豊かな資源に恵まれている。

そこで、共和国はポルスカ王国を自身の側に引き入れようとしたのだ。

その動きを察知した帝国軍が、ポルスカ王国の王都へと進軍を開始した。

それが今回の大共和戦争の始まりだった。

共和国は帝国の専制を批判し、帝国に脅かされている小国を組織して、共和連盟と呼ばれる多国家機構を作った。

当初は帝国優勢だった大共和戦争だが、しだいに勢力は均衡し、今や帝国軍は負け続きとなっている。

「もはや帝国単独でアレマニア・ファーレン共和国と講和するしか道はない」

ウィッテのつぶやきに、国家後見大臣のグディンが反論する。

「同盟している諸王国を見捨てるのか？　それに、そんなことをすればどうなる？　巨額の賠償金の支払い、領土の割譲、従属諸王国の離反、あらゆる大陸利権の喪失。到底許容できない」

「だからこそ、今講和するしかないのだ。今ならまだ間に合う！　もう国庫に資金はないんだ。農村部から兵士を召集したせいで、食糧生産能力も落ちている。北西部の戦線はもはや崩壊寸前だ。このまま戦争を続ければ、確実に負ける。その後に来るのは……」

共和国の帝都への進駐。兵士と農民の反乱。そして革命だ。

さすがにウィッテは口には出さなかったが、他の大臣たちにも言いたいことは伝わったようだった。

ただでさえ、反政府組織の七月党もまだまだ力があるのに、最近では他にも複数の秘密結社が帝国の打倒を目指して暗躍をしている。

帝国政府が崩壊し、皇帝や貴族たちが殺戮(さつりく)されるという未来が現実のものとなりかねないのだ。

大臣たちはみな一様に暗い顔をしていた。

ただ一人、首相ストラスを除いては。

ストラスが自信に満ちた声で言った。

「栄光ある帝国は、共和国などに負けはしません。私にはこの戦争に勝つための秘策が無数にあります」

「私の長い役人人生のなかで、秘策という名のものが役に立った試しはありませんが」

ウィッテの皮肉を、ストラスは一笑に付した。

「それはその秘策が大したものではなかったからですよ。まずは二つばかり策を用意してあります」

そして、ストラスが提案した戦争の打開策は二つあった。

一つは死都ネクロポリスに眠る魔王の復活と、その軍事利用だった。

ウィッテは失笑した。

「遺跡に古代王国を滅ぼした魔王が眠っている？　そんなのはおとぎ話でしょう？」

「いえ、魔王は確実に存在します」

ストラスがあまりにも自信たっぷりだったので、ウィッテは少し気圧された。

場が静まり返ったのを見て、ストラスが続きを言った。

「クレオン救国騎士団を結成し、国家事業としてネクロポリス攻略を行わせるのも、魔王を蘇らせて、共和国戦線に投入するためですよ」

確かに魔王なんてものが実在し、それが共和国軍を殲滅してくれるのであれば、それは素晴らしいだろう。

古代王国を一瞬のうちに滅ぼし、無尽蔵の魔力で町々を焼き払ったという魔王。

そんな者がいたとして、どうやって復活させ、制御するつもりなのだろう？

ウィッテがそれを尋ねる前に、ストラスは二つ目の策を述べた。

「いわゆる冒険者と呼ばれる人々はかなりの力を持っています。それこそ国軍の大隊を優に凌ぐほどの力を持つ冒険者集団もいます」

「それがどうかされましたかな？」

「そういった彼らを強制的に徴兵するんですよ」

「……馬鹿な。冒険者という連中はあまり大勢での戦闘に向いていないはずですぞ。五、六人で遺跡を攻略するのであればともかく、対人戦闘のために軍に組み込めるとは思えんが」

「ウィッテさん。私は元軍人なんですよ。その私が大丈夫と言っているのだから、信用してくださらないと」

「では別の方面からお尋ねしたい。冒険者たちが行っている遺跡攻略は、今や帝国経済にとっては欠かせないはずです。彼らが帝都本土からいなくなったら、前線へ補給するための物資に滞りが出るのではありませんか？」

「一瞬で片を付ければいいのです。私が首相となった以上は、この戦争は長引かせません。あとわずかで、大共和戦争は我々の勝利に終わります。……帝国に栄光を」

ウィッテ以外の大臣たちは、ストラスに続き、「帝国に栄光を」と斉唱した。

首相ストラスの言葉には不思議な迫力があったが、ウィッテはこの戦争がすぐに帝国の勝利で終わるなど、到底信じることができなかった。

他の大臣たちは、帝国の敗勢という現実から目をそらしているだけだ。

ストラスは最後に言った。

「冒険者の戦線投入にあたり、五人の偉大な魔術師を帝国軍強化の象徴といたしましょう。圧倒的な実力を持ち、そして人格や風采（ふうさい）も優れた人物を先頭に立たせれば、士気も上がるというもの」

つまり、その五人が敵を殺す姿を大々的に宣伝するということだろう。

ストラスが提示した帝国五大魔導師とは、次の五人だった。

たった一人で難関遺跡攻略を行う孤高の勇者パルミア。

宮廷魔導師団団長である蒼血（そうけつ）のディラッド。

帝立魔法学校校長の大賢者グレン。

同じく帝立魔法学校の教授である真紅のルーシィ。

そして、最後の一人は、帝国教会の選んだ聖女、ソフィアだった。

二話　魔力と契約

俺は寝室のベッドの上に腰掛けて、ぼんやりと天井を見上げた。

クラリスはメイドらしく仕事をしていて、ソフィアたちはエステルを風呂に入れているから、この部屋にいるのは俺だけだ。

エステルの父親である七月党幹部ポロスが、処刑場から逃走したという。

彼がどのように動くのかはわからないが、七月党の残党と合流を図る可能性が高いだろう。

そうなれば、愛娘のエステルを殺したことになっている俺に、復讐しようとしてもおかしくない。

より差し迫った問題は、皇女イリス、そしてフィリアの二人が、死都ネクロポリス攻略の総指揮官になるらしいことだ。

もちろん、実質的に遺跡の攻略をまとめるのは、救国騎士団団長のクレオンだとは思う。

イリスとフィリアはネクロポリス攻略を国家事業であることを示すための象徴にすぎない。

それでも、フィリアたちは遺跡に赴(おもむ)くことになる。

二人の可憐かつ高貴な少女がいれば、たしかに冒険者たちの士気は上がるだろう。

けれど、二人の皇女にはほとんど戦闘力はないし、攻略作戦が失敗したとき、誰も彼女たちを守れず、最悪の事態が起こることも考えうる。

しかも、フィリアが遺跡攻略に関わるように仕組んだのは、さらに別の理由があるような気もする。

フィリアは魔王の子孫だ。

賢者アルテはフィリアを魔力供給の道具にしようとしていた。今回も誰かがフィリアを何らかの形で利用しようとしているのかもしれない。

つまり、もしネクロポリス攻略作戦を阻止できなければ、フィリアの身も危険に晒されることになる。

どうしようか、と考えていたとき、寝室の扉が開いた。

フィリアが頬を上気させて、立っていた。

どうもお風呂上がりらしい。

それはいいのだけれど、身に着けているのがバスタオルだけだった。

フィリアの薄い胸から、膝上のかなり際どいラインまでが、布一枚で覆われている。

「あ、ソロン。いたんだ」

フィリアがちょっと恥ずかしそうにしながらも嬉しそうに微笑んで、俺とほとんど密着するぐらいの距離に腰掛けた。

ふわりといい匂いがして、俺はどきりとした。

改めて、フィリアが女の子なんだなと意識させられる。

「フィリア様……そんな格好でベッドに座らないでください」

「だって、もう身体はちゃんと拭いてるし、ベッドが濡れたりする心配はないよ?」

「そういう問題ではなくてですね……」

「あ、もしかしてわたしのバスタオル姿を見て、照れてるんだ？」

フィリアはいたずらっぽく俺を見つめた。

銀色の髪はまだ水分を含んでいるのか、いつもより輝いて見えた。

えいっと、フィリアが俺に抱きつこうとしたので、俺はとっさに立ち上がってそれを避けた。

そんな裸同然の格好で正面から抱きしめられたら、ちょっと困ってしまう。

フィリアの手は空を切り、そのまま勢いよくベッドにうつ伏せに倒れ込んでしまった。

あう、とフィリアがつぶやく。

「す、すみません。フィリア様」

俺はフィリアを見下ろす形になったが、背中側からもフィリアの身体のラインがはっきりわかって、思わず顔を赤くして目を外した。

避けたのは悪かったけれど、それはそれとしてあまり俺をからかわないでほしいのだけれど。

フィリアは起き上がると、腰に手を当てて、頬を膨らませて俺を睨んだ。

「ひどいよ、ソロン。避けたりしなくてもいいのに。さっきだって、お風呂場でエステルのこと抱きしめようとしたら、逃げられちゃったし」

「それはエステルとはまだ会って間もないですし……あまりそういうことはなされないほうがよいかと思います」

「でも、エステルはソフィアさんにはすごく懐いてるんだよ？　ソフィアさんが髪を洗ってあげたら、くすぐったそうにしてたけど、嬉しそうに受け入れていたのに」

なんとなく想像がついた。

年下の少女をかまおうとして空回りしているフィリアと、適度な距離感でエステルに優しく接しているソフィア。

二人の性格の違いが現れている。

まあ年下の女の子からしたら、ソフィアのほうがきっと付き合いやすいんだろう。

フィリアだけ先にここに来ているのも、たぶんソフィアとエステルはまだ一緒にいるからだろうと思う。

「エステルは仕方ないけど、ソロンにまで避けられるなんて……。わたし、傷ついたんだよ？」

「避けたつもりはなかったんですが、その、とっさのことでしたので。それに、そんな格好のまま抱きつかないでください……」

俺はぼそぼそと言った。

フィリアは目を丸くし、それからにやりと笑った。

「やっぱりソロンは照れているんだ？」

「いえ……そういうわけではありません」

「本当かなあ？　変なこと、考えていない？」

「フィリア様に対してやましい気持ちなんてこれっぽっちも持っていませんから」

「なら、ソロンのほうからわたしを抱きしめても平気だよね？」

「へ？」

「そうしないと、わたしのことを避けたのを許してあげないんだから」

フィリアは楽しそうに弾んだ声でそう言った。

やり取りしているうちに、フィリアの着ていたバスタオルが少し乱れていた。

胸元のあたりがちらりとめくれている。

こんな布一枚の状態のフィリアを抱きしめるのか。

フィリアが挑発するように俺にぐっと近寄った。

「できないんだ？」

まあ、たしかにフィリアを避けたのは俺が悪かった。

それに、ここで逃げれば、フィリアに対してやましい気持ちがあると誤解されかねない。

俺は仕方なくフィリアの背中に手を回した。

どきっとしたようにフィリアが震え、後ずさろうとした。

いざとなったら恥ずかしくなったのかもしれない。

けれど、俺に抱きとめられ、フィリアは身動きがとれなくなった。

正面から俺たちは抱き合う格好になり、フィリアの顔が俺の胸に埋まった。

見下ろすと、フィリアの顔がかつてないくらい真っ赤になってる。

俺は微笑した。

「照れているのは、フィリア様のほうですね」

「そ、そんなことないもの」

そう言いながらも、フィリアは身をよじって逃げようとした。

その拍子にフィリアの身体の一部がバスタオル越しに俺の身体とこすれ、「ひゃうっ！」とフィリアが小さな悲鳴を上げた。

「だ、大丈夫ですか、フィリア様？」

「大丈夫だけど……恥ずかしいよ」

「そうでしょう？　それがわかったら、フィリア様もエステルや俺の気持ちを考えて、いきなり抱きつこうなんてしないでくださいね？　師匠としては、フィリア様には人の気持ちを思いやれるようになってほしいですから」

俺が冗談めかして言うと、フィリアはうなずいた。

「うん……そうだね。でも、恥ずかしいけど……わたしは、平気だもの。だから、ソロンはいつでもわたしのことを抱いていいんだよ」

「俺がいきなりフィリア様に抱きついたりすると思います？」

「そうしてくれると、わたしは嬉しいよ？」

俺とフィリアは顔を見合わせ、それからくすくすっと笑った。

慣れてくると、お互い恥ずかしさはなくなってきて、ただ互いの身体の温かさがだけが感じられるようになってくる。

俺は師匠としてこの子を守らなくてはいけない。

ネクロポリス攻略作戦を白紙にできれば、それが一番良いが、無理だった場合はどうするか。

そのとき、俺ができることは二つある。

一つは、それまでにフィリアにできる限り遺跡に慣れてもらい、少しとはいえ実戦経験を積ませてあげることだ。

一度でも遺跡に行った経験があるとないとでは、危険度が段違いだからだ。

そして、もう一つは、俺がフィリアの護衛としてネクロポリス攻略作戦に参加することだった。

俺はフィリアの身体をそっと離すと、その目をまっすぐに見つめた。

「フィリア様に、大事な話があります」

「だ、大事な話？」

フィリアが顔を赤くして、ちらちらと俺を上目遣いに見る。

なにか勘違いさせてしまったかもしれない。

大事な話というのは、ネクロポリス攻略の名目上の指揮官の一人にフィリアが選ばれたということなんだけれど。

俺は手短にそのことをフィリアに伝えた。

フィリアは息を呑み、それから俺に尋ねた。

「ネクロポリスって、すごく危険な場所なんだよね？」

「そうですね。おそらく通常の冒険者集団が挑んでも、一瞬で全滅すると思います」

「そんなところにわたしが行くのは、怖いよ」

「クレオンたちも、フィリア様とイリス殿下の安全確保については考えているとは思いますが……」

皇女たちの警備が万全といえるだろうか？

首尾よく敵を倒せているうちはいい。クレオンは帝国最強の騎士の一人だし、それ以外の攻略メンバーも実力者揃いだろう。

それでもネクロポリス攻略に失敗する可能性は高いと俺は見ている。

そうして救国騎士団が撤退にうつったときは、皇女たちを守っている余裕などなくなるだろう。

フィリアが表情をくもらせる。

「クレオンって、ソロンを追い出した人のことだよね。わたし、そんな人に守られるのは嫌だな」

「ありがとうございます」

俺は微笑んだ。

フィリアが不安そうに俺を見つめる。

「ソロンは、わたしと一緒に……」

「もちろん、俺もフィリア様の護衛としてついていきますよ」

フィリアがぱっと顔を明るく輝かせた。

遺跡攻略に投入されるのは、救国騎士団の中核メンバーだけではない。

他にもかなりの数の冒険者をかき集めてくるらしい。

だから、そこに俺が参加することは不可能じゃない。

クレオンは首を縦に振らないかもしれないが、フィリアの希望だといえば通るだろう。

俺は遺跡攻略の主要メンバーとしては役に立たない。

剣技、攻撃魔法、防御、回復、支援のどれをとっても、俺は中途半端だからだ。

けれど、逆に言えばどの面でもほどほどのスキルがあるから、いざとなったらフィリアを守りながら撤退するときには役立つはずだ。

それに俺の強みはもう一つある。

「ソロンだったら、わたしを見捨てたりしないものね」

フィリアが嬉しそうに言った。

そのとおり。

他の冒険者と違って、俺はフィリアの師匠だ。

だから危険な局面でも、皇女を置いて一人だけ逃げたりはしない。

「とはいえ、俺の力だけでフィリア様を守れるとは限りません。もっとも良いのはフィリア様が自分の力で自分を守れるようになることですよ」

「でも……そんなの急に無理だよ」

「もちろん、俺やクレオンみたいに手慣れた冒険者のように遺跡を歩くことは難しいと思います。ですが、身を守るといっても、そのレベルはいろいろです。たとえば……」

「たとえば？」

「そうですね。ちょっとした遺跡のトラップに引っかからないようにするとか、あるいは遺跡の瘴気に当てられて体調を崩さないようにするとか、そういうことです。こういったことができるだけでもだいぶ安全度は違ってきますから。それに簡単な防御魔法も使えるようになってほしいですね」

「ソロンがそれを教えてくれるの？」

「もちろんです」

「やった！」

フィリアが弾んだ声で言い、ガッツポーズをとる。

喜んでくれるのは嬉しいけれど、ネクロポリス攻略は二週間後に迫っているらしい。

それまでにフィリアに十分なレベルの訓練を積ませるのは、簡単なことではなさそうだった。

フィリアが俺の目をのぞき込み、きらきらと目を輝かせる。

「今からさっそく授業をする？」

「そうしましょう。善は急げ、といいますからね。ですが……」

俺はぽんとフィリアの頭に手を置いた。

そして、微笑む。

「まずは着替えてください」

「はーい」

フィリアが元気よく返事をして、立ち上がった。

俺が部屋から出ていこうとすると、フィリアに引き止められた。

「ソロンがわたしを着替えさせてくれてもいいんだよ？」

「それはクラリスさんに頼んでくださいね」

「残念」

フィリアが心底残念そうな顔をしたので、俺はちょっと悪い気がしてきた。

いや、十四歳の女の子を裸にして、下着を着せるなんて俺がやるわけにはいかないんだけれど。

だいたい、フィリアはお姫様だけれど、性格からしてドレスとか手間のかかるものでないかぎり自分一人で着替えることのほうが多いと思う。

俺は言った。

「俺が教えてあげられるのは、魔法の訓練や勉強の方法ですからね」

「あとは、バスタオル姿のわたしを抱きしめたりとか？」

「そうそう。……いや、それは違います」

フィリアと俺はくすくすっと笑いあった。

それからフィリアがひらひらと俺に手を振った。

それを合図に、俺は部屋を出た。

初級レベルの攻撃・防御魔法を教えて、遺跡に共通して必要な知識の一部を教えたら、俺はレニン神殿の遺跡にすぐにでもフィリアを連れて行くつもりだった。

俺がついていれば、レニン神殿ぐらいの簡単な遺跡だったらまず危険なことはないだろう。

そうすれば、いよいよフィリアは冒険者の道を一歩踏み出すことになる。

並行してネクロポリスのことも調べないといけない。

昨日作業していてわかったけれど、やっぱりこの屋敷にあるような普通の本ではぜんぜん役に立たない。

俺は決めた。

帝立トラキア大図書館に行こう。

帝国の威信をかけて、何百万冊という本がそこには集められている。

大図書館へはフィリアも連れて行くと良さそうだ。

きっといい経験になる。

でも、今日のところは基礎的な魔術の訓練だ。

そう思っていたら、フィリアが着替えを終えて、部屋から出てきた。

俺は意外に感じた。

いつもみたいにワンピース姿かと思ったら、動きやすそうな軽装だったのだ。

フィリアは純白のズボンを履いていて、鮮やかな青色の帽子を銀色の髪にふわりとかけている。

そして、俺が贈ったサクラの杖を大事そうに両手で抱えていた。

「どうしたんですか？　いつもと格好が違うような……」

「魔法を教えてもらうなら、動きやすい服装のほうが便利かなって思ったの。ね、似合ってる？」

「とても似合ってると思いますよ」

いつものワンピース姿だとお姫様って印象が強いが、今のフィリアは元気で天真爛漫な町の美少女といった感じだ。

これはこれで、けっこう可愛いと思う。

廊下の壁を背に、フィリアもくすりと笑った。

「それにしても、気合いが入ってますね。授業のために服装に気を使うなんて」

「だって、ソロンが魔法を教えてくれるんだもの」

期待されているんだな、と俺は思った。

短期的には、ネクロポリス攻略作戦で身を守る術をフィリアに教える必要がある。

けれど、本当の目標はフィリアを偉大な魔術師にすることだった。

俺は魔術師としては平凡だ。けれど、フィリアには俺よりも遥かに高い魔法への適性がある。

俺たちは二人で屋敷の庭に出た。

芝生の敷かれた広い空間に、俺とフィリアは向かい合って立った。

屋敷の建物からは距離をとっている。

なぜここを選んだかといえば、書斎で授業をすると部屋を壊しかねないからだ。

これからフィリアに教えるのは、攻撃・防御魔法だった。

「フィリア様。攻撃魔法と防御魔法だったら、どちらから習得したいですか？」

「攻撃！」

即答だった。

まあ派手なのは攻撃魔法だし、フィリアの積極的な性格からしても、その方が性に合うかもしれない。

俺は宝剣テトラコルドを鞘から抜くと、一振りした。

木でできた杭のようなものが、その場に三本現れる。

俺はそれを指し示した。

「とりあえず、この杭を敵だと思ってください」

「うん。それで?」

「杖を構えて、『燃えよ』と唱えて、この杭を燃やしてみてください」

フィリアは炎魔法をまったく使えないわけじゃなく、紅茶に使うお湯を沸かすために利用していた。

でも、それと攻撃魔法とは別だ。

フィリアはサクラの杖をかまえ、綺麗な声で詠唱した。

「燃えよ!」

しかし何も起こらない。

フィリアはずっと杖なしで簡単な魔法を使ってきたから、杖の力を借りることにまだ慣れていないのだと思う。

俺は「失礼します」と言って、フィリアの手をそっと握った。

フィリアがちょっと赤面したが、気にしないことにする。

「こないだみたいに、魔力を杖に通すのを手伝います」

俺の言葉にフィリアはうなずき、もう一度「燃えよ!」とつぶやいた。

そうすると、木の杭に火がつき、ちょろちょろと煙を上げ始めた。

「できたのかな?」

「成功ですよ」

俺は微笑んだ。

けれど、フィリアは自分の杖を、わずかに燃えている杭を見比べ、不満そうにした。

まあ、残念だけど「攻撃魔法」というレベルには達していない。

これでは魔族を倒したりはできないだろう。

「攻撃魔法って、アルテさんが使ってたやつみたいな、どーんとやって、ばーんみたいな、派手なのを想像していたのに」

「アルテは別格ですよ。性格はともかく、あれでも帝国で最も優秀な賢者の一人ですからね。あれだけの力を使おうと思えば、フィリア様も賢者になるしかありません」

「わたしが賢者?」

「なれるとは思いますよ」

今はまだまだフィリアは未熟だけれど、その高い魔法適性からすれば、アルテのような賢者になることも不可能じゃないと思う。

賢者フィリア。

俺の弟子がそういうふうに名乗ることができれば、悪くない気がすると思う。

でも。

俺は賢者となったフィリアがどんな格好なのか考えてみた。

フィリアが黒いローブと三角帽子を身に着けて、しかめっ面をしているところを想像して、俺は微笑ましくなった。

あんまり似合わない。

フィリアが頬を膨らませる。

「ソロン。なにか失礼なことを考えてない？」

「なにも考えていませんよ」

「ふうん。べつにいいもの。わたしは賢者じゃなくて、ソロンみたいな魔法剣士になるんだから。ね？」

「フィリア様が魔法剣士になりたいって言ってくれるのは嬉しいです。でも、選択肢はたくさんあるんですから、じっくり考えたほうがいいですよ。まあ、でも」

「でも？」

「賢者でも魔法剣士でも、まずは簡単な攻撃魔法ぐらい使えないといけませんからね」

「はーい」

フィリアはもう一度、杖を構えた。

俺は後ろからフィリアに語りかける。

「コツは、その杭がうまく燃えている姿を強くイメージすることです。何が目的で魔法を使っているかをしっかり把握できていることが重要ですからね」

「うん」

フィリアはサクラの杖をふたたび杭に向けて、詠唱した。

すると杭にぱっと火がつき、綺麗に燃え始めた。

そして、ほとんど間を置かず、そのすべてを炭にした。

「やった！」

「よくできました」

俺はそう言ってフィリアの頭を撫でた。

フィリアは嬉しそうに微笑む。

やっぱり、フィリアは要領がいい。

あっさりと第一のステップを乗り越えた。

要領の良さというのは人それぞれで、魔法学校の一年生だったときのクレオンなんて、このぐらいの魔法を習得することがなかなかできずに苦しんでいた。

まあ、その後、クレオンは急激に成長し、今では帝国最強の騎士なのだけれど。

俺はフィリアに言う。

「では、次の杭を燃やしてみましょう。簡単な防御魔法がかけてありますから。これを超えるぐらいの強さの魔術をかけようと頑張ってみてください」

「わかったよ。強い魔法だよね」

フィリアは得意げに杖を構え、そしてさっきと同じように魔法の呪文を詠唱した。

さっきの成功で、フィリアはだいぶ自信を持ったらしい。

フィリアはとびきりの笑顔だった。

けれど次の瞬間、フィリアの魔法は暴発した。

フィリアの手のなかのサクラの杖が赤く輝いている。

それ自体は悪いことじゃない。

むしろフィリアが杖をうまく使い、魔力を通せている証で、本当に強力な魔法を放つこともできるだろう。

だけど……。

フィリアの杖からほとばしる炎は、練習用の杭のほうでなく、俺の方へとまっすぐに飛んできた。

俺は慌てて宝剣テトラコルドを振ってそれを防いだ。

フィリアはびっくりした顔をして杖を見ていたが、杖から走る炎の流れはまだ止まらず、今度は屋敷の庭のヤナギの木へ直撃した。

その木は激しく燃え盛り、周りの草木へと炎が移る。

まずい。

おそらくフィリアは魔力を制御できなくなっている。

このままだと大火事だ。

俺は宝剣を燃え盛る草木へ向けて、水魔法を放つ。

それで火はいったん消し止められたが、フィリアの杖からはさらに炎が撒き散らされている。

これを止めるには、杖への魔力供給を断つしかない。

「フィリア様！　杖を放してください！」

「う、うん」

フィリアがぱっと杖から手を放し、杖が地面に落ちる。

しかし、杖はまだ鈍く輝いている。

最初にフィリアから与えられた魔力がなお残っているみたいだ。

それはフィリアの魔力量が普通の魔術師よりも遥かに多いことを示している。

ともかく目の前の問題である暴走する杖をなんとかしなければならない。

放っておいても魔力が尽きるとは思うけれど、制御者を失ってより暴走の危険が高まってもいる。

俺は呆然とするフィリアのほうへ一歩踏み込み、それからフィリアの身体を抱き寄せた。

びくっとフィリアが震える。

このままだとフィリアの身も危険だからだ。

俺はサクラの杖を見下ろした。

フィリアのために買ったものだけれど、仕方がない。

俺は杖を破壊しようと宝剣を振り下ろそうとした。

その寸前で、杖がふたたび強い光を放った。

「ソロン！」

フィリアが悲鳴を上げる。

その杖から放たれる炎が俺の腕を直撃したからだ。

肌が焼ける感覚が広がる。

けれど俺は怯まず、そのまま宝剣でサクラの杖を破壊した。

粉々になった杖は、ようやく輝きを失い、暴走を止めた。

俺がほっとしてフィリアを見ると、泣きそうな顔をしていた。

「ソロン……腕」

「ああ。このぐらいの火傷(やけど)なら平気ですよ」

「ホントに？」

「本当です」

正直、けっこう痛いが、そんなことは言わない。

フィリアが心配そうに俺を見つめてくる。

そうやって心配してくれるのは、俺にとっては嬉しい。

けれど、せっかくフィリアが魔術を使おうとしたのに、それが心理的な負担になってしまうというのは避けたかった。

「失敗して、ソロンに迷惑かけちゃった……」

フィリアがしょんぼりと言う。

俺はそれに微笑みで応えた。

「失敗なんかじゃありませんよ」

「え？」

「制御できなかったとはいえ、初めてでこれだけ強力な魔法が使えたんです。それはフィリア様に才能があるということですよ」

フィリアは凄まじい量の魔力を秘めている。

アルテの言っていたとおり、それはフィリアが魔王の子孫だからだろうし、そして、フィリアが魔術師として高度な魔法を使いこなせるようになることも意味している。

　俺は砕けたサクラの杖の破片を拾い上げる。

「ペルセの店で新しい杖を買いましょう」

「せっかくソロンが贈ってくれたものだったのに……」

「いいんですよ。今度は魔力の拡幅よりも、より制御のしやすさに重点を置いた杖のほうがいいかもしれません」

「でも……」

　フィリアは俺を上目遣いに見た。

　前も杖を買ったときに言っていたように、俺が杖を買うのを申し訳ないと思っているみたいだ。

　俺はフィリアの頭を軽く撫でた。

「杖が壊れたことなんて大したことではありません。俺がフィリア様の師匠でいるかぎり、杖ぐらい何度でも用意できますよ」

「ありがとう……」

　フィリアは嬉しそうにしたが、でも、元気はやっぱりなさそうだった。

「ペルセさんが言っていた悪魔や魔族が魔法を制御できなくなるって話……」

「あれは迷信ですよ」

「でも……」

　現にフィリアの魔法は制御不能になった。

ただ、こんなふうに魔力が暴走するのは極めてまれだ。

魔法学校でもほとんど見たことがないし、普通の悪魔や魔族がこんなふうに魔力を制御できなくなったという話も聞かない。

フィリアが魔王の子孫だからだろうか。

そのあたりも大図書館で調べてみることにしよう。

明日にも、フィリアを連れて大図書館へ行くことを俺は決めた。

†

青空を背に立つ大図書館を俺たちは見上げる。

フィリアが魔法を暴走させた翌日、俺は帝立トラキア大図書館にフィリアを連れて来ていた。

「すごい……」

フィリアが感嘆の声を上げた。

大図書館の外壁は白い石で覆われており、正面には荘厳（そうごん）な円柱がいくつも立ち並び、柱頭の装飾は華やかな形状をしていた。

この建物は百年前にできたものだけれど、そのときの皇帝の趣味で古代風の様式にしたらしく、周囲の建築物との違いを際立たせていた。

なにより、大図書館の驚くべき点はその規模だ。

本館だけでも十分に大きいのに、その両翼にはほぼ同じぐらいの大きさの別館が増築されている。

建物に入ってすぐの場所が、広大なホールとなっていて、中央に巨大ならせん階段がある。

その脇の小部屋に受付があり、俺はそこの若い女性に声をかけた。

この図書館に入るには相応の身分を証明する必要がある。

といっても、魔法学校の卒業生という程度でも大丈夫だし、それほど入館者が限定されているわけではない。

フィリアが着ているのは、町の少女が着るような茶色の地味な服で、ぱっと見では正体はわからないと思う。

ただ、銀髪の可憐な容姿はかなり目立つし、そもそも入館時にはさすがにフィリアが皇女であるということを隠すわけにはいかない。

受付の女性は金髪で白い服を着ており、穏やかそうな感じの人だった。

女性が入館資格を尋ねると、フィリアがそれに弾んだ声で応じた。

「わたしは皇女フィリア。こっちが師匠の魔法剣士ソロン」

そして、フィリアは銀色に輝く双頭の鷲のブローチを見せた。

それは皇族である証だった。

女性がさっと顔色を変えて、立ち上がったので、俺は慌てた。

「ええと、お構いなく。フィリア様は、その、お忍びで来ているんです。従者も俺しかいませんし」

「ソロンさえいてくれれば、わたしは安心だものね」

くすっとフィリアが笑う。

女性は戸惑うようにしていたが、まあまあと俺はなだめ、普通の入館者として入れてもらった。

俺たちは赤い布が敷き詰められたらせん階段を登った。

吹き抜けの上の天井はガラス張りになっていて、日光が降り注いでいる。

遺跡に関する資料は三階の東棟に集中していたはずだ。

そこでネクロポリスのことが調べられる。

大量の本棚のあいだをかいくぐり、俺たちは目的の本を探そうとした。同時にフィリアに本の探し方を教える。

俺は書棚の一つで、古代王国関係の古ぼけた茶色の表紙の本を取ろうと手を伸ばした。

すると、同じ本を取ろうとした人と手が触れ合った。

かなり細い女性の手だ。

こんなマニアックな本に用があるなんて、どんな人だろう?

俺は相手の顔を見て、ぎょっとした。

相手は一瞬、きょとんとした顔をして、それから可愛らしく首をかしげた。

黒髪黒目の抜群の美少女だった。

魔法学校の制服である紫の線の入ったローブを着ている。

そして、俺はその顔をよく見知っていた。

賢者アルテ……ではなく、その双子の妹の占星術師フローラだった。

旧聖ソフィア騎士団の幹部で、魔法学校時代の俺の後輩だ。

フローラは俺だとわかると、さぁっと顔を青ざめさせ、後ろを向いて逃げだそうとした。

反射的にフローラの腕をつかむ。

紳士的ではないかもしれないけれど、ここで逃がすわけにはいかない。

フローラはアルテに加担して俺の屋敷を襲撃した。

そのせいで憲兵隊に捕まったはずだし、今ごろは牢のなかだと思っていた。

「放してください！」

フローラが綺麗な声を上げて、じたばたとする。

ちょっとだけ俺は慌てた。

可憐な少女にあまり大声を上げられると、男の俺が悪者みたいだ。

周りに人はまったくいないし、この図書館は異様に広いからあまり心配する必要はない。

けど、用心は必要だ。

仕方なく、俺はフィリアに言う。

「すみませんが、フローラを取り押さえるのに協力してください」

「了解！」

フィリアはフローラの正面に回りこむと、いきいきととびかかった。

「やっ、やめてくださ……い！」

フローラがくすぐったそうに身をよじる。

フィリアとフローラの二人はそれほど年齢差がない。

フローラはフィリアよりも三つ年上の十七歳で、ちょうど姉と妹が戯れているように見えるはずだった。

俺が後ろからフローラを羽交い締めにしていなければ、だが。

しばらく暴れていたフローラも、やがて抵抗を諦めたようにうなだれた。

フローラは非力な方で、魔法の杖がなければ何の戦闘力もない。

俺とフィリアが手を放すと、がっくりとフローラは膝をつき、「ううっ……」と悲しそうにつぶやいた。

気が強くて傍若無人な姉のアルテと違い、妹のフローラは常に周囲のことを気にしている、気弱な子だった。

とりあえず、落ち着かせるために、一番気になっていることを聞いた。

「なんで学校の制服を着ているの？　なにか仮装大会があるとか？」

「ち、違います！」

フローラはみるみる顔を赤くし、耳たぶまで真っ赤になった。

そんなに恥ずかしがらなくてもいいのに。

「そ、その、わたしはいちおうお尋ね者でしたし……正体を隠しておこうかと」

「俺の屋敷の襲撃の件だよね？」

「あっ、あのときはお姉ちゃんが無茶苦茶して、本当にすみませんでした！　許してください、なんでもしますから！」

どうやらフローラは俺に何か報復されるのではないかとびくびくしているらしい。

俺は苦笑いした。

「いいよ。そんなに怯えなくても、何もしない」

「ほ、本当ですか？」

「もし、この場でフローラになにかするんだったら、アルテをあの場で見逃したりしなかった」

「……そうですね。先輩はそういう人でした」

フローラはそうつぶやくと、ようやく落ち着いた様子を見せた。

俺は尋ねる。

「それで、なんで釈放されてるの？」

「……想像できると思いますけど、クレオン先輩が政府に働きかけたんです。私も、お姉ちゃんも、カレリアさんも一緒に解放されてます」

俺を追放したクレオンは、今や首相ストラスたちの協力のもと、救国騎士団を結成していた。

政府中枢や皇帝官房第三部などともつながりがあるというし、フローラたちを釈放させる力があっても不思議な話ではない。

「なるほど。それで、フローラは新騎士団の幹部へ横すべりしたってわけか」

こくこくとフローラはうなずいた。

一度の戦闘で一度しか使えないとはいえ、フローラは規格外の攻撃力を誇る占星魔法を使える。

遺跡の強力な魔族を倒すにはもってこいの存在だし、クレオン救国騎士団にとっても貴重な戦力のはずだ。

しかし、魔法学校時代の制服を着て、こうして怯えたように縮こまっていると、フローラが高位の魔術師だという気は全然しない。

よくも悪くも賢者アルテは自分の力の強さを信じていて、それに相応する迫力があった。

けど、フローラにはそれがなく、本当にただの儚(はかな)げな少女にしか見えない。

フローラは俺を上目遣いに見て、控え目な声で抗議した。

「あんまり見ないでください。恥ずかしいんですから」

「べつに飛び級してなければ、今頃まだ学校にいただろうし、全然おかしくはないと思うけどね。よく似合ってるよ」

フローラはなぜか頬をますます赤くした。

「似合ってる、ですか。そうですか……」

フローラはつぶやくと、黒く澄んだ瞳で俺を見つめた。

俺が魔法学校にいたころ、学校で一番人気のアイドル的な少女といえば、ソフィアだった。

そして、その次に人気なのがアルテで、ソフィアと並ぶと、男子も女子もみな憧れの眼差しで二人を見ていた。

けれど、フローラの名前は生徒たちのあいだで全然上がらなかった。

姉のアルテの陰に隠れて、全然目立たなかったのだ。

けれど、本来は姉のアルテに劣らない愛らしい容姿をしていて、端的に言ってかなり可愛い。

むしろアルテみたいな強烈な性格をしていない分、フローラのほうが正統派美少女かもしれない。

俺はフローラに見つめられて、少しどきっとした。

そうしていたら、フィリアに腕をつねられた。

「ソロン……フローラさんに見とれていたでしょう」

「そんなことは……ありません」

俺が小声で答えると、フィリアが「ふうん」とつぶやき、俺をジト目で睨んだ。

フローラはといえば、どぎまぎした様子で、俺とフィリアを見て、そして、「ソロン先輩が私に見とれていた……そうですか」とぶつぶつとつぶやいていた。

俺がうなずくと、フローラは意を決したように、「私の話を聞いてくれますか？」と尋ねた。

「先輩のお屋敷を私たちが襲ったときのこと、私がなにをしていたか、覚えていますか？」

「？　そりゃ、もちろん」

フローラはアルテを戦いのさなか援護しようとした。

そして、一瞬でソフィアの魔法に吹き飛ばされ、戦闘から離脱していた。

つまり、まったく戦闘要員としては意味をなさなかったのだ。

フローラが言う。

「あれには理由があるんです」

「理由？」

「はい。私は全力を出していなかったんですよ。いえ、はじめから戦うつもりがなかったんです」

フローラはそう言うと、寂しそうに微笑んだ。

フローラは、アルテが俺の屋敷を襲ったとき、戦う意思がなかったらしい。

けれど、アルテはフローラの姉だし、アルテが負けるのをみすみす見逃すというのも変だ。

そもそも戦うつもりがないなら、アルテの襲撃についてくる理由がない。

俺がフローラにそう尋ねると、フローラは首を横に振った。

「私はあの戦闘のとき、お姉ちゃんが勝ったら、先輩たちにひどいことをしないようにそれとなく止めるつもりでした。逆にお姉ちゃんが負けて、先輩がお姉ちゃんを殺そうとしたら、それも止めるつもりだったんです」

つまり、フローラは戦いの後を見据えて、わざと気を失ったふりをしていたらしい。

俺がアルテの頭上に剣を振りかざしていたときも、もしかすると、フローラは杖を構えて俺に狙いを合わせていたのかもしれない。

もし俺がアルテを殺そうとしていたら、フローラの占星魔法でひとたまりもなく吹き飛ばされていた可能性がある。

「それに、私はお姉ちゃんの味方ですけど、お姉ちゃんのやっていることに全部賛成ってわけじゃないんです」

「具体的には、アルテの行為のどれに反対しているの？」

「お、表立っては反対なんてしていないです。お姉ちゃんの言うことに逆らったりはできないですし、しかもお姉ちゃんの意見はクレオン先輩も賛成していることが多いですから」

自分に逆らった幹部の機工士ライレンレミリアに対して、アルテは拷問を加えて重傷を負わせている。

もちろん、アルテは妹のフローラにそこまでのことはしないとは思う。

けれど、そうはいってもアルテに異議を唱えるのは、フローラにとっても慎重にならざるをえない。

フローラはおずおずと切り出した。

「お姉ちゃんのやっていることで賛成できないのは、例えば、ですね。ソロン先輩の屋敷を襲ったりとか、皇女殿下を誘拐しようとしたりとか、魔王の子孫の女の子たちを力のための犠牲にしたりとか……あとライレンレミリアにひどいことをしたりとか……」

つまり、ほとんど全部ということだ。

もしかすると、フローラは俺たちの味方になってくれるかもしれない。

とはいえ、重要な問題があといくつか残っている。

「アルテがソフィアを騎士団に連れ戻そうとしていたことについては、どう思ってる？」

「それも……やめたほうがいいと思っています。私だって聖女様の騎士団脱退は残念ですけど、でも聖女様自身が抜けたいと思ったなら、どうやったって引き止めることはできませんし……」

うんうん、と隣でフィリアがうなずいている。

まあ、フローラの言うことは常識的判断だ。

嫌がるソフィアを無理やり騎士団に戻して戦わせるなんて、あまりにも非現実的だ。

本人にその気がなければ、遺跡攻略に参加させたってうまくいくわけがない。

でも、アルテはそんな当たり前のことがわからなくなるほど、ソフィアに固執していたのだ。

フローラは疲れたような笑みを浮かべた。

「ソフィア様がいなくなっちゃってから、お姉ちゃんはおかしくなっちゃってるんです。きっとよっぽどショックだったんだと思います」

「そういう意味では、アルテも気の毒だな」

「……先輩は、お姉ちゃんに同情するんですか？」

「まあ、うん。まったく気持ちがわからないわけでもないし」

俺が仲間によって騎士団を追放されて傷ついたのと同じように、アルテもソフィアに必要とされていないと思って傷ついたのだと思う。

そのことに限っていえば、アルテの感情はとても自然なものだ。

けど、フローラは困ったような顔をした。

「先輩はお姉ちゃんに同情なんかしちゃダメです。皇女殿下を大切に思うなら、あのとき、先輩はお姉ちゃんを殺しておくべきでした」

「なぜ？」

「だって、今でもお姉ちゃんは、皇女フィリア殿下の身柄を狙っていますから」

びくっとフィリアが震えた。

フローラたちは皇女フィリアを狙わないと約束した。

けど、アルテはその約束を破るつもりらしい。

フローラが悲しそうに首を横にふる。

「解放されてしまえば、お姉ちゃんが先輩との約束なんて守るはずがありません」

そして、フローラは、アルテがフィリアをふたたび利用しようとしている理由を語った。

これから攻略する予定の死都ネクロポリスには、七人の魔王のうちの一体が眠っていること。

その魔王を、アルテは力を手に入れるために、クレオンは軍事利用のために、復活させようとしていること。

そして、魔王復活のためには、魔王の子孫を犠牲にする必要があること。

俺はフィリアがネクロポリス攻略作戦の形だけの総指揮官に選ばれた理由を悟った。

フィリアをネクロポリスに出向かせ、そして攻略が成功すれば、そのままフィリアを眠る魔王の再起動の供物（くもつ）とする。

それがアルテ、そしてクレオンの狙いなのだろう。

俺はうめいた。

なんてことだ。

そもそも無謀なネクロポリス攻略作戦で失敗の危険が高いが、仮に成功しても、今度はフィリアの身が危険にさらされる。

俺はフローラに言った。

「教えてくれてありがとう。でも、どうしてこんな秘密情報を俺に言おうと思ったの？」

「私は、お姉ちゃんの味方なんです。あんな人でも、私の大事な姉ですから。でも、だからこそ、お姉ちゃんがひどいことを繰り返すのも見たくないんです。それにフィリア殿下を傷つけないと私は約束しました。……お姉ちゃんの願いのために、ネクロポリス攻略は成功させてあげたい。その一方で、皇女殿下も先輩もひどい目には遭わせません」

フローラはいつもと違って、力強い口調で言い切った。

決意のこもった黒い瞳がまっすぐに俺を見つめる。

「本当にアルテのためを思うなら、そもそもネクロポリス攻略を中止すべきだ。あれは必ず失敗する」

「いいえ。ネクロポリス攻略作戦は成功させます。たとえ危険でも、真の勝利のためなら命をかけて戦うのが冒険者。そうでしょう？」

「それは違う。必ず生きて戻ってきて、絶対に負けないのが正しい冒険者のあり方だ」

フローラは無言で首を横に振った。

その姿が双子の姉のアルテと重なる。

俺は戸惑った。

フローラはネクロポリス攻略作戦を成功させ、そして、フィリアの身も守る自信があるらしい。

いったいどんな秘策があるというのだろう？

フローラはまた気弱そうな雰囲気に戻っていた。

そして、その場を立ち去ろうとし、数歩歩いてからこちらを振り返った。

フローラは上目遣いに俺を見つめた。

「最後に一つだけ。私は、先輩を追放することに、本当は反対だったんですよ」

そう言うと、今度こそフローラは俺たちを振り返らず、図書館の奥へと消えていった。

†

大図書館の蔵書数はさすがというべきで、ネクロポリスについてもかなりの情報が集められた。

フローラの去った後、十分とまでは言えないけれど、遺跡の構造や敵の性質について、役に立つ知識を仕入れることができた。

死都ネクロポリスは地下に少なくとも二十層まで広がっていると考えられている。

少なくとも、というのは地下二十層までしか到達した冒険者がいないからだ。

たった一人だけ二十層まで到達したのは、半世紀前の伝説的な勇者のペリクレスだった。

後にも先にも彼より優れた勇者はいないと謳(うた)われ、実際に廃都レルムの守護者を一人で倒すなどの功績を彼は挙げていた。

その実力は当時の他の冒険者とあまりにも隔絶していた。だから、彼にとってはどれほど優秀な聖女だろうが賢者だろうが、足手まといにしかならなかった。

だから、彼は常に孤高の人で、一人で遺跡の攻略に臨んでいた。

まさにペリクレスは史上最強の冒険者だった。

それでも、彼はネクロポリス攻略に失敗した。

ペリクレスは二十層で重傷を負い、命からがら地上への脱出には成功したものの、その数日後に傷病死した。

　俺はある日記帳を閉架の書棚から取り出す。

　ペリクレスの書いたものだ。

　俺はつぶやく。

「誰かが最近この本を読んでいますね」

「どうしてわかるの？」

　俺はフィリアの疑問に答えた。

「この本だけホコリが少ないんです。他の周りの本は開くだけで、ホコリの嵐が巻き起こるのに」

　おそらくフローラが見たのだろう。

　もしかするとクレオンたちも確認済みかもしれない。

　俺はその日記を開き、最後の日付の行に目を走らせる。

　ペリクレスがネクロポリス攻略に失敗して、自室で死んだ日だ。

「なにか邪悪で怖ろしい巨大なものと、人の姿をした光り輝く者が、私を襲った。私は神に裏切られたのだ」

　日記にはそう書かれていた。

　フィリアが首をかしげる。

「これ、どういう意味なのかな？」

「さあ。『邪悪で怖ろしい巨大なもの』というのは、フローラの言っていた魔王のことかもしれません。ですが、後半となると、よく意味がわかりませんね」

人の姿をした光り輝く者が何なのか。

例えば、精霊の類の者なら、人間型の容姿をとることがある。

精霊は魔力の集合体であり、そして魔力の元の持ち主の姿を真似るからだ。

けど、ペリクレスほどの冒険者なら、精霊を見分けることはできたはずで、もしそうなら日記にもそう書くだろう。

結論は得られないまま、俺たちは仕方なく第二十層よりも手前の中位層の構造や敵の種族などを調べた。ペリクレス以外にも多くの冒険者がネクロポリス攻略に挑んでいるが、結局、ネクロポリスの第二層までが完全に解放されたにすぎず、後はまだ魔族の巣窟(そうくつ)であるというのが現状だった。

今日はネクロポリスについて調べるのは、ここまでにしておこう。

それよりも重要なことがある。

フィリアの魔力がなぜ暴走したか、だ。

この問題をなんとかしない限り、また同じことを繰り返し、フィリアをいつまでたっても成長させられない。

けど、こっちの問題を調べるのは、より困難だった。

なにせ魔王の子孫は希少な存在で、ほとんど文献がない。

あっても迷信やおとぎ話のようなものばかりだ。

「なにも……見つからないね」

フィリアがちょっと元気なさそうに言う。

うーん。困った。

あんまりフィリアをがっかりさせたくないけれど、解決の糸口が見つからない。

俺とフィリアが閲覧席の隅でため息をついていると、足音が聞こえた。

誰だろう？

俺は少しだけ警戒した。

もしフローラの話が本当なら、救国騎士団の誰かがフィリアを拉致しに来てもおかしくない。

けれど、本棚の陰からひょこっと現れたのは、間違いなく俺の味方だった。

「探したのよ、ソロン。なんで私を頼らないわけ？」

その女性は頬を膨らませて言った。

すらりとした美人の彼女は、赤い髪をかきあげ、真紅(しんく)の瞳で俺を睨んでいる。

魔法学校の教師用のゆったりしたローブを着ているが、それすら真紅に染められている。

まさに「真紅」の二つ名がぴったりだ。

「ルーシィ先生！　なんでここに⁉」

俺が声を上げ、フィリアも意外そうに目を見張っていた。

そこにいたのは、帝立魔法学校教授にして、俺の師匠の「真紅のルーシィ」その人だった。

ルーシィ先生は手に持った羽ペンをくるりと回すと、ジト目で俺を見た。

「ソロンのお屋敷のメイドさんから聞いたの。この図書館にあなたがいるって」

「ああ……そういうことですか」

ちょうど良かった。

ルーシィ先生なら、フィリアの魔力の暴走についてもなにか力になってくれるかもしれない。

けど、ルーシィ先生がとても機嫌が悪いということに俺は気づくべきだった。

ルーシィ先生がさっと杖を抜くと、まっすぐに俺に向けた。

「ソロン……なにか言い残すことは？」

「い、言い残すことって……。まるで俺が死ぬかのようですね」

「ソロンは、フィリアとソフィアとメイドさんと一緒の家に住んでいるのよね？　わざわざお屋敷を買って」

「はい……そうですが？」

「三人の女の子と同じ部屋で寝てるって聞いたわ」

「いや、そうですが、別にやましいことはないと言いますか……」

「へえ。お風呂上がりのフィリアを抱きしめたり、下着姿のソフィアといちゃついたりしているのに？」

「誰に聞いたんですか？」

「メイドの子。クラリスだっけ？」

俺は頭を抱えた。

ルーシィ先生に「こんなことがあったんですよー」と楽しそうにぺらぺら喋るクラリスの姿が頭

の中に思い浮かぶ。

　しかもきっと誇張している。

「ソロン……」

　フィリアが小声で口をはさむ。

　俺のことを助けてくれるのかと期待したけれど、違った。

「ソフィアさんと下着姿でいちゃついていたってどういうことかなあ？　わたし、初めて聞いたよ？」

　フィリアがにっこりと微笑む。

　まずい。

　フィリアにも誤解されている。

　単にたまたまソフィアとクラリスの着替え中に出くわしてしまい、悲鳴を上げそうになったから落ち着かせようとしただけなんだけど。

　でも、そう言っても信じてくれないような気がする。

　ルーシィ先生が真紅の瞳で上目遣いに俺を見て、小声で言う。

「ソロンの……お屋敷がアルテたちに襲われて、皇女イリス殿下にも殺されそうになったって聞いたわ」

「はい。でも、どちらもなんとかなりましたよ」

「私は、それを聞いてすごく心配したのよ。どうして私を頼ってくれなかったの？」

「先生に相談する時間がなかったんですよ」

どちらも急なことで、郊外の俺の屋敷から魔法学校まで行って助けを求める時間がなかったのだ。

「ふうん。なら、私も近くにいればいいんだ」

「へ？」

「私もソロンのお屋敷に住むから。決まりね」

「え……ええ!?」

「ソフィアがあなたのそばに戻ってきたときから不安だったの。騎士団だけじゃなくて、教会も政府も、ソフィアのことを利用しようとしてる。ソフィアを狙う人たちのせいで、ソロンもフィリアも危険な目に遭うんじゃないかって思ってた」

七月党襲撃事件が決着したとき、ルーシィ先生一人だけが暗い顔をしていたのはそのせいだったのかもしれない。

しかも、ルーシィ先生はより具体的に心配することがあるようにも見えた。

「ともかく、私もいたほうがフィリアたちを守るのにも都合がいいでしょう？」

「まあ、そうですが」

「それに、ソロンとこの子たちを一緒にしておいたら、どんなふしだらなことをするかわからないし」

フィリアがくすっと笑った。

「ルーシィはわたしたちに嫉妬してるんだね！」

「してない！」

ルーシィ先生は顔を真っ赤にし、それからこほんと可愛らしい咳払いをした。

そして、杖をもう一度、俺に向け直す。

「さあ、ソロン。私もソロンのお屋敷に住むのを認める？」

「そ……その杖はなんですか？」

「脅しているわけじゃないわ」

「脅しているってことですよね？」

「取引よ。代わりに、ソロンたちが知りたがっていることを教えてあげてもいいわ。つまり、フィリアが正しく魔法を制御する方法を教えるってこと」

俺は目を見開いた。

やはりルーシィ先生は知っていたのだ。

魔王の子孫が魔力を暴走させること、そして、その制御の方法を。

「どうする、ソロン？」

俺はため息をついた。

一方のルーシィ先生はちょっと不安そうに俺を見つめている。

俺はゆっくりと言った。

「そんな取引なんてしませんよ」

ルーシィ先生はすごく傷ついた顔をした。

そんな顔をしなくてもいいのに。

「やっぱり……私と一緒に住むのは嫌？」

「そんなこと言っていません。そんな取引なんてしなくても、俺はルーシィ先生のことを拒絶したりなんてしませんよ」

「え？」

「先生が俺の家にいてくれるというなら、とても心強いです。だって、ルーシィ先生は俺の師匠ですから」

俺はにっこり笑って、右手を差し出した。

ルーシィ先生はそっと俺の手を握り返すと、恥ずかしそうに頬を染めた。

「そうね。あなたは私の弟子だものね」

†

ルーシィ先生はその日の夜には俺の屋敷にやって来た。

荷物は後から送るという。

もともと魔法学校の教員用の寮に住んでいたから、大した私物も持っていないし、引き払うのも簡単なんだろう。

フィリアはルーシィ先生と知り合いだし、人好きのクラリスもルーシィ先生が俺の屋敷に住むことに反対しなかった。

ただ一人、ソフィアだけはちょっと困ったような顔をしたけれど、結局、うなずいてくれた。

べつに二人の仲が悪いというわけではなくて、むしろソフィアはルーシィ先生のことを天才教官として尊敬していたようだし、ルーシィ先生もソフィアを優秀な生徒として高く評価していた。

ただ、魔法学校時代から二人のあいだには微妙な緊張感があった。

それが何によるものかはわからないけれど。

俺は屋敷のなかを案内しつつ、ひとしきりこれまでの事情を説明した。

特にネクロポリスの魔王復活が計画されており、それが軍事利用のためでもあるらしいという話をルーシィ先生は熱心に聞いていた。

「負け続きの戦争自体を早く終わらせてしまうべきなのよ」

ルーシィ先生は断言した。

もともとルーシィ先生は新首相ストラスにも辛口だったたし、クレオンの救国騎士団結成にも否定的なようだった。

二階に上がると、ルーシィ先生が寝室の一つを指さした。

「じゃあ、私はこの部屋を使わせてもらうから」

俺たちの寝ている部屋は屋敷二階の東側だ。

ルーシィ先生の部屋は廊下の反対側にあたる西の隅になる。

「ソロンと同じ部屋じゃなくていいの？」

フィリアがからかうようにルーシィ先生に尋ねる。

ルーシィ先生は笑いながら、フィリアを見下ろした。

「ええ」

ルーシィ先生は、俺とフィリアたちが変なことをしないように見張ると言っていた。

だからルーシィ先生も俺と同じ部屋で寝るとか言い出すかもしれないと思っていたのだけれど。

でも、さすがに違ったらしい。

俺はほっとした。

さすがに同じ部屋におけるベッドの数にはかぎりがある。

けど、ルーシィ先生は俺の顔を見ると、くすっと笑い、真紅の髪を指先でいじった。

嫌な予感がする。

長い付き合いだからわかるけれど、ルーシィ先生がこういう仕草をしているときは、おかしなことを考えている確率がすごく高い。

別の部屋を使うと言ったのにはなにか意図があるのかもしれない。

「さて、っと。さっそくフィリアの魔力暴走対策をしましょうか」

ルーシィ先生はびしっとフィリアを指さし、杖を取り出した。

ここでやるつもりなんだろうか？

フィリアが魔力を暴走させてしまえば、俺の屋敷が大火事になるかもしれないけれど。

「安心して。この対策をするときに暴走の心配はないわ。ソロン、魔力量の二つの要素が、魔法の質にどう影響するか説明できる？」

そんなことは魔法学校の一年生が習うことだ。

俺は戸惑いながら答える。

「人はそれぞれ自分の身体のなかに魔力を有していて、その量は人によって違います。そして、身体に張り巡らされた魔力経路を通して、その魔力量をどれだけ効率良く魔法に転換できるか。この二つで魔法の成否が決まってきます」

「正解。もともと持っている魔力量のほうは変えられないけど、それをうまく使いこなせさえすれば、高度な魔術が使えるってことね。フィリアはすごくたくさんの魔力量を持っているけど、それを使いこなせてないわ」

ルーシィ先生はやはりフィリアが魔王の子孫であると知っていたらしい。

魔王の子孫は、通常の人間では絶対に持っていないような魔力量を持つ。

フィリアが何の訓練も経ないまま、その膨大な魔力を全力で杖に通そうとすれば、杖は耐えれず魔力は暴走する。

それがルーシィ先生の説明だった。

たしかにフィリアの魔法が暴走したのは、強力な魔法を放とうと意識したときだったみたいだ。

「魔王の子孫が特別なのは、その魔力量だけではないわ。魔力の転換効率がものすごく高いの」

「六割とかそのぐらいですか？」

「いいえ。天才の私でさえ魔力量の七割ぐらいしか魔法に転換できないのに、魔王の子孫なら九割五分を超えるの」

俺は息を呑んだ。

ほとんどすべて、ということだ。

ルーシィ先生が俺とフィリアを見比べる。

「魔王の子孫の魔力量と高い魔法への転換効率は優れた武器になる。けれど、普通の人と違って魔力が強すぎて暴走させてしまう危険があるってことね。だったら、どうすればいいと思う？」

魔力の量のほうは生まれついてのものだから、変えられない。

なら、魔法への転換効率のほうを低くすればいい。

俺がそう答えると、ルーシィ先生はうなずいた。

「そのとおり。だから、フィリアの魔力経路を縛ってしまえばいいの」

「でも、どうやるんです？　そんな魔法、聞いたことがないですよ」

「そうね。別の誰かと魔力経路をつなぐことが必要になるわ。そして外部からフィリアの魔力量を調節するの」

「それってつまり、アルテが魔王の子孫たちにやったのと同じことをするってことですか？」

俺は心配になった。

アルテは魔王の子孫の少女たちを虐待し、その魔力を無理やり吸い上げて、ひどい目に遭わせた。

魔力は人間の生命力の一部で、それを無理に他人が奪えば、少なくとも廃人化するはずだ。

「大丈夫。その調節者が悪意を持って魔力を利用しようとしなければ、フィリアがそんなふうになったりしないから」

「でも、その調節する誰かが、フィリアの魔力量に目がくらまないと言いきれるでしょうか」

魔力の量は魔術師の能力を決定的に左右する。

もしその調節者がフィリアを踏み台にしようと思えば、より高位の魔術師となることも可能になるだろう。

けれど、ルーシィ先生は自信に満ちていた。

「大丈夫。絶対にフィリアを裏切らない人が一人いるでしょう？」

「……俺のことですか？　たしかに俺はフィリア様の魔力を利用しようとしたりしませんが……」

「決まりね。フィリアもソロンとなら、魔力経路をつないでもいいでしょう？」

フィリアは一瞬のためらいもなく、「もちろん！」と弾んだ声でうなずいた。

ルーシィ先生に言われるまま、フィリアは俺に手を重ねた。

俺は一瞬どきっとし、それからフィリアの瞳を見た。

「本当にいいんですか？　俺はフィリア様の命を握ったも同然の立場になるんですよ？」

「大丈夫。だって、わたしはソロンのことを信じているから」

フィリアは柔らかく微笑んだ。

ルーシィ先生の指示通り、フィリアが魔力経路をつなぐ契約の呪文を唱え始める。

「わたしの生命の道はあなたのもの」

フィリアが綺麗な声で言い終わると、その対となる呪文を俺が唱える。

「あなたの道は私の道でもあります」

たったその二言だけで、契約は終わった。

なにか一筋の温かいものが流れ込んでくる。

わずかだが、フィリアの魔力が俺に向かって流れてきているのだ。

それは、フィリアも同じだったみたいだ。

「これでソロンとわたしは一つになったんだよね」

ルーシィ先生が慌てて横から口をはさむ。

「単に魔力経路がつながっただけだから！」

「でも、わたしのなかにソロンがいるっていう感覚があるの」

フィリアが嬉しそうに言う。

ともかくまずはフィリアの魔術訓練の障害がなくなったことを喜ぶべきだろう。

それもこれも、ルーシィ先生のおかげだ。

ルーシィ先生は、冷遇されていた皇女フィリアに肩入れしている。

その理由は、やはりフィリアが魔王の子孫で、その魔力で偉大な魔術師になることを期待しているからだろうか？

俺が尋ねると、ルーシィ先生は首を横に振った。

「それもあるけど、もっと別の理由があるわ」

「別の理由？」

「フィリア、そしてソロンには、この帝国の未来を背負ってもらうの」

ルーシィ先生は独り言のようにつぶやいた。

†

ルーシィ先生の協力を得て魔力暴走の問題は解決したので、俺はフィリアが遺跡攻略に行けるように準備を進めた。

まず、女商人ペルセの店に行って、杖を買い直した。

フィリアの魔力量の大きさを考慮して、耐久性の高いリンゴの木の杖を今度は選ぶ。

フィリアは嬉しそうにそれを軽く振り、「いい感じ」とつぶやいていた。

一方、そのときのペルセは疲れている様子で、「最近、儲けが減っているんです」と申し訳なさそうに言っていた。

ペルセの店の出資者は俺なので、その儲けは直接俺の財産に影響する。

単にペルセが困っているという意味でも、相談に乗ってあげたいところだ。

けれど、ペルセは首を横に振った。

「なんとかする手立ては考えていますから」

というのがペルセの答えだった。

気になるけど、俺も当面はフィリアの教育と、ネクロポリスの調査に時間を使わなければならない。

なにせネクロポリス攻略作戦の実施まで一ヶ月強しかなかった。

フィリアを十分な能力の冒険者にするにしても、ネクロポリス攻略阻止にしても時間がない。

唯一救いだったのは、フィリアの魔法習得が順調だったことだ。

二週間ほどで、簡単な攻撃・防御魔法を一通りフィリアは覚えた。

フィリアはもともとの魔法への素質の高さもあるし、十四歳という若さのおかげで飲み込みもかなり早い。

あっという間に習得してしまうと、今度は支援系統の初歩的な魔法を覚えるということになる。

「なかなかいい師匠っぷりじゃない」

とルーシィ先生が笑いながら言う。

俺は肩をすくめた。

ここは俺の屋敷の一階の食堂兼居間のような場所だ。

授業の合間で、フィリアは今休憩中。

「ルーシィ先生の協力あってこそですよ」

早急にフィリアを成長させる必要があるから、ルーシィ先生にもフィリアを教えるのに協力してもらっている。

ただ、ルーシィ先生は魔法学校の授業や研究でも忙しい。

そういう意味では、他に誰か教師役の魔術師がいればいいのだけれど、うちの屋敷にいる召喚士ノタラスもネクロポリス攻略対応に独自に動いているらしく忙しそうだった。

機工士ライレンレミリアも滞在しているけれど、アルテたちから酷い暴行を受けて以来、心身ともに病んでしまって療養中だ。

となると残るのは……。

ルーシィ先生が言う。

「ソフィアにお願いすれば?」

「いや、あまりソフィアは向いていなさそうな気がしますね……」

聖女ソフィアは幼いエステルにも慕われているように、年下の子にも親切で、学校時代も後輩から人望があったけれど、ちょっとした欠点があった。

それはあまりにも天才肌で、人に魔法を教えることが得意じゃないのだ。

あるとき、支援魔法のうちの一種類の習得方法を後輩の一年生に聞かれて、ソフィアはこう答えた。

「えーっと、適当にばーんっとやればいいんだよ」

後輩はぽかんとしていて、結局、その魔法の使い方は俺が教えた。

規格外の天才聖女様には、魔法が使えない人の気持ちがわからない。

ルーシィ先生にもその傾向があるけど、さすがに何年も教師をやっているだけあって、教えるのには慣れてきている。

「ソロンもよく後輩に魔法を教えていたから、慣れているでしょう?」

「そうは言っても、師匠として体系的に教えるのは初めてですからね。フィリアは俺の最初の弟子ですし」

まあ、二人目の弟子を取る可能性があるかといえば、可能性は高くないけれど。

そういえば、ルーシィ先生にはもう一人弟子がいたはずだ。

魔法学校に在籍している少女で、俺の妹弟子にあたることになる。

「いいんですか？　その子のことを放っておいて、俺の屋敷なんかにいて」

「いいのよ。あの子は手のかからない子だし。一人でなんでもできちゃう優秀な子だから。ソロンとは違って」

「俺と違って？」

「師匠としては手のかかる子のほうが可愛いものなの」

そう言って、ルーシィ先生は真紅の瞳で俺を上目遣いに見つめた。

一度、ルーシィ先生のもうひとりの弟子とは会ってみたいなとは思う。

でも、どういうわけかルーシィ先生はあまり彼女を俺に会わせたくないようだった。

「ともかく、ネクロポリスへ行くまでに、フィリアが十分な力をつけられるかが問題ね。私は冒険者ってわけじゃないし、ソロンのほうがそういうのを教えるのは得意でしょう？」

「そうですね。一ヶ月あれば、フィリア様にも基本の基本ぐらいは覚えていただけると思いますが」

俺とルーシィ先生は机の上に紙を広げ、今後のフィリアの教育計画を練った。

そのとき、ひょっこりとメイドのクラリスが顔をのぞかせた。

亜麻色の髪を揺らし、頬を上気させている。

よほど慌てて来たんだろう。

「ソロン様にお客様です！」

「ええと、どなたかな？」

「ソロン様の敵、つまり、あたしたちみんなの敵ですよ」

「俺の敵？」

「来客は、クレオン救国騎士団の団長のクレオンだって名乗っています」

「……クレオンが来た？」

まさか、と思ったけれど、考えてみればおかしくない。

クレオンの主導するネクロポリス攻略作戦の総指揮官は、フィリアということになっている。

それなら、顔合わせのために来たって変じゃない。

それに、クレオンの形式上の婚約者で旧騎士団団長のソフィアも俺の屋敷にいる。

クレオンがソフィアのことをどう思っているかわからないし、聖ソフィア騎士団解体でソフィアの重要性は低下していると思うけれど、貴重な戦力としてソフィアを連れ戻すために説得に来たのかもしれない。

応接間には俺、フィリア、ルーシィ先生、そしてソフィアの四人が集まった。

対する向こう側は、クレオンとその側近の双剣士カレリアだ。

応接間の長椅子に腰掛け、テーブルを挟んで俺たちは対峙する。

クラリスがやってきて、クレオンたちの前に「どうぞ！」と乱暴に紅茶のカップを置く。

しかも湯気が立っていなくて、明らかに冷めたお茶を出していた。

クラリスはクレオンを睨み、立ち去ろうとした。

クラリスは明らかにクレオンを敵視している。

まあ、アルテの悪行をクレオンは容認しているともいうし、もともとソフィアを連れ戻そうとしていたのもクレオンだ。

それに、フローラの話ではフィリアを誘拐し、魔王復活の生贄(いけにえ)にしようとしているらしい。

フィリアの姉代わりのクラリスからしてみれば、許せないだろう。

加えて、クレオンこそが俺を騎士団から追放した中心人物だった。

クラリスは騎士団で活躍していた俺の大ファンだったと言ってくれていたし、その意味でもクレオンにいい感情は持っていないはずだ。

しかし、クレオンはクラリスの冷たい態度などまったく気にしていないようだった。

悠然とした様子で俺たちを眺めている。

自分が歓迎されざる客だとわかっているだろうし、それにメイドの一人にどんな態度をとられようが何の問題もないと判断しているのかもしれない。

むしろクラリスの態度を咎(とが)めたのは、カレリアだった。

「そこのメイド。クレオン様に失礼ではないか」

「なにか失礼なことでもしましたか？」

「この方は帝国有数の大貴族にして、この国を救おうとしている方だ。皇帝と首相から救国騎士団の結成を拝命した英雄なのだぞ。もう少し敬意を持ってもらいたい」

「あたしにとっての英雄はソロン様だけですから」

あっさりとクラリスは言い、それから俺に向かってちょっと恥ずかしそうに微笑んだ。

俺も思わず顔が赤くなるのを感じた。

俺は英雄なんかじゃない。

今や世間で英雄視されているのはクレオンのほうだ。

一方の俺は実力不足だと言われ、騎士団を追われた。

しだいに俺は人々の口に上がらなくなってきている。

だけど、少なくともクラリスは、クレオンではなく俺のことを英雄だと言ってくれる。

それが俺には嬉しかった。

カレリアはますます憮然とした様子で、俺を睨む。

「こんな男、クレオン様と違って何の特別な力も持たないではないか。クレオン様たちの古い知り合いだからといって、副団長として偉そうにしていただけの無能だ」

「ソロン様のことを悪く言わないでください！」

「そもそも貴様はただのメイド。なのに貴族の私に刃向かうのか？」

そう言うと、カレリアは素早く立ち上がり、茶色の細い鞭を服から取り出し、それをクラリスめがけて振りかざした。

一部の貴族は使用人に対して制裁として暴力を振るい、そのなかでもよく使われるのが鞭だった。

クラリスが怯えたように固まる。

次の瞬間、鞭は両断されていた。

俺が宝剣テトラコルドを抜き放ち、カレリアの鞭を斬ったからだ。

「俺の使用人を傷つけようとするなら、カレリアでも許さないよ」

「そもそも貴様が……！」

なおも言い募ろうとするカレリアを制したのは、クレオンだった。

クレオンは立ち上がり、カレリアを鋭く睨む。

「カレリア。僕たちはこんなくだらない言い合いをするためにここに来たわけじゃない」

クレオンの声は静かだったが、カレリアはさあっと顔を青ざめさせた。

「も、申し訳ありません……クレオン様！」

「とりあえずカレリアは黙っていてくれ」

クレオンはため息をつき、それからクラリスのほうを向いた。

「カレリアが無礼を働こうとして悪かったね。これはほんの心ばかりの詫びだ」

そう言うと、クレオンは金貨を何枚か手渡そうとした。

使用人にとってはかなりの大金だ。

しかし、クラリスはにべもなくそれを断った。

「あたしはソロン様から十分すぎるほどのお給金をいただいていますから」

「なるほど。忠義に厚いな」

クレオンは気を悪くしたふうでもなく、それきりクラリスから関心を失ったようだった。

そして、クレオンは俺をまっすぐに見つめた。

「久しぶりだな、ソロン、それにソフィア。どんな経緯があったにせよ、こうして会うと懐かしいよ」

俺とソフィアは顔を見合わせ、そしてうなずいた。

俺が騎士団を追放されたのはそんな昔じゃないけれど、もう何年も前のことのように思える。

「それにルーシィ先生もご無沙汰しています」

「そうね」

ルーシィ先生はそっけなく答えた。クラリスだけでなく、この場にいる全員がクレオンに対して冷ややかだった。

「僕は別にソロンたちと争いに来たわけじゃない。ネクロポリス攻略作戦の指揮官になられる皇女殿下にお会いしに来たのだ」

クレオンは立ち上がったまま、丁重にフィリアに向かって一礼した。

「皇女フィリア殿下ですね。初めてお目にかかります。公爵テイレシアスの次男にして、救国騎士団団長のクレオンです」

「あなたがソロンを追放した人なんだよね？」

「追放したというと聞こえが良くありませんね。私はソロンのためを思って、騎士団をやめてもらっただけですよ」

クレオンはにっこりと優雅に微笑み、反対にフィリアはクレオンのことを強く睨み付けていた。

クレオンはフィリアに睨まれても微笑を崩さず、穏やかに言葉を紡いだ。

「殿下はきっとネクロポリスへの遠征を不安に思われていることでしょう。しかし、ご安心ください。我々の騎士団は帝国史上を通じて、もっとも優れた冒険者集団です」

「だから心配するなってこと？」

フィリアの問いに、クレオンは力強くうなずいた。

「そのとおりです。我々がついているかぎり、決して殿下が傷付くようなことは起こりません」

それはそうだろう。

フィリアはクレオンにとって大事な生贄だ。

魔王を復活させるために絶対に必要な存在を、遺跡の魔族に殺させたりはしないと思う。

しかし、最後には、クレオンたちはフィリアを犠牲にするつもりなのだ。

けれど、アルテならともかく、クレオンが本当にそんなことをするつもりなんだろうか？

クレオンは優しいやつだった。

少なくとも昔は他人が傷付くのを見ずに済むなら、自分の痛みを我慢するというタイプだった。

フローラが嘘をついているとは思わない。

でも、実際のところ、クレオンはどう考えているんだろう？

俺はクレオンに真意を問いただしたい欲求に駆られ、喉元まで言葉が出かかった。

でも、そうすればこちらの手の内を見せることになる。それに、フローラから情報が漏れたとバレたら、フローラにも迷惑がかかってしまう。

結局、俺は言葉を呑み込んだ。

代わりにフィリアが鋭くクレオンに尋ねる。

「わたしがネクロポリス行きを断ることはできないんだよね？」

「申し訳ありませんが皇帝陛下のご命令ですから、ネクロポリス攻略には参加していただかなければなりません。我々としても殿下の可憐なお姿があればこそ、士気を保つことができるというものです」

「なら、わたしの従者を連れて行くことはできる？」

「もちろんです。もっとも、それには相応の実力を持った方でなければ困りますが」

「わたしはソロンについてきてもらいたいの」

「それなら問題ありませんよ」

あっさりとクレオンはうなずいた。

意外だ。クレオンは反対すると思っていた。

フィリアを犠牲にする以上、俺はその邪魔になりかねないはずだ。

「本当に俺が参加してもいいの？」

「ああ。師匠がついていたほうが殿下も安心できるだろう？」

クレオンは善良そのものといった感じで、にこにことしていた。

どうもおかしい。

なにか裏があるのか、それとも俺一人いても何の障害にもならないと高をくくっているのか。

クレオンは「ただし」と続けた。

「ルーシィ先生とソフィアの参加は認められないな」

ルーシィ先生とソフィアの二人がぴくっと反応した。

もしかしたら、二人ともネクロポリス行きに志願するつもりだったのかもしれない。

「ど、どうして⁉　わたしが行けば、絶対に役に立つのに」

ソフィアが綺麗な声で抗議する。

たしかに規格外の聖女と、魔術の天才教授がいればネクロポリス攻略にきっと貢献できるだろう。

ただ、俺としてもソフィアの参加には否定的だった。

平穏な暮らしを望むソフィアを、また冒険に行かせるのは気が進まない。

「ソフィアはもう冒険者をやめるつもりだったんだよね？　なのに、また遺跡に行く必要はないと思うよ」

「でも、ソロンくんだけを危ない目に遭わせるわけにはいかないよ！」

俺たちの言い合いは、クレオンの言葉で断ち切られた。

「ソフィアとルーシィ先生の二人は帝国政府から帝国五大魔術師に指名されている」

「帝国五大魔術師？　また政府が変な勲章でも考え出したの？」

「相変わらず、軽口が多いな、君は」

クレオンがちょっとめんどくさそうな顔をして俺を見た。

そう言われても、俺は軽口を叩くのをやめるつもりはないけれど。

ソフィアは不思議そうに首をかしげている。

一方、ルーシィ先生は暗い顔でうなずいていたから、もう知っていることなんだろう。

「要するに、帝国の偉大な魔術師の代表ということだ。まあルーシィ先生とソフィアなら、選ばれたっておかしくないだろう。そういう魔術師たちをネクロポリス攻略に差し向けるわけにはいかない。もっと大事な用があるからな」

「もっと大事な用？」

「いずれわかるさ」

クレオンはこれも帝国政府の命令だから逆らうわけにはいかない、と付け加えた。

もしソフィアとルーシィ先生が攻略に参加すれば、二人はフィリアの生贄化を阻止しようとすることになる。

そういう意味でも、二人はクレオンにとっても邪魔なのかもしれない。

そして、クレオンはソフィアに目を移した。

クレオンはじっとソフィアを見ていたが、そこには何も特別な感情は浮かんでいなかった。

二人は婚約者だけれど、クレオンもソフィアのことはなんとも思っていなかったのかもしれない。

ただ、クレオンはソフィアに言った。

「ソフィアは僕の婚約者だ。だから僕のもとに戻ってきてほしい。それがあるべき姿だからな」

「クレオンくんはわたしを連れ戻すの？」

「そうだと言ったら、どうする？」

「だったら、わたしはクレオンくんと戦わなきゃいけなくなる。それは嫌だな」

「ソフィア。僕よりも、騎士団よりも、ソロンのほうが大事か？」

「……うん。クレオンくんたちには悪いけど、わたしにはソロンくんのほうがずっと大事」

はあ、とクレオンはため息をつき、首を横に振った。

そして、隣のカレリアをちらりと見てから、ソフィアに言った。

「わかったよ。まあ実のところ僕も他に気になる女性がいる」

誰のことだろう？

カレリアのことか？

気になったけれど、俺はそれ以上のことを聞くつもりはなかった。

これが魔法学校にいた頃だったら、俺は根掘り葉掘り聞いたと思う。

でも、今の俺とクレオンのあいだにはその種の親しさはない。

クレオンが意識していた女の子といえば、思い浮かぶ人がいる。

俺たちの仲間だったシアだ。

シアはクレオンとよく一緒にいたし、俺よりもクレオンとのほうがずっと仲が良かった。

シアに対していろいろな上級魔法を教えていたのもクレオンだったと思う。

当時はまだ気弱なところのあったクレオンだけれど、シアに対してはちょっと大人ぶっていて微笑ましかった。

でも、シアは死んでしまった。

だから、クレオンの気になる人というのは、きっと別の人のことだ。

「なあ、ソロン。ソフィアは君にくれてやるよ」

「俺にくれる？　ソフィアを物みたいに扱うのはやめてほしいな」

「ソフィアはずっと昔から君の物だろう？」

クレオンが横のソフィアを指さしたので、つられて俺もソフィアを見る。

ソフィアはちょっと顔を赤くしていた。

「だから、僕の目的を妨害しようとするなよ。ソロンにはもう十分すぎるほどの居場所があるんだからな」

「クレオンの目的ってネクロポリス攻略のこと?」

「ネクロポリス攻略は通過点にすぎない。だが、当面はそう思ってもらっていい」

「俺はネクロポリス攻略には反対だよ」

「成功するわけがないと思っているんだろう? だが、僕は昔の僕とは違う。今の僕はソロンより遥かに優れた冒険者、聖騎士クレオンなんだよ」

「だけど、あのネクロポリスには伝説の勇者ペリクレスですら倒せなかった何者かがいる」

「わかっている。それも踏まえて成功すると言っている。それにだ。もうネクロポリス攻略は止められない」

「え?」

「なぜなら、ネクロポリス攻略は三日後に前倒しになったからだ」

クレオンは渋い顔でそう言った。

ネクロポリス攻略作戦が……三日後に前倒しになった?

俺は呆然とした。

隣国との大共和戦争との戦況の悪化が止まらず、遺跡から得られる資源を速やかに軍需物資として充てる必要がある。

それがクレオンの説明だったけれど、きっと魔王の復活による軍事利用を急いでいるのだ。

そうすれば戦況が劇的に変化する可能性がある。

ともかく、こうも早く作戦決行となれば攻略作戦を止めることができない。

クレオンが辞去した後、俺たちはどうすべきか話し合った。

勇者ペリクレスでも倒せなかった敵がいるネクロポリス。

その攻略作戦は無謀なものだと思うけれど、決定的に不可能だという証拠は見つけられていない。

作戦の実行を止められなければ、フィリアの身は危険にさらされる。

だから本当は、もし作戦が実行される場合でも、フィリアが魔王復活の材料にされないように対策を打つつもりだった。

攻略までは一ヶ月近くの時間があったはずだったからだ。

だが、それも不可能になった。

「どこかに逃げるのはダメなの？」

ソフィアがおずおずと提案する。

「どこかってどこに？」

「中立のカロリスタ王国とか外国に行ったらどうかな？　共和国に亡命でもいいかも」

「国境を越えられないと思う」

この戦時に許可なく外国へ出国すれば、それだけで重罪人だ。

首尾よく脱出できればいいけれど、捕まれば俺もフィリアたちもただではすまないだろう。

「なら、ソロンくんの出身地の公爵領に匿ってもらうのは？」

「それも考えたけど、公爵閣下たちを巻き込みたくない。それに、この屋敷には監視がつけられている」

「監視？」

ソフィアはきょとんとした顔をした。

一方、ルーシィ先生はすでに監視用の魔力結界と、数名の魔術師が屋敷周辺に配備されていることに感づいているようだった。

周辺の魔力量の変化から探知することができるのだけれど、そもそも監視がつけられるという発想がなければ気づけない。

ソフィアも言われて初めて、監視者たちの気配がわかったようだった。

屋敷の内部には結界が張ってあるから監視の目は届かないが、一歩でも外に出れば彼らに探知される。

「もし俺たちが逃げようとすれば、すぐにでもクレオンたちが俺たちを拘束しにくるよ」

監視者たちを倒すことは、ソフィアとルーシィ先生がいれば可能だろう。

もしかしたら、追手の第一陣も撃退できるかもしれない。

だが、逃亡先にたどり着く前に確実に捕まる。

敵は政府だからだ。

「でも、このままじゃソロンくんたちがネクロポリスでひどい目に遭っちゃう」

ソフィアが泣きそうな顔で言う。

ネクロポリス攻略の主体はクレオン救国騎士団だ。

攻略が成功した後に、クレオンがフィリアに危害を加えようとしたときでも、騎士団の人々はクレオンの部下だから、それに従う可能性が高い。

フローラのように良心的な冒険者もいるかもしれないが、それはきっと少数派だ。

しかし、だ。

ネクロポリス攻略には救国騎士団のメンバー以外も参加する。

俺の参加が認められたように。

「俺たちの味方になってくれそうな冒険者を探そう」

「え？」

「フィリアの周りを味方で固めれば、多少はマシなはずだ」

フィリアは皇女だから、クレオンがフィリアになにかしようとすれば、それは謀反の罪ということになる。

クレオンの騎士団のメンバーだけなら、例えば、フィリアを犠牲にした後、俺を殺害して揉み消すこともできるかもしれない。

だが、こちら側にある程度の人数がいれば、話が違ってくる。

フィリアの味方をする面々が、フィリアのために戦えば良い。

戦闘が長引けば、騎士団の面々も皇女の敵でいることに迷いが生じてくるだろう。

俺がそう説明すると、ルーシィ先生もうなずいた。

「それがいいと思うわ。問題はその味方がどこにいるかってことだけど……」

「一人はノタラスで決まりですね」

召喚士ノタラスは旧聖ソフィア騎士団の幹部だ。

その実力は極めて高い。

そして、クレオンとアルテの敵でもあるから、これほど信用できる存在はいない。

俺はさっそくノタラスの部屋へ行き、事情を説明した。

彼は無謀な作戦と知りながらも、快く引き受けてくれた。

「ソロン殿一人を死地に赴かせるわけにはいきませんからな。ネクロポリス攻略を止められなかったのは、騎士団幹部だった我が輩の責任でもあります」

ノタラスは丸メガネの奥の瞳をきらりと輝かせた。

俺は何度も繰り返し礼を言い、それから次の部屋へと行った。

この屋敷にいる旧騎士団幹部はもう一人。

機工士ライレンレミリアだ。

さすがに女の子の部屋に入るわけにはいかないと思ったのだけれど、ノックをして呼びかけると、ライレンレミリアからは「部屋から出たくない」と返事が帰ってきた。

代わりに部屋に入れという。

仕方なく、俺は部屋に入る。

昼間だというのに窓は締め切られ、部屋は薄暗かった。

ライレンレミリアはベッドの上でうずくまり、毛布にくるまっている。

毛布からは端整な顔と、紫色の髪がわずかに見えるだけだった。

ライレンレミリアの紫色の瞳には怯えがあった。

騎士団時代のライレンレミリアは利発な美少女で、正義感も強いけれど、同時に自由奔放なところがあった。

貴族の娘なのに、異国の踊り子風の衣装をつけていて、けっこう露出度が高く、周りの男性団員の目を釘付けにしていたと思う。

ライレンレミリアは、よく周りにその高価な服を自慢していた。

今のライレンレミリアの雰囲気はぜんぜん違う。

アルテたちに受けた酷い暴行のせいだ。

その内容がどんなものだったのか、詳しくは俺も知らない。

ただ、ライレンレミリアが危うく死にかけるほどの状態に追い込まれたことだけは確かだ。

全身の複数の箇所に骨折があった。

幸い、顔の中央の傷はなくなり、その美しさを損なってはいないけれど、それでも紫色の髪で隠れた額の部分には大きな傷跡が見える。

魔法も元通りには使えないらしい。

そして、アルテたちに植え付けられた恐怖の記憶のせいで、ライレンレミリアは心を病んでいた。

わずかな物音にも怯え、一日中、部屋で虚ろな瞳のまま過ごしているという。

クラリスもかなり心配していた。

改めて、アルテに対して憤りを感じた。

アルテを殺しておくべきだった、というフローラの言葉が思い出された。

たしかに、そうだったのかもしれない。

アルテはクレオンによって釈放されて、今も自由の身だ。

どんな蛮行を行っているかわからない。

それはさておき、廃人同然のライレンレミリアを、ネクロポリス攻略につれていくわけにはいかない。

だから、ライレンレミリアに聞きたかったのは、他に有力な冒険者の伝手がないかということだった。

ライレンレミリアはぼんやりした表情で俺の説明を聞いていたが、俺がアルテの計画を止めたいというと、びくりと震えた。

アルテの名前を出したのが良くなかったのかもしれない。

ライレンレミリアの表情は恐怖で固まり、それから嗚咽を漏らしはじめた。

俺は慌てた。

ライレンレミリアが泣くところなんて、はじめて見た。

「あたしって……馬鹿だよね」

「どうして？」

「ソロンを追い出したら、どうなるかって全然わかってなかった」

アルテが騎士団の権力を握ったのは、俺を追放した後だ。

そして、騎士団運営がうまくいかなくなり、アルテはネクロポリス攻略を言い出した。

そして、ネクロポリス攻略に反対してアルテの打倒に失敗し、酷い目に遭わされたのだ。

だから、俺の追放に賛成したことが、ライレンレミリアの悲劇を招いたとも言える。

俺は言った。

「べつにライレンレミリアのせいじゃない。悪いのは全部、アルテだよ」

俺はそう言って、ライレンレミリアが落ち着くまでしばらく待った。

ようやく泣き止んだライレンレミリアは、かすれた声で言う。

「ありがと。……ソロンは優しいね。あたしはソロンを追い出そうとしたのに」

「でも、俺の復帰に賛成してくれていたんだよね？」

「それでも、あたしが最初にソロンを追い出すことに賛成したのは、変わらないから。だから、ごめんなさい」

「じゃあ、代わりと言ってはなんだけれど、一つ協力してほしい。それで貸し借りはなしだ」

俺が味方となってくれる冒険者のあてはないかと聞くと、ライレンレミリアは少し考え、自分の子爵家のお抱えの冒険者たちがいると言った。

ライレンレミリアが父親の子爵に手紙を出せば、すぐにでも派遣してもらえると言う。

「助かるよ、ライレンレミリア」

「その……あたし、こんな姿で実家に戻るわけにもいかないし、もう少しこのお屋敷にいてもいい？」

「もちろん。いつまででもいていいから、今は回復することだけを考えていてよ」

俺がそう言うと、ライレンレミリアはこくりとうなずき、かすかにだけれど、笑顔を見せた。

あとは魔法学校時代や騎士団時代の知人の協力を得よう。

それから、一番頼りになる冒険者たちがいる。

旧ソフィア騎士団帝都支部長のラスカロスとその仲間たちだ。

彼らはみな聖女ソフィアの熱心な崇拝者で、だからこそクレオンの新騎士団に加わっていなかった。

彼らのような旧騎士団のメンバーを、ソフィアの説得で集めてくるのは容易だ。

なんとか俺はけっこうな人数の冒険者を集めることができそうだった。

そして、並行して、フィリアにも三日間で遺跡を探索する際の注意点と、最低限の回復・支援魔法を教える。

そして、俺たちはいよいよネクロポリス攻略作戦を迎えた。

三話　ネクロポリス攻略作戦開始

死都ネクロポリスの攻略に集まった冒険者は、二百十人。

普通は多くても二十人程度で行動する冒険者からすると、かつてない規模の攻略作戦といえる。

ただ、たいていの遺跡の道は狭く、多くの冒険者を集めればそれだけ有利になるというものでもない。

クレオン救国騎士団の団員が、集まった冒険者の半数を占めている。

そのなかには、聖騎士クレオン、占星術師フローラ、守護戦士ガレルス、そして賢者アルテといった旧聖ソフィア騎士団の十三幹部の何人かが含まれている。

救国騎士団に合流した冒険者パーティ、例えば旧バシレウス冒険者団、旧金字塔騎士団などの人々も聖ソフィア騎士団の面々に負けないほどの力量を持っている。

残りのうち、数十人は政府が様々な手を尽くしてかき集めてきた冒険者だ。軍人もいる。

そして、最後の三十人は俺の味方だ。

死都ネクロポリスの入り口に立って、俺は彼らを見渡した。

白壁の古代の宮殿が目の前にそびえ、その宮殿の施設だった庭園跡に、俺たちは集まっている。

「実力者が揃えられてよかったですな」

「ラスカロスとライレンレミリアのおかげだよ」

ノタラスの言葉に、俺はしみじみと答えた。

この二人の協力がなければ、この人数の味方を集めてはこられなかった。

ラスカロスたちは相変わらず旧聖ソフィア騎士団の白い制服に身を包んでいる。

一方、ライレンレミリアの実家の子爵家お抱えの冒険者たちは服装も武器もばらばらだった。

ただひとつ共通しているのは、彼ら彼女らには主の娘であるライレンレミリアに強い思い入れがあるということだった。

その筆頭らしき女性が進み出る。

黒いローブに身を包み、重厚な杖を手にしたその姿は典型的な黒魔道士だった。

「あなたがソロン殿ですね？」

「そのとおりです」

「お嬢様の危機を救ってくださり、なんと感謝の言葉を申し上げてよいか……ともかくお礼を言います」

ナーシャと名乗ったその女性は、青い瞳で俺を見つめた。

綺麗な瞳だ。

そして、相当の実力を持った魔道士であるということもわかった。

ノタラス、ラスカロス、ナーシャ、そして俺たちがいるかぎり、クレオンもそう簡単にはフィリアに手を出せないだろう。

クレオンたちが俺に近づいてきた。

彼は渋い顔をしているかと思ったら、意外にも上機嫌だった。

「これほどの人数の冒険者を集めてきてくれるとはな。ソロンには感謝しないといけない」

クレオンの隣には賢者アルテがいて、俺を忌々しげに見ていた。

よほど不愉快なのか、アルテの黒色の瞳は普段の数倍の鋭さだった。

「別にソロン先輩たちがいなくたって、作戦は成功します」

「とはいえ、味方が多いに越したことはないさ」

クレオンは、フィリアを守ろうという俺の意図に気づいていないのか。

それとも、なにか別に思惑があるんだろうか？

俺はクレオンに言う。

「クレオンたちは、ネクロポリス攻略成功は間違いなしだと言った。もうひとつ約束してほしい。なるべく誰も傷つかないで、誰も死なずに地上に戻れる方法を探ってほしい」

「それは無理だな」

クレオンはあっさりと言った。

「もちろん、無駄な犠牲者は出さないつもりだ。できるかぎりの安全には配慮する。だが、この戦いで犠牲者が出るのは避けられないだろう」

「犠牲が出るとわかっている冒険なんて、するべきじゃない」

「俺はそうは思わない。この国のため、人類のため、犠牲を出しても進むべきときがあるんだよ」

「クレオンは、同じことをシアの前でも言える？」

クレオンはぴくっと震え、急に言葉を失ったようだった。

やっぱり今でも、クレオンにとってシアは大事な仲間で、特別な存在なのだ。

ずっと前に死んでしまったとしても。

クレオンの代わりに、アルテが答える。

「シアってあたしが騎士団に入る前にいた人でしたっけ。クレオン先輩たちの仲間になったけど、足手まといで、しかも遺跡の雑魚魔族に殺されて、あっさり死んじゃったんですよね」

「アルテ。シアは俺たちの仲間だったんだ。言い方を考えてほしいな」

俺がたしなめると、アルテはむっとした顔をした。

「実力が足りなかった人のことを足りなかったって言って、何が悪いんです？　力が足りなかったなら、惨めに死んでしまったのもシアって人自身のせいでしょう？」

「アルテ……」

「そんな人が今も生きていて、ソロン先輩みたいに騎士団幹部になっていたかもしれないと思うとぞっとします。シアって人は死んでしまって当然だったんですよ」

さすがに俺も声を荒げてアルテに抗議しようかと思ったが、隣のクレオンの様子を見て、やめた。

クレオンがアルテを憎悪のこもった目で見ていたからだ。

俺は背中に冷や汗が走るのを感じた。

クレオンの瞳には、今にもアルテを殺しかねないような激しい怒りの色があった。

アルテはといえば、それにまったく気づいていないようで、平然と俺を見たまま微笑んだ。

「どんなことにも犠牲はつきものです。だから、このネクロポリス攻略にも犠牲者は出るでしょう。それでも帝国のため、そしてより素晴らしい力のためなら、どれほどの犠牲を出しても許されるはずです」

一方のクレオンは怒りを鎮めるように深呼吸をしていた。

そして、落ち着いた様子を取り戻すと、クレオンは言った。

「今回の作戦は三部隊に分かれて実行することになる」

「遺跡の構造上の問題だね」

俺の言葉にクレオンはうなずいた。

ネクロポリス攻略が難関である理由は単に敵が強いというだけではない。

三方向の進路から同時に制圧しないと、攻略した階層にも別の道から魔物が再び上ってきて、退路を絶たれることになるのだ。

勇者ペリクレスはそのことを知らずに挑み、帰還の過程で消耗し、命を落とした。

「だから、僕たちは三つの道から一斉に進み、遺跡を制圧していく。そして現在判明しているかぎりの最下層である第二十層で合流するんだ」

そして、クレオンは三部隊の編成を指示した。

驚いたことにクレオンは自分の直轄部隊に俺も加えた。

そこにはフィリアはもちろん、アルテもいる。

アルテはちょっと不満そうだった。

別働隊の隊長を任されると思っていたのだろう。

けど、アルテは間違いなく向いていない。

クレオン直轄部隊には召喚士ノタラスや占星術師フローラも参加し、また今回の俺の味方である黒魔道士ナーシャたちもいる。

フィリアを守るために十分な人数がいると見てよい。

一方、別働隊の一隊は守護戦士ガレルスが率い、別の一隊はバシレウス冒険者団の元団長レティシアが指揮するという。

クレオンは笑みを浮かべた。

「さて、皇女フィリア殿下に一言お言葉をいただきましょう」

「わ、わたし？」

フィリアが自分を指差して、慌てる。

たしかにフィリアは形式的とはいえ総指揮官なのだから、戦いの始まりを宣言する必要がある。

フィリアはちょっと緊張した顔で、二百人強の冒険者を見渡した。

そして、透き通った声で高らかに宣言した。

「必ず生きて帰りましょう。そして皆さんの力で、わたしに勝利を！」

フィリアの言葉に応じて、冒険者たちは一様に「皇女フィリア殿下万歳！」と熱のこもった声で斉唱した。

彼ら彼女らには史上類を見ない遺跡攻略作戦への陶酔もあったに違いない。

が、同時に純粋にフィリアの呼びかけに応えたという面もあったと思う。

さすが皇女というべきか、フィリアもなかなかの人気ぶりだ。

皇族という貴種であるというのもあるし、容姿が非常に優れているというのもあるとは思うけれど、それ以上に、フィリアにはなにか人を引きつける力があるように感じた。

ちなみにもうひとりの皇女イリスは、ネクロポリス攻略作戦への参加を急遽（きゅうきょ）取りやめたようだった。

事情はわからないが、危険を考えれば妥当な判断だろう。

クレオンからしてみれば、必要なのは魔王の子孫であるフィリアだけだし、イリスはいてもいなくてもどちらでも良いのだろう。

三部隊に分かれて、俺たちは遺跡を進みはじめた。

攻略済みの遺跡の第一層は、すでに人類の居住地になっている。

しかし、狭い方形に区切られた住宅地を横切ると、住人はみんな顔色が悪く、栄養状態はよくなさそうだった。

「ソロン……遺跡に人が住んでいるって聞いていたけど、本当なんだね」

「そうですね。農耕用と住居用の土地の不足の解消のために、遺跡を移住地として解放していますが……」

決して好ましい環境とは言えない。

俺はいくつかの遺跡の居住エリアを歩いたことがあるから知っている。

魔法で動く人工太陽のみを頼りに、狭い空間に押し込められて暮らすのを望む人は多くない。

彼らは俺たちを見て、歓迎の声を挙げた。

冒険者は帝国の民のために遺跡を解放する英雄とされているからだ。

進んでいくと、綺麗に整備された道が途切れ、やがて下の階層への階段が見えてくる。

大理石でできたそれは、いかにも古代の宮殿という雰囲気を出していた。

攻略済みの階層とそれ以下の階層は厳重な扉で区切られている。

万に一つも魔族が住宅地を襲撃しないようにするためだ。

クレオンは帝国政府から預かった鍵でその扉を開けると、先頭を進んだ。

それは、もっとも危険な役目は自分が担うという意志の表れだ。

一方の俺はフィリアのすぐそばにいて、ちょうど冒険者たちの列の真ん中にあたる。

階段を数十人の冒険者が松明(たいまつ)をかざしながら、ゆっくりと降りていく。
まだ第二層にもたどり着いていない。
そのとき周囲の空気が変わった。
突然、松明の明かりが一斉に落ちた。
魔族の仕業だ。おそらく火の消去魔法かなにかを使ったんだろう。
「ま、真っ暗だね。ソロン」
フィリアが俺にぎゅっと抱きつく。
俺はフィリアの手を握り返し、それから手を離して剣の鞘に手をかけた。
周囲の冒険者たちもざわついている。
「フィリア様、敵襲ですから俺から離れないでください」
俺は宝剣テトラコルドを抜き放つと、暗闇のなかを右に一閃させた。
手応えがある。
俺はもう一度、真上からそれを振り下ろした。
ほぼ同時に冒険者の誰かが魔法で明かりを取り戻したらしい。
目の前の視界が開ける。
そこには紫色の球体状の生き物がいた。
魔族だ。
宝剣テトラコルドを受けて両断されている。

他の冒険者たちの何人かも同じように魔族を倒していた。

カレリアは三体ほどの魔族を叩き斬ったようで、満足そうに魔族の血で濡れた剣を眺めていた。

「く、暗闇なのに正確に狙えてすごいね」

「みんな魔族とばかりずっと戦ってきましたからね。感覚でわかるんですよ」

とはいえ、下層になれば敵も強くなり、こんなふうにあっさりとは倒せないだろう。

気を引き締めないといけない。

フィリアを守るためにも。

俺は自分に言い聞かせ、宝剣テトラコルドを鞘にしまった。

†

第二層はときおり魔族が出現するものの、基本的には攻略済みで、道も整備されている。

言ってみれば、人類の住む第一層と、魔族の住む第三層以下とのあいだのクッションみたいな役割を果たしているのだ。

俺たちは難なく第二層を過ぎ去って、ネクロポリス攻略地下第三層へと進んだ。

同じ頃、守護戦士ガレルスたちの第二部隊、魔導騎士レティシアたちの第三部隊も、それぞれ別の道から第三層に突入しているはずだ。

第三層に入ったあたりで、クレオンが言う。

「さっきみたいに松明が消えるのは困るからな。悪いが、何人かに照明魔法を交代しながら使ってもらうことにしよう」

クレオンは自分の騎士団の団員に声をかけた。

いずれもかなりの実力の魔術師ばかりに見えたし、そんな彼ら彼女らが照明魔法という単純な魔法のみを使い続けるわけだ。

攻略隊の人材の厚さを物語っている。

けれど、照明魔法ばかりを使うことになる魔術師からすれば不満だろう。

せっかく史上類を見ない遺跡攻略なのだから、華々しく強敵を倒して活躍したいと思うに違いない。

そうでなくとも、照明魔法を使っていれば反撃は遅れるし、自分の身も危険にさらされる。

一人の女性がまさにそういう理由で異議を唱えた。

女性、というよりはまだ少女といったほうがいいくらいの年齢だ。

全身を白で統一した上等な服を身にまとっている。

他にも多くの冒険者が着ているから、クレオン救国騎士団の制服なんだろう。

機能的かつ見栄えも良い服だが、それを着ている少女はかなり小柄で、前髪を短く切りそろえているところも幼く感じさせる。不満に口を尖らせる表情もあどけなかった。

そんな年齢で攻略隊に選ばれるのだから、相応の魔術の力量を持っているんだと思う。

「わたしは明かりをつけるためにここに来たんじゃないんです！　魔族と戦いに来たんです！」

そうだそうだ、と他に二人ぐらいの魔術師がうなずいた。

もともと冒険者は我が強い人が多い。

自分の力で敵を倒し、遺跡の財宝を手にして、利益を得る。

そうした生き方を選ぶ人は、自信を持っている代わりに他人の命令を聞きたがらなくて当然だ。

クレオンは気を悪くしたふうもなく、にっこりと微笑んだ。

「君は金印騎士団の団員だった白魔道士リサだな」

「名前を覚えてくれてるんですか？　こんなに団員は大勢いるのに」

リサと呼ばれた少女はちょっと驚いた様子だった。

クレオンはうなずき、穏やかな口調で言った。

「そのとおり。なぜなら、君たちは僕の選んだ人材だからだ。君たちの誰もがこの攻略作戦に貢献すると期待しているし、信じている。魔族を倒すことだけが貢献じゃない」

クレオンはそこで言葉を切り、間を置いた。

自然とクレオンに注目が集まる。

そして、クレオンは力強く言い切った。

「このネクロポリス攻略作戦が成功すれば、ここにいる全員は歴史に名を刻むことになる！　だから、そのためにそれぞれが最善を尽くしてほしい」

クレオンの演説は達者だった。

たしかに成功すれば、クレオンたちは英雄だろう。

そして、攻略作戦のなかで死んだ人間も英雄として扱われるのだ。

クレオンは攻略作戦のなかで多くの冒険者が死ぬことも折り込みずみなのだ。

そんなことを考えていた俺は、ふと軽い違和感を覚えた。

空気の流れがわずかに変化したような、居心地の悪さ。

嫌な予感がする。

俺はとっさに宝剣テトラコルドを抜き放ち、警戒態勢をとり、素早くフィリアを抱き寄せる。

そして、その判断は正しかった。

次の瞬間、突風が巻き起こり、同時に何人かの冒険者の悲鳴が聞こえた。

文字通り、風に吹き飛ばされたのだ。

灰色にうごめくなにかが、こちらへ向かってまっすぐに突き進んでくる。

「伏せろ！」

俺もクレオンもほぼ同時に叫んだ。

いまだに何が起こっているかわかっていない一部の冒険者たちが、その言葉に反応して地面にしゃがみこんだ。

俺もフィリアを抱きかかえたまま、地面に倒れ込む。

フィリアが悲鳴を上げる。

敵は人の何倍もの速さで俺たちの頭上を突っ切り、遺跡の壁に激突した。

凄まじい轟音が響き、周りが大きく揺れる。俺は立ち上がり、フィリアを助け起こした。

「ソロン……あれは何……？」

「灰色竜種という魔族です。普通の遺跡だったら、第三十層や第四十層のような地下深くにいるような強敵なのですが……」

さすが死都ネクロポリス。第三層でこれほど強力な魔族が出現するとは……。

賢者アルテ、占星術師フローラ、支援魔道士デュカス、そして聖騎士クレオンといった騎士団幹部たちはさすがにすぐに戦闘態勢に入り、灰色竜種に対して一斉に攻撃を開始していた。

不意打ちだったから、最初こそ適切に対応できなかったものの、他の冒険者たちも竜と戦い始める。

一流の剣士が竜の皮膚を切り裂き、高位の魔術攻撃が竜に降り注ぐ姿は、壮観だった。

けれど、すべての冒険者がそのように立ち直っていたわけじゃない。

竜の最初の一撃に巻き込まれた者たちの一部は、重傷を負って動けなくなっているようだった。

その一人が白魔道士の少女リサだった。

少女は壁にしたたかに打ち付けられて、ぐったりとしていた。

身動きがとれないんだろう。

そして、敵は竜だけじゃない。

黒色の狼のような生物が、近くにはいた。

もちろん灰色竜種ほどではないが、かなり手強そうな魔族だ。

たしか、あれはこのネクロポリス固有の種の「魔石狼（ませきおおかみ）」だ。

ただの獣ではなく、体内の中心部に魔石を宿し、それをもとに様々な能力を駆使する。

事前に大図書館で調べた本に書いてあった。下準備が役に立っているのを実感する。

小柄な少女の身体の二倍はあるだろう魔石狼が、彼女に目を向けている。

ひっ、とリサが小さく悲鳴を上げていた。

涙目の彼女はがたがたと震えている。

このままだと、確実に殺される。

誰も彼もが灰色竜種と戦うことが精一杯で、リサに注目していない。

俺は助けに入ろうとし、一瞬ためらった。

ここに俺がいる最大の理由はフィリアを守ることだ。

なのに、フィリアから離れれば、万が一、何かが起こったときにフィリアを助けられない。

けれど、フィリアが俺の背中をそっと押した。

「あの子を助けに行ってあげて」

「ですが……」

「わたしは形だけでもみんなの指揮官なんだよ？　みんなはわたしの言葉に応えてくれた。それなのに、見捨てたりできないよ」

フィリアは力強くそう言い、俺をまっすぐに見つめた。

俺は迷ったが、俺がいなくても、事前の打ち合わせ通りナーシャとラスカロスの二人もフィリアに片時も離れずについていてくれている。

「……わかりました。殿下のご命令のとおり、魔族からあの少女を救ってみせましょう」

「ありがと。ソロン……わたしに勝利を！」

俺は走り、魔石狼の前に立ちはだかった。

そして宝剣テトラコルドをまっすぐに魔石狼へと向けた。
魔石狼がその巨大な口を大きく開き、俺とリサを喰らおうとする。
このまま食べられれば、狼の体内にある魔石の栄養源にされてしまう。
俺は宝剣テトラコルドを眼前の敵へと繰り出した。
狼はそのまま構わず口を閉じ、宝剣ごと俺を噛み砕こうとする。
俺は宝剣を振り上げた。
狼の上あごが斬られ、鮮血が吹き出る。
俺は宝剣テトラコルドを再び振り下ろすと、同時に詠唱なしで即座に炎魔法を放つ。
魔石狼の頭部はあっさりと吹き飛んだ。
普通の生物であれば、当然、生きてはいられない。
けれど。
魔石狼は、頭部が肉塊同然の姿になって、それでもなおうごめいていた。
魔族を動かす原動力は魔力。
それがまだ尽きていないからだろう。
つまり身体の中心部にある魔石を破壊しなければならない。
魔石狼は俺を面倒な相手だと見たのか、俺の横をすり抜ける。
そして、リサのほうへと直進しようとした。
手負いのリサが「ああっ！」と恐怖の声をもらす。

しかし、次の瞬間、俺の剣が魔石狼の腹部を捉えた。

たしかな手応えがある。

俺はそのまま宝剣テトラコルドをまっすぐに突き出した。

だが、それだけでは足りない。

確実に魔石を破壊しなければならない。

「我が剣に神の加護を。我が剣に道を切り開く力を！」

俺は剣を刺したまま、低い声で呪文を詠唱した。

宝剣テトラコルドが鈍く輝きはじめる。

俺の剣は魔石狼に突き刺さったままで、二撃目は繰り出せない。

もしここで仕留められなければ、剣が刺さったままの狼は痛みに暴れ、そして俺たちを殺すだろう。

ここが正念場だ。

宝剣テトラコルドが何かを打ち抜く感触がした。

同時に暴れていた魔石狼が、ぴたりと動くのをやめる。

良かった。

なんとか魔石を破壊して、倒せたようだ。

振り返ると、灰色竜種も騎士団の幹部たちの手によって追い詰められていて、ほぼ戦いの決着がついていた。

この戦いは攻略隊の勝利となったのだ。

けれど、まだ第三層だというのに、この調子では先が思いやられる。

すでに重傷を負ってしまった冒険者もいるし、そもそも最初に吹き飛ばされた一部の人たちがいないような気がする。

彼らはばらばらに遺跡の奥に引き込まれ、そして、そこで殺されているかもしれない。

ともかく、今の俺にできることは、目の前のリサを治療することだ。

俺はしゃがみこみ、リサの怪我を見た。

「痛む？」

と聞くと、リサはこくこくとうなずいた。

いくらか血が滲んでいるけれど、命に関わる重傷というわけではなさそうだ。

この程度なら、ちょっと時間をかければ俺でも治せる。

俺が回復魔法を唱えると、リサはおずおずと俺に尋ねた。

「剣士さんはなんてお名前？」

「俺？　俺は魔法剣士のソロンだよ」

「聖ソフィア騎士団副団長のソロンさん？」

「昔はそんなふうに呼ばれていたこともあったけど」

俺がそう言うと、リサはぱあっと顔を明るくした。

そして、あどけない表情で、俺を見つめる。

「聖女ソフィア様の恋人ですよね！」

「こ、恋人⁉」

「そうです！　だって、ソロンさんと駆け落ちしたから、ソフィア様は騎士団をやめたんだって聞いてますもん」

「いや、えっと、そういうわけではないんだけれど……」

「わたし、ソフィア様の大ファンなんです！　ソフィア様に憧れて白魔道士になったんですもん！　名門貴族の生まれで、魔法学校も最年少の首席で卒業した天才。帝国教会に選ばれた聖女様。規格外の力。そして、とってもお美しい容姿！　わたしの憧れなんです！」

リサは胸を張って弾んだ声で言い、それから「いてて」とつぶやいた。

傷がまだ痛むんだろう。

でも、恐怖に歪んでいた表情はもう完全に消え去った。

リサは目をきらきらと輝かせていった。

もしそれほどソフィアに憧れていたというなら、どうしてうちの騎士団の団員にならなかったんだろう？

それを聞くとリサはちょっと悲しそうにした。

「入団試験に落ちちゃったんです」

「ああ、あれね。まあ、難しいし、運にもよるから」

聖ソフィア騎士団は冒険者の憧れの的で、その団員となるだけでも名誉と言われていた。

当然、騎士団に簡単に入ることはできず、新規団員となるためには入団試験が課されていたのだ。

「実力をつけたから聖ソフィア騎士団に入ろうと思っていたのに、その騎士団自体がなくなっちゃうなんてひどいですよ！　でも……」

「でも？」

「ソロンさんに会えるなんてラッキーです！」

「いや、ソフィアは立派な聖女様かもしれないけど、俺は大した人間でないよ。クレオンたちと比べたって実力があるわけじゃないし……」

「ソフィア様の恋人が偉い人でないはずがないです！　だって、わたしのことを助けてくれたじゃないですか！」

「それとこれとは別だと思うよ……」

とかなんとか話していたら、周囲の戦闘が落ち着いたのを見て、フィリアたちがこちらにやってきていた。

後ろの護衛のナーシャとラスカロスが微笑んでいる。

「やったね！　ソロン！」

「はい。フィリア様のご命令を果たすことができました」

俺が微笑む横で、リサが目を大きく見開いていた。

そして、嬉しそうにつぶやく。

「皇女様だぁ」

たぶん、このリサって子はミーハーなんだろうなあ、と思う。

リサがぽんと手を打った。

「皇女様。ソロンさん。わたしを仲間にしてください！　いえ、手下でオッケーです！」

「手下？」

「はい！　わたし、ずーっと明かりを灯してるだけなんて、そんなの嫌なんです。普通にしてたら、クレオンさんの命令に従わないといけないじゃないですか」

「ああ、なるほど。それでフィリア様の護衛になりたいと」

「はい！　それにソロンさんからソフィア様の話も聞けますし！」

リサは目を綺麗に輝かせている。

実力がないわけじゃないとは思うのだけれど、さっきまで死にかけていたのに、なんだか緊張感が欠如しているような気がする。

そういう性格なのか、遺跡攻略に慣れていないのか、わからないけれど。

でも、ともかく、ラスカロスやナーシャたち以外に味方が増えるのは結構なことだ。

どこまで信用できるかともかく。

クレオンだって他の冒険者を照明係にすればよいだけだから、そこまでうるさくは言わないだろう。

「じゃあ、フィリア様の護衛を頼むよ」

「はい。これで、わたしも皇女様の側近ですね！」

リサは楽しそうに笑い、フィリアも歳の近い少女が護衛に加わったからか、少し嬉しそうにしていた。

「よろしくね、リサ」

フィリアも嬉しそうに微笑んだ。

俺もフィリアもリサも、ノタラスもラスカロスもナーシャも、皆が無事に地上へと戻れるだろうか。

いや、戻れるようにしないといけない。

ここから先には、まだ十七層の遺跡が待ち構えていた。

四話　裏切り者死すべし

ネクロポリス攻略作戦は同時に三方向の進路から進められている。

救国騎士団団長のクレオンが率いる本隊のほか、二つの別働隊が攻略を進めているが、そのうちの片方が守護戦士ガレルスの率いる第二隊だった。

ガレルスは聖ソフィア騎士団の元幹部で、名門伯爵家の次男である。

その楯役としての実力の高さは、帝国屈指のものであった。

その部下の冒険者達もみな優秀な者ばかりで、本隊と比べても遜色がなかった。

しかし、ガレルス隊も遺跡攻略には苦戦していた。

すでに第五層の時点で冒険者の二割を失った。

重傷で後方に搬送されたのはいい方で、命を落とした者もなかにはいる。

そんななか、ガレルス隊の副隊長のリロルケスは苦々しい表情で、腹心の女性ミレアと話し込んでいた。

ガレルスら他の冒険者から離れ、狭い分道のほうまで来ている。

彼らに謀議を聞かれないためだった。

やっと第五層のボスを倒し、冒険者たちはぐったりとして、それぞれ壁に寄りかかっている。

疲労のあまりか、眠りこけている者もいる。

リロルケスはそんな現状に不満があった。

彼はまだ二十になったばかりで若いが、もともと金印騎士団の団長だった。

金印騎士団は帝国で最も古い歴史をもつ冒険者集団の一つで、百年前からリロルケスの家系の人々が代々、団長職を世襲していた。

金印とは結成時に皇帝から下賜（かし）された騎士団の象徴で、今もリロルケスが身に着けている。

名門騎士団なのだが、最近は凋落（ちょうらく）が激しく、資金も不足したため、やむなく救国騎士団に吸収されたのだ。

だから、リロルケスとしては、ガレルスなどの風下に立つのは面白くない。

元騎士団団長の自分こそが分隊の隊長になるべきだと思っている。

この分隊は金印騎士団の団員がかなりの数、含まれているからだ。

なんなら騎士団の副団長の地位だって、アルテなどではなく自分に渡すべきだと思っていた。

少女ミレアも、リロルケスの考えに賛同してくれていた。

ミレアはリロルケスの使用人の娘で、二つ年下の幼馴染でもあった。

金印騎士団の団員として、ずっとリロルケスを支えてきたのだ。

ミレアはその美しい緑色の髪を掻き分け、金色の瞳でリロルケスをじっと見つめていた。

「リロルケス様。やっぱり、この攻略作戦は無謀ですよ」

その言葉にリロルケスはうなずいた。

（潮時だな……）

もともとリロルケスはこの攻略作戦にやる気がなかったが、元部下の金印騎士団の団員が死んでいく姿を見て、積極的に中止すべきだと思った。

このままいけば、自分もミレアも死にかねない。

「といっても、ここで攻略作戦を中止しようなどと言っても、あのガレルスたちは賛成しないよね」

「なら、ガレルスとその側近を殺してしまいましょう。うっかり魔族に倒されたことにすればいいんです。そうすればこの分隊の指揮権はリロルケス様に移ります」

「そして、残った全員で引き上げればいい、か」

あの傲慢なガレルスなら、殺しても良心は痛まない。

その結果として、本隊ともうひとつの分隊は退路を絶たれることになるが、構いはしない。

結局のところ、リロルケスにとって大事なのは、この分隊にいる仲間たちと、ミレアなのだった。

「ミレア……この作戦から帰還したら、大事な話があるんだ」

「大事な話、ですか？」

ミレアが首をかしげる。

リロルケスはミレアに告白し、ゆくゆくは彼女を妻とするつもりだった。

公私ともにリロルケスを支えてくれる存在は、ミレアしかいない。

そうリロルケスは確信していた。

そのとき、近くから物音がした。

振り返ると、守護戦士ガレルスがいた。

ガレルスは鋼の大きな鎧に身を包んだ大男だ。

屈強さの上に、貴族の傲慢さを載せたような人間、というのがリロルケスの印象だった。

「なんの御用かな、隊長殿」

リロルケスはガレルスに尋ねたが、ガレルスは薄く笑うのみだった。

嫌な予感がして、リロルケスはとっさに剣に手をかけた。

しかし、すべては遅すぎた。

「裏切り者は死ぬべきだよなあ?」

ガレルスの言葉の次に、ミレアが「あっ」と小さく声を上げて、くずおれた。

その胸には、ガレルスの剣が深々と突き立てられていたのだ。

ガレルスが剣を抜くと、ミレアの胸からは止まることなく血が流れ、そして、しばらくびくびくと痙攣した後、動かなくなった。

リロルケスはしばらくして理解した。

ミレアが死んだのだ、と。

「ガレルス……貴様……！」

激昂したリロルケスはガレルスめがけて剣を振りかざした。

次の瞬間、リロルケスはガレルスの剣に身体を貫かれていた。

血を吐きながら、リロルケスは考えた。

いったい何がいけなかったというのだろう？

自分が死ぬのはいい。

だが、自分を慕ってくれていたミレアも殺されてしまった。

幼い日のことを思い出す。

ミレアは熱を出して寝込んだリロルケスのことをずっと看病してくれた。

心配そうに自分を覗き込むミレアの姿が思い浮かぶ。

（ずっと僕のために尽くしてくれていたのに……）

最後まで、ミレアに対して何もしてやれなかった。

後悔の念に駆られるリロルケスに、ガレルスが上から声をかける。

「悪く思うなよ。裏切ろうとしたあんたらが悪いんだ。あんたらは気づいちゃいないだろうが、アルテの開発した魔装具でずっと盗聴してたんだよ」

「……うかつだったな」

「だいたい、あんたらの実力では、オレを殺すことなどできんぜ。もっとも、クレオンの命令では、どのみちあんたは戦闘のどさくさに紛れて殺す手筈になっていたんだけどな」

「なぜ……?」

「あんたがいれば、金印騎士団の団員が結束してオレたちに反抗しかねんからな。力がない者は惨めなもんだ。あんたは何一つ守れずに死んでいく。あんたの部下たちにはせいぜいこの戦いで犠牲になってもらおう」

リロルケスは悔しさのあまり声を上げて、ガレルスを罵倒しようとしたが、もう声も出なかった。

「あの世でオレの大活躍を見ててくれよ。救国騎士団の新副団長となる、このガレルスの活躍をな」

副団長は賢者アルテだったはずでは、とリロルケスは朦朧(もうろう)としながら思った。

でも、もうそんなことはどうでもいい。

自分は死ぬのだから。

ミレアの声が聞こえたような気がした。

『大丈夫。この先も一緒ですよ』

本当にそうなんだろうか。

死後の世界なんてものがあるのかもしれないが、それでもミレアが隣にいるのなら。

自分は救われる。

そこでリロルケスの意識は途切れた。

†

クレオン率いる本隊は、第七層の攻略を終えようとしていた。

俺もフィリアたちとともに攻略隊についていっているわけだけれど、他の冒険者を見回せば、すでにかなりの脱落者を出している。

第七層の道は広いとは言えず、宮殿の各部屋は岩石や土砂に埋もれていた。

豪奢な陶器のかけらが辺りに散らばっていて、かろうじて古代の宮殿であるという姿を留めている。

黒魔道士ナーシャも白魔道士のリサも、だいぶ疲れた顔をしていた。

二人はフィリアの護衛だが、それでも攻略隊全体の方針に従って、魔術師として片時も休む間もなく後方支援に従事させられていた。

「ソロンさんはぜんぜん平気そうなんですね……！」

リサがちょっと驚いた感じで言う。

魔法剣士である俺も支援魔法で側面から戦いに参加している。

ラスカロスたちにフィリアの警護をお願いして、かなり頻繁に前線で戦ってもいる。

でも、俺はそんなに消耗していない。

隣のラスカロスやノタラスも同じで、さらにクレオン、アルテ、フローラたちも一切疲弊した表情を見せていない。

それらは全員、旧聖ソフィア騎士団の幹部や上級団員だ。

旧団員のほとんど全員がまだ攻略から脱落していない。

ナーシャやリサたちだって、帝国では上位に入る冒険者だ。

けれど、仮にも最強を謳われた聖ソフィア騎士団の団員は、他とは隔絶した実力を誇っているということだろう。

「さすがソフィア様の恋人ですね！」

「ソロンさんはソフィアさんの恋人なんですか？」

リサの言葉につられて、ナーシャが興味深そうに俺に問う。

リサはともかく冷静なナーシャまでこういう話題に興味があるとは思わなかった。

俺が答えようと口を開きかけると、フィリアが俺の袖を引っ張った。

じーっとフィリアが俺の瞳を見つめる。

どうしたんだろう？

「ソロンはソフィアさんの彼女じゃないものね」

「え？」

「そうだよね？」

「はい。そうですが……」

振り返ると、リサもナーシャも、ついでにノタラスもにこにことしている。

みんな笑顔で、不気味だ。

「皇女様はヤキモチやいているんですね！」

リサがくすくすと笑いながら言う。

他二人もうんうんとうなずいていた。

ただラスカロスのみが表情を変えず、退屈そうに言う。

「そろそろ第七層の最後の敵との戦いです」

彼の言うとおりで、先頭のクレオンが重たい鉄の扉を開けようとしていた。

事前に調べた情報からすると、ここは攻略の難所の一つだった。

多くの冒険者たちが第七層で攻略を諦めるか、あるいは全滅している。

フィリアが不思議そうに首をかしげる。

「ね、ソロン。いったいどんな敵がいるの？」

「いろいろな文献を見ると、虎だと書いてあります」

「トラ？　虎って、猫を大きくして怖くしたやつのこと？」

「まあ、だいたい合ってます。もっともただの動物ではなく、魔族ではあるのですが」

それにしても、虎が多くの実力ある冒険者たちを撃退してきたというのは不思議だった。

龍なりゴーレムなり、そういう高位の魔族ならわかるけれど。

「それ以外にわかっているのは、水魔法に弱いというぐらいでしょうか」

「ふうん。それならわたしの水魔法の攻撃でもちょっとならダメージを与えられるかな？」

「頑張れば可能かもしれませんけど、でも、危ないですからフィリア様は後ろで見ていてくださいね」

「残念」

とつぶやきながらも、フィリアはあっさりと納得した。

すでに攻略には撤退者も出ているし、困難の度合いがより強くなったことに気づいているんだろう。

仮にフィリアがうまく攻撃を成功させても、それで魔族の目がフィリアに注がれるのは避けたい。

クレオンたちに続き俺たちは扉の向こうへと進んだ。

そこはかつての宮殿の大広間で、大理石が敷き詰められた真っ白な空間だった。

そこには四本の大きな柱が立っているほかは、何もなかった。

「何もいないじゃないですか」

賢者アルテは拍子抜けしたようにつぶやいた。

たしかにその広間には何もいなかった。

けれど、俺は敵の存在に気づいた。

「上だ」

クレオンが短くつぶやいた。

冒険者たちが一斉に天井を見上げる。

古代王国の王都の宮殿だけあって、その天井はおそろしく高い位置にあり、広間の大きさをうまく演出していた。

けれど、その天井にはいくつか大きな穴が空いていて、穴の向こうは暗闇に包まれていた。

そこは第六層と第七層のあいだにある空隙だ。

そして、その暗闇のなかから、一匹の鳥が姿を現した。

いや、鳥じゃない。

それは翼のある虎だった。

黒と黄の縞模様の身体を誇り、威厳に満ちた金褐色の瞳で俺たちを睨んでくる。

「翼虎……か」

伝説では聞いたことのある存在だ。

古代王国時代の昔話に、人の善悪を見抜き、懲罰を下す霊獣として登場する。

翼虎は急降下して、冒険者たちの頭上をかすめた。

その虎の脚は鉤爪のようになっていた。

魔術師の女性の一人が翼虎にさらわれ、甲高い悲鳴を上げる。

その女性はそのまま振り下ろされ、壁に叩きつけられた。

次の瞬間、翼虎は口を大きく開けた。

その喉からは紅蓮の炎が吐き出され、こちらに迫ってくる。

多くの冒険者たちが恐慌をきたすなか、クレオンは聖剣を抜き放ち、一歩前へ踏み込んだ。

黄金色に輝く聖剣は、燃え盛る炎の流れを正面から受ける。

俺とラスカロスらもそれに続き、前衛として防御に加わろうとした。

だが、一部は支えきれず、翼虎の真下にいた剣士の男が炎の直撃を受けた。

絶叫は一瞬で途切れ、後に残ったのは人形の真っ黒い影だけだった。

それを見て、恐れをなした何人かの前衛の冒険者たちが逃げ出そうとする。

しかし、彼らは逃げることができなかった。

アルテが後ろから彼らの手前めがけて炎魔法を放ったからだ。

炎の柵が彼らの退路を断つ。

「弱い者は魔族に殺され、逃げる人はあたしが殺します。さあ、命を賭(と)して戦ってください！」

彼らは呆然とした様子になり、それから慌てて敵へと引き返した。

こうでもしないと、戦意を保てないのだ。

所詮、烏合(うごう)の衆(しゅう)ということだろう。

攻略隊はとりあえず優秀そうな冒険者をかき集めて作られている。

救国騎士団の幹部以外は、劣勢に追い込まれれば、戦意をすぐに失ってもおかしくない。

「仲間の逃げ道を奪うようなやり方はやめておくべきだよ、アルテ」

俺が戦いながら言うと、アルテはむっとした顔をして、黒色の瞳で俺を睨んだ。

「先輩に指図される覚えはありません。せいぜい盾になっていてくださいよ。先輩の攻撃じゃ、あの魔族は倒せませんからね」

そう言うと、アルテはにやりと笑い、ヤナギの杖を高く振りかざした。

翼虎はふたたび急降下し、俺たち前衛の剣士たちを薙(な)ぎ払おうとする。

ほとんどが踏みとどまったが、中にはその鉤爪に巻き込まれ、後方へ弾き飛ばされた者もいた。

そのあいだもアルテはその黒い瞳に強い意志の力を込め、まっすぐに翼虎を見ていた。

そして、杖を振りかざしたまま、高らかに呪文を詠唱し始める。

「形あるものはすべて虚しきものと異ならず、虚しきものはすべて形あるものと異ならない。我は往(ゆ)く川の真理を知る者。水の精霊よ、汝の力を貸せ！」

アルテの攻撃魔法は薄い青色に彩られた光の束となり、次の瞬間には翼虎の身体の中心部を射抜いていた。
翼虎が甲高い悲鳴を挙げる。
さすがは賢者というべきか、アルテの水魔法の威力は凄まじいものがあった。
俺も、たぶん他のみんなも、翼虎を倒せたんじゃないかと期待したと思う。
けれど。
翼虎は悲鳴を獰猛(どうもう)な唸り声に変えた。
その身体は魔法で切り刻まれても、なお動きを止めず、翼を広げて飛翔を続けていた。
まだ魔族の力の核となる部分を破壊できていないのだ。
ちっ、とアルテが舌打ちをする。
「来るぞ」
クレオンが低い声で、周囲の冒険者達に警告する。
その瞳は俺たち前衛を見ていなかった。
翼虎は瞳を赤く光らせた。
俺は後ろを振り返る。
翼虎が見ていたのは、間違いなくアルテだった。
まずい。
アルテは天才的な魔術師であり、圧倒的な才能をもった賢者だ。
けれど、だからといって万能というわけじゃない。

例えば、誰も護衛がいない状態で物理的な攻撃にさらされれば、アルテには身を守るすべがない。

だからこそ、屋敷襲撃の際に俺たちはアルテの襲撃を退けることができたのだった。

翼虎は低空をまっすぐに飛行する。

クレオンたちが攻撃を加えるが、翼虎は速度を落とさなかった。

そのままアルテの作った炎の柵を突っ切った。

もしアルテが後方に逃げようとしていたら、アルテの身は翼虎の餌食になっていたかもしれない。

けれど、アルテは翼虎の横をすり抜け、炎の柵を消して、前方に走り出した。

それが正しい判断だ。

後方へ行っても、剣士がほとんどいない以上、反撃も防御もできずに、他の魔術師を危険にさらすことになる。

逆に俺たちのほうへと向かえば、前衛と合流でき、標的となっているアルテの身は安全となる。

けれど、近くの前衛たちは誰もアルテの楯になろうとはしなかった。

いるのは、ほとんどが救国騎士団以外の冒険者だった。

アルテはもともと人望がない上に、炎の柵を作って退路を断とうとしたのだから、とっさの判断で彼女を守ろうと思わなくても当然だ。

クレオンたちはアルテを守れる位置にいない。

けど、俺は駆け寄ってくるアルテとそう遠くない位置にいた。

一瞬、「もしフィリアを守りたいなら、アルテを殺しておくべきだった」というフローラの言葉が頭に浮かぶ。

けど、その言葉を俺は振り払った。

俺は後退して、アルテに接近した。

そして、翼虎とアルテのあいだに入る。

たった一人で俺は翼虎の攻撃から身を守らなければならない。

翼虎の振り下ろす鉤爪は宝剣テトラコルドで防げたが、その次の炎の息への対応が一瞬遅れた。

このままだと、アルテもろとも俺も消し炭になる。

けれど、一筋の光が翼虎の背中を突き刺した。

後ろをちらりと見ると、占星術師フローラが杖をかざして攻撃魔法を断続的に放っていた。

その攻撃で翼虎は痛みに暴れ、口が上向きになる。

口から吐かれる炎に巻き込まれずにすみ、その隙に俺とアルテはなんとか逃れた。

次の瞬間に、剣士たちは翼虎の周囲を包囲し、魔術師たちはそこに一斉攻撃を加えた。

翼虎はアルテの攻撃でかなり弱っている。そこにこれだけの攻撃が加えられれば、大きなダメージだろう。

案の定、魔力が尽きたのか、翼虎の動きが急に緩やかになり、そしてそのまま横向きに倒れた。

翼虎は倒されたのだった。

アルテは俺を不満そうに見つめた。

「これを貸しだと思わないでくださいよ。べつに先輩がいなくても、あたしは一人であの局面を打開することができたんですから」

「そんなこと言わないさ。どのみち、俺が貸しだと思っても、アルテが借りだと思わないなら意味がないからね」

アルテが狙われたのは、アルテの強力な攻撃魔法のために魔族の怒りを買ったからだ。

つまりアルテが攻略に貢献しているということだ。

そのアルテをたまたま助けたからと言って、俺がアルテに威張れるという話でもない。

言動には賛同できないけれど、アルテの実力自体は俺も認めていた。

そして、アルテが魔王復活のためにフィリアを狙おうとしたとき、そのアルテの実力は俺たちにとっての大きな脅威にもなるだろう。

フローラが俺たち二人をじっと見つめていた。

†

犠牲を出しながらも、俺たちはなんとか第七層の攻略を終えた。

一人の剣士の男が大理石の床をじっと見つめていた。

そこには人型の黒い影があった。

翼虎の放った業火によって、命を落とした冒険者の痕跡だった。

その剣士は涙一つ見せなかったが、冒険者の死を悲しんでいるのは明らかだった。

おそらく仲間だったのだろう。

彼は恨みの込もった目で、クレオンたちを見ていた。

犠牲となったもう一人の魔術師の死体のそばでは、その仲間と思われる少女たちが嗚咽をもらしていた。

そうした声を聞くだけで、他の冒険者たちの戦意は下がる。

次は自分の番かもしれない。

クレオンは魔術師の死体のそばに近寄ると、「手厚く埋葬しよう」と言って、泣いている仲間たちを慰めようとしていた。

彼女たちは死体を地上に連れて帰りたいと訴えていたが、クレオンの立場を想像すれば、そういうわけにはいかないと思う。

まだ攻略の前途は長く、遺骸を持っていけるほどの余裕はないのだった。

ともかく、翼虎の死により、第七層の最奥にあった巨大な扉が開いた。

いろいろな準備を終えた後、さらに深い層へと俺たちは進むことになる。

休息をとるあいだ、フィリアが全体に対して労(ねぎら)いの言葉をかけていた。

攻略隊の総指揮官らしい雰囲気が出ている。

リサが俺のそばに寄ってきて、ささやく。

「ソロンさん！　無事で良かったです」

「ありがとう。危ないところだったよ」

「でも、カッコ良かったですよ！　賢者様をたった一人で命がけでかばって、成功させちゃったんですから！」

聖ソフィア騎士団に憧れのあるリサにとっては、賢者アルテも尊敬の対象なのかもしれない。

リサは目をきらきらさせながら、俺を上目遣いに見つめた。

ちょっと苦笑してしまう。

それに、俺はそんなにすごいことをしたわけじゃない。

「あれはフローラが助けてくれたおかげだよ」

そういえば、フローラに礼を言っていない。

俺はフローラを捜したが、見当たらなかった。

どこへ行ったんだろう？

クレオンがいよいよ再度の出発を宣言しようとしたとき。

床の下、側面の壁から、遥かに高い天井から、激しく響く音がした。

「なんですか、この音？」

リサが不思議そうに天井を見上げた。

嫌な予感がする。

次の瞬間、大理石の床にひびが走り、間をおかず崩れ始めた。

「崩落するぞ！　第八層の扉へ走れ！」

クレオンが叫んだが、その声が他の冒険者たちの悲鳴でかき消された。

第七層の地盤が崩れ、下の階層へと落ちかけている。

クレオンの言うとおり、第八層への階段を先に降りてしまうことが必要だ。

ラスカロスとナーシャがフィリアを連れて、第八層へと走り出す。

俺も駆け出そうとしたが、その前に俺の隣のリサがぐらりと揺れた。

リサの立っていた床が崩れたのだった。

「きゃあっっっっ！」

悲鳴を上げるリサの手を間一髪のところでつかむ。

リサの身体は床の下にあり、その下には真っ暗な闇が広がっていた。

俺の腕のみを頼りにぶら下がっているリサを、俺は力を入れて引き上げる。

涙目のリサが俺を見つめる。

「あ、ありがとうございました」

「どういたしまして。ともかく、早くここを離れないと……」

大多数の冒険者は難を逃れ、安全な第八層への階段へと移ったようだった。

あと広間に残っているのは、俺たちと、クレオン、カレリアの二人のようだった。

カレリアも同様に崩落に巻き込まれかけ、そこをクレオンに助けてもらっていたのか、赤い顔でクレオンにお礼を言っていた。

俺たちは立ち上がり、穴だらけの床を歩きはじめようとした。

遺跡の崩落はたまにあるけど、ここまで大規模なのは珍しい。

もしかすると、これも遺跡に仕掛けられた罠なのかもしれない。

古代王国の末裔がその過去の宮殿を守るために、ネクロポリスに罠を仕掛けたという話は事前に調べていた。

そうだとすれば、もっと凝った仕組みがあってもおかしくないな、と考え、俺は上を見た。

天井からなにか降ってくる。

とっさに俺はリサを突き飛ばした。

リサが悲鳴を上げて、尻もちをついていたが、俺の判断は正解だった。

上から落ちてきたのは泥状の魔族だった。

俺は宝剣テトラコルドを抜いて一閃させた。

魔族は一刀両断され死んだが、問題はその次だった。

泥状の魔族の死体はかなりの質量があるようだった。

同じ床に俺も乗っている。

そして、この層の床は崩壊しかけだ。

大理石の床はあっさりと崩れた。

「ソロン！」

広間の端からフィリアの悲痛な叫び声が聞こえる。

リサも大きく目を見開き、落ちていく俺を見つめていた。

暗闇のなかへと背中から吸い込まれていき、俺は遠ざかっていく光を見ながら思った。

これは死んだな、と。

死を目前にしたわりには意外と冷静なものだな、と自分のことながら思ったけれど、残されたフィリアたちのことを思うと後悔の念に駆られた。

フィリアを守るのは、ラスカロスたちに期待するしかない。

それに、師匠としてフィリアにもうなにか教えてあげることもできない。ソフィア、クラリス、ルーシィ先生といった人たちの顔が浮かぶ。

俺は固く目をつぶった。

強い衝撃とともに、俺は地面に叩きつけられた。

おそるおそる俺は起き上がった。

真っ暗だ。

けれど、死んではいない。

泥状の魔族の死体に包まれて、それがクッションになったのだと思う。

それと、床の下の次の層が、意外と離れていなかったためでもある。

第七層と第八層の中間の空間に俺は落ちたのだった。

「光を」

俺は宝剣で軽く床を叩いた。

そうすると、ぼうっとした薄く白い明かりがあたりを包む。

あたりは狭い洞穴(ほらあな)のようになっていて、その隅に俺は意外な人物がいるのを認めた。

「クレオン？」

「ああ。どうやら、ここに落ちたのは、僕と君だけみたいだな」

聖騎士の純白の衣服に、紫色の魔族の泥をかぶり、クレオンは不機嫌そうな顔で俺にうなずいてみせた。

クレオンはおっくうそうに魔族の泥をはらった。

なんだか姿勢が不自然なのは、地面に叩きつけられたときのダメージのせいだろうか。

クレオンは俺をじっと見つめた。

「ソロンは平気なのか？」

「結果としてみれば、ぼろい宮殿の床が抜けただけだよ。まあ腰は痛むけど、さいわい上等なクッションもあったし」

俺は魔族の泥を指差して、にやりと笑ってみせた。

もちろん魔族の泥をかぶるなんて嫌だし、遺跡の崩落に巻き込まれるのは勘弁してほしいけれど、死なずに済んだのだから我慢しよう。

けれど、クレオンは首を横に振った。

「そういう話じゃない。この魔族から出てる泥だが、粘液に神経毒が含まれている」

「え？」

言われてみれば、こういうスライム状の魔族はたしかに毒を持っていることが多い。

けど、俺はなんともなかったから気づかなかった。

どうしてだろう？

フィリアと魔力回路をつないだことがなにか影響しているのかもしれない。

きっと、今頃フィリアは俺のことを心配しているに違いない。

そして、俺はクレオンを見下ろした。

「つまり、クレオンは毒のせいでうまく動けない？」

むすっとした顔のまま、クレオンは何も答えなかった。

つまり、図星だということだ。

クレオンはしばらく考え込み、それから「ああ」とつぶやいた。

「これは君が仕掛けた罠だな。ソロン」

「俺が罠を仕掛ける？　クレオンに？」

「自分は予め解毒剤を飲んでおき、僕と君がいる場所で、なんらかの方法で天井から神経毒を持つ魔族を呼び寄せる。そうすれば、僕を亡き者にすることは容易いからな」

「待った。俺だってこんな暗闇のなかに落とされて、困っているんだよ。俺が仕掛けた罠なら、自分が巻き込まれるわけない」

「どうかな。例えば、僕に止めを刺すために、あえて自分も一緒に床下へと落ちたのかもしれない」

「よくいろいろと悪い想像を考えつくね」

「ありうる話だ。……僕は形だけとはいえ、ソフィアの婚約者だ。君とソフィアからすれば邪魔な存在だろう。それにこの攻略作戦だって、僕さえいなければ止められるかもしれない。それに」

「それに？」

「君を騎士団から追放したのは、僕だからな」

クレオンは急に目をそらした。

もしかすると、アルテとは違い、クレオンは俺を騎士団から追い出したことを後ろめたく思っているのかもしれない。

俺は微笑した。

「べつに騎士団を追い出されたことは、恨んではいないよ」

「嘘だな。自分が作った騎士団から、あんなふうに罵倒されて追い出されたんだ。恨まないわけがない」

「最初はがっかりしたさ。俺はもう騎士団の仲間たちから必要とされていないんだと思ったから。目標を見失って途方に暮れた」

「今は違うのか？」

「そうだね」

「帝国最強の騎士団の副団長。それが君の肩書きだった。冒険者なら、いや、帝国の臣民なら、誰もが憧れる地位だ。君はそれより大事な物を見つけたというのか？」

「俺は皇女フィリア殿下の家庭教師だ。それで満足なんだよ」

「理解できないな。より貴重な財宝を、より高い地位を、より輝く名声を、そしてより優れた力を、僕たち冒険者は求めるものだろう？」

「クレオンやアルテには力があるからね。クレオンたちが理想を追い求めるのは自然なことだ。だけど俺にはそんな力はない。自分が助けたいと思う相手を、ぎりぎり守ることができる程度の力しかないんだよ。フィリアたちを守れることが俺にとってはいちばん大事なんだ」

「……フィリア殿下のことが大切なんだな」

「まあね。弟子は可愛いものだよ。本当だったら、フィリアや仲間たちだけを助けたいところなんだけどね」

「本当だったら？」

「つまり、今のクレオンのことも助けるってことだよ」

どのみち、クレオンの協力なしではここから抜け出して攻略隊に合流することはできないだろう。

回復さえすれば、クレオンの戦力はかなり頼りになる。

さらに、もしクレオンがいなければ、アルテが攻略隊の実質的な指揮官になる。

そうなれば、攻略作戦を止めるどころか、アルテの酷い作戦に付き合わされる可能性もあるし、フィリアの身が危険なのも変わらない。

クレオンは魔法学校以来、九年にもなる付き合いだった。

向こうはそうは思ってなかったかもしれないけれど、追放前は俺にとっては大事な友人だったのだ。

俺は宝剣を抜いて、簡単な回復魔法を唱えた。

すぐには無理でも、しばらくすればクレオンの毒も解けるはずだ。

「ほら肩を貸すよ。ここは上から瓦礫（がれき）が降ってくるかもしれないから、移動しよう」

クレオンは複雑そうな表情を浮かべ、そして、俺につかまった。

「これで俺がクレオンを殺すつもりじゃないって信じてもらえたかな？」

「……もともと君が僕を殺すなんて、思っていなかったさ」

クレオンは小さくつぶやいた。

おぼつかない足取りで、クレオンが歩き始める。

「クレオンを助けるなんて久しぶりだ。昔を思い出すね。一年生のときに、クレオンが泥だらけの池に落ちて、それを俺が引っ張り上げて助けたっけ」

「いつまでも魔法学校時代のことを持ち出すなよ。君のそういうところが嫌いなんだ」

クレオンは不満そうにぼやいた。

そして、クレオンは言った。

「僕は君と違って、富も名誉も力も欲しい。けれど、一番の願いは君と変わらないのかもしれないな」

「ふうん。クレオンの一番の願いって？」

「もう一度、死んだシアに会いたい。そんな単純なことだよ」

クレオンはシアに会いたいと言った。

けれど、それは絶対に叶わない願いだ。

「死んだ人間は蘇らない。それは万古不易の真理だよ」

「ああ。その通りだ。だから、僕が言っているのはただの願望だよ。ただ、どうしてシアが死ななければならなかったのか、僕は今でも疑問に思うんだ」

「それは……」

俺が言葉に詰まると、クレオンは俺の肩に寄りかかったまま言う。

「僕たちにシアを魔族から守り切る力がなかったからだ。たしかにそれは間違いない。けれど、問題はそこじゃない」

「つまり？」

「神はどうして一人の少女を死なせたもうたのか、ということさ」

「べつにシアは神様に殺されたわけじゃないよ。遺跡で魔族の手にかかって命を落としたんだ」

「帝国教会に言わせれば、全知全能の神はその分身たる聖霊を遣わしてこの世界を作り、正しい姿へ導いている。人も草木も獣もひとしく神によって作られた被造物だ。そして、形あるものはすべて滅んだ後、霊魂となり神と聖霊のもとへ、死後の世界へと帰っていく」

「何が言いたいんだ？」

俺たちはとぼとぼと遺跡の隙間を歩いていて、互いの声が壁で跳ね返り、道に響いた。

帝国教会の教義なんて、この国に住んでいれば子どもでも知っている。

なにせこの国の臣民の九割以上が帝国教会の信者だからだ。

「僕が言いたいのは、こういうことだ。もし神が万能で、この世のありとあらゆる存在を作ったというのなら、どうして何の罪もない女の子の死を許したんだ？　シアが死ななければならない理由はなかった。もし神がいるのなら、どうしてあんな優しい子を見捨てたんだ？」

俺は言葉を失った。

クレオンが言っているのは帝国教会の教義に対して、歴史的にもよく繰り返されてきたものだった。

万能の正義の神がいるなら、どうして悪が、理不尽が許されるのか。

帝国教会の聖職者たちはこの問題に答えるために、ずっと頭をひねってきた。

同時にそのような疑問を持つ者を徹底的に弾圧し、信仰への疑いを抑えてきたのだった。

今はもう、帝国教会に異議を唱えただけで処刑されるような時代ではない。

けれど、仮にも帝国中枢にいる大貴族の言葉としては穏やかなものではなかった。

「神様に文句を言っても、シアが帰ってくるわけじゃないよ」

「わかっているさ。だが、君だって、もしソフィアが、あの皇女フィリア殿下が無惨な殺され方をしたら、同じように神を呪いたくなるはずだ。そして、天秤を正しい位置へと直したくなるに違いない」

「天秤を直す？」

「昔は弱かった冒険者の世迷い言さ。忘れてくれ」

クレオンは落ち着いた口調で言った。

天秤を正しい位置に直す、ということは、今は誤った位置に天秤があるということだ。

それが何を意味しているかはわからない。

クレオンに尋ねようとしたとき、通路の隅の洞穴から犬型の魔族が飛び出した。

犬といっても獰猛な大型犬の形をしており、その秘めている魔力量からしても、普通の冒険者にとっては大きな脅威になるだろう。

鋭い牙が俺たちに向けられている。

俺はクレオンをその場の壁へと下ろすと、にやりと笑った。

「まだ毒から回復していないだろうから、クレオンはそこで待っていてよ」

「不満だが、そうさせてもらおう」

クレオンがそう応じたのを確認し、俺は宝剣テトラコルドを抜いた。

そして、剣を一振りする。

宝剣の引き起こした風魔法で、魔族の犬は壁に叩きつけられる。

さらに俺は剣を一閃させた。

次の瞬間、魔族は大きな唸り声を上げ、そしてそのまま倒れた。

いくら普通の冒険者にとって脅威でも、仮にも聖ソフィア騎士団の幹部だった俺にとっては大した敵ではない。

当然、クレオンにとっても取るに足らない敵のはずだ。が、神経毒にやられたクレオンはそんな魔族すら倒すことができない。

だから、俺がいなければクレオンは生還できなかっただろう。

「こういう形でクレオンを助ける日がまた来るとは思わなかったよ」

「僕もさ。もう君に頼るのは二度としたくないが、今回は礼を言っておこう」

クレオンはゆっくりと立ち上がった。

なんだかクレオンは俺に助けられるのが、嫌なようだった。

まあ、自分が追放した相手だからかもしれない。

クレオンは忌々しげに吐き捨てた。

「僕らのなかに裏切り者がいなければ、こんな失態は犯さなかったんだが」

「俺のこと？　さっきも言ったけど、俺はクレオンを殺そうとなんてしていないよ」

「君のことじゃない。僕の命を奪おうとした本物の裏切り者が別にいるのさ」

……裏切り者。

クレオンの命を狙い、罠にはめて第七層と第八層の狭間に墜落させた人物がいる？

第七層の最後の敵である翼虎がいた大広間の床は崩落した。

上から降ってきた泥状の魔族と合わせて、遺跡そのものの仕掛けだと思っていた。

けれど、クレオンに言わせれば違うらしい。

「いいか、ソロン。僕たちはこの攻略にあたって十分な準備をしてきた。新騎士団の一般団員はもとより、俺たち幹部もかかりきりで、過去のネクロポリス調査報告を集めたんだ」

「俺も調べたよ。たしかに第七層の突破に成功した冒険者パーティは何組かいたみたいだけど、どのパーティもこんな罠があるなんて報告していない」

「そのとおり。これが何を意味するかといえば、今回の崩落は人為的に引き起こされた罠だってことだ」

「けど、すべての冒険者が網羅的に遺跡の罠まで記録するとは限らないよ。それに第七層最後の敵だって、これまではゴーレムだったみたいだけど、今回は翼虎だった。罠の方に変化が生じていてもおかしくない」

「魔族の生態系のほうが変わっても、遺跡の構造の方までは変わらないことは多い。ソロンなら知っているだろう？　遺跡の調査報告は後々の冒険者のために書いているんだ。こういう罠があったら、書かないはずがない」

「どうかな。それでも裏切り者が仕掛けたというのは推測にすぎないよ」

「決定的な証拠がある。俺たちを襲った泥状の魔族だ」

「魔族が証拠？」

クレオンは騎士団の白い制服のポケットから、硬い石のようなものを取り出した。

そして、それを指でさし示す。

「これはあの魔族の核だ。そして、この核だが……」

「ちょっと待って。ルーペを取り出すよ」

「相変わらず、準備のいいことだな」

「持っていて損はないからね」

遺跡の攻略ではルーペは地味に役立つ。

壁の材質の調査、見つけた宝の鑑定、そして倒した魔族の判定だ。

俺はルーペでクレオンの手にある核を拡大した。

その核の表面に小さく何かが書かれている。

いや、淡い文字が浮かび上がっているのだ。

踊るように動き回るその文字は「魔の者よ、理法に従い、神と聖霊と我に従え」という内容だった。

魔術師が魔族を制御するための呪文だ。

「召喚された魔族？」

「裏切り者が召喚したんだろう」

魔族を召喚して使役するということであれば、ぱっと思いつくのは召喚士ノタラスだ。

聖ソフィア騎士団時代、彼はクレオンと考えを異にしていたようだし、クレオンを殺害する動機はあるといえばあるかもしれない。

けれど、魔族の召喚自体は、ノタラスほど大規模かつ効率的に運用はできないとしても、ある程度の高位の魔術師であれば普通に使える。

裏切り者はノタラスとは限らない。

けれど、これが誰かしらの仕組んだ罠だったのは確実だ。

「ソロン。このことは僕たちだけの秘密にしておこう」

俺はうなずいた。

裏切りがあったなんて話を攻略隊に周知すれば士気は下がるし、それに、裏切り者に警戒されるという意味でも良くない。

単なる事故だった、ということにしておくのが一番良さそうだ。

けれど、いずれは誰がクレオンの命を狙おうとしたのかも明らかにしないといけない。

俺自身も巻き込まれて死にそうになったのだ。

クレオンは徐々に回復してきたのか、もう戦闘にも参加できるようになっていた。

フィリアの魔王の子孫としての力を狙っているという意味では、クレオンは俺の敵だ。

もし首尾よくこの遺跡の攻略に成功し、魔王を復活させるということになれば、フィリアはその犠牲に供される。

そのときこそ俺とクレオンは対決しなければならなくなる。

クレオンとアルテは、俺が魔王復活計画のことを知っているとは思っていない。

だから、俺が計画阻止に動いているとは知らないだろう。

油断している二人に対し、俺が仲間たちを決起させ、フィリアが皇女として号令をかければ、大勢はこちらに傾く。

おそらくクレオンたちに勝てるだろう。

しかも不利を悟らせて降伏させれば、二人を殺さずに済む。

けれど、今はクレオンと協力しないとここから脱出できないのだ。

俺たちは背中合わせで戦いながら、遺跡の狭間の空間を進んだ。

何回か俺はクレオンに雑談を振ってみたけれど、クレオンはそっけない態度をとって返事をあまりしてくれない。

けれど、俺たちは元仲間で、だから無言でも連携はかなりスムーズに取れる。

敵はそれなりに手強く、俺一人では確実に倒せない魔族も含まれていたし、高い実力をもつクレオンでも、一人では消耗してしまって常に勝つことはできなかっただろう。

俺たちは互いの力を当てにして、なんとか進んだ。

しばらくして、向こうからかすかに揺れる光が見えてきた。

ぼうっとしたその薄白い光は次第に大きくなってくる。

そして、足音が小さく、けれどはっきりと聞こえてきた。

間違いなく、複数の人がこちらに向かってきている。

俺たちは早足で歩き、味方と合流した。

第八層への通り道にたどり着けたのだ。

「ソロンさん！」

ぴょんと飛び跳ねるように俺に近づいたのは、白魔道士のリサだった。

そのままリサは俺に抱きつく。

「わ、わ、リサ⁉」

「わたしの、わたしのせいでソロンさんが死んじゃったんじゃないかと思って……」

その後は、嗚咽で声にならないみたいだった。

瞳に涙をため、リサは俺を上目遣いに見つめる。

ぎゅっと俺の腕にしがみつくと、ようやく呼吸が整ったのか、リサが続きを言う。

「心配しました……。心配で心配で仕方がなかったです」

「ごめん」

俺はそう言い、微笑した。

憧れの聖女の恋人かつ、いちおう命の恩人ということで、リサは俺のことを心配してくれていたみたいだ。俺が崩落に巻き込まれたきっかけが、自分にあるということも、リサに自責の念を抱かせていたらしい。

俺がクレオンを振り返ると、クレオンはまったく同じようにカレリアにしがみつかれて、ちょっと困っているようだった。

あの強気なカレリアが涙をぼろぼろ流し、「よくぞご無事で……」と感極まったようにささやいていた。

カレリアにとって、クレオンは憧れの人で想い人だ。

だから、カレリアが取り乱すのも当然だろう。

ところで、合流した味方はリサ、カレリアとあと少数しかいない。

そしてフィリアもいなかった。

俺はリサに事情を尋ねた。

「ソロンさんと聖騎士様がいなくなった後、賢者のアルテ様が攻略隊全体の指揮をとりはじめたんです」

「そうだろうね。序列的にはたしかにそうなる」

「賢者様は、ソロンさんたちはきっと死んだだろうって言って、先に進もうって主張して……」

「アルテならそう言うだろうなあ」

たしかに俺がアルテの立場でも、崩落に巻き込まれた俺たちが生きているとは思わなかっただろう。

見捨てて進むという判断は合理的とも言える。

「でも、皇女様が、ぜったいソロンさんは生きているって仰ったんです」

「フィリアが？」

聞けば、フィリアは「わたしとソロンは魔術回路がつながっているから、ソロンが生きていることも、どこにいるかもわかるの」と言い、アルテの判断に反対したのだという。

けれど、アルテは強引にフィリアを連れ去り、代わりにカレリア・リサたち少数の捜索隊を派遣するにとどめた。

「ありがとう、リサ」

「どうしてお礼を言うのですか？」

「少数の捜索隊なんて、明らかに危険な任務だからね」

大勢で行動しても危険で、怖ろしい魔族が出現するのがネクロポリスだ。

少人数かつカレリア以外の精鋭がいない捜索隊は、かなりの危険に晒されるとわかる。

だから、リサは危険を冒してまで俺たちを助けに来てくれたのだ。

そう言うと、リサは顔を赤くして、「だって……」と小さくつぶやき、口ごもった。

ともかく、早くアルテたちに追いつかないといけない。

フィリアの周りはノタラスやラスカロス、ナーシャたちが固めているとはいえ、かなり不安だ。

フィリアもきっと俺のことを心配している。

そして、何が目的かはわからないが、攻略隊には裏切り者だって混ざっているのだ。

さらにアルテの采配自体も問題だ。

アルテは魔術師として優秀でも、組織の指揮官向きではない。

放っておくと無茶苦茶な指示を出して、無用な犠牲を生みかねない。

それはクレオンも同感のようだった。

俺たちはうなずきあうと、遺跡の奥へと踏み出した。

五話　賢者アルテの野望

賢者アルテは皇女フィリアをともなって、遺跡の地下へと全速力で進撃していた。

若干の無理はしているし、そのせいで重傷を負ったり死んだりして脱落する冒険者の数が増えた。

が、多少の犠牲はやむをえない。

それに、第十層の最後に控えていた魔族を倒すのは苦労したが、第十一層より深くなると、魔族の死体は見つかるけれど、敵自体はほとんど現れない。

ともかく早く攻略を終えてしまうことが重要だ。

攻略が長引けば、予想できない問題が起きる可能性が高くなり、それだけ攻略に失敗する可能性も高くなる。

アルテは救国騎士団の幹部、そして名誉ある賢者だから、冒険者たちの多数はアルテの指揮に従っていた。

冒険者たちは自分に従うのがあるべき姿だ、とアルテ自身も思う。

クレオンが脱落した今、攻略隊全体で最も優れた冒険者はアルテなのだ。

なのに、一部、アルテに反抗的な冒険者たちもいた。

皇女フィリアの護衛たちだ。

今や彼ら彼女らは、フィリア親衛隊とも呼ぶべき集団となっている。

彼らは行方をくらましたソロンとクレオンの捜索を最優先にすべきだと主張した。

その筆頭がノタラスで、彼はアルテを嫌っているようだったし、アルテもまた彼のことを嫌いだった。

そして、ノタラスたちの背後にはソロンの存在がある。

ソロンはいつもアルテを苛(いら)つかせる。

ソロンは聖ソフィア騎士団の副団長だったとき、騎士団運営の主導権を握っていた。

自分より弱いくせに、偉そうにして、本当に目障りだったとアルテは思う。

そして、何よりも許せないのは、大好きな聖女ソフィアをソロンが奪ったことだった。

だからソロンが第七層の罠にかかって崩落に巻き込まれたのを見ても、いい気味だとしか思わない。

クレオンがいなくなるのは戦力減という意味では困るし、優れた冒険者がいなくなるのは惜しい。

けれど、ある意味、クレオンさえいなくなれば、自分が騎士団筆頭になれるという利点もある。

それに、最近のクレオンはなぜか自分に対して冷たかった。

だから、別に助けに行こうとまでは思わない。

皇女フィリアがソロンは生きていると強く主張し、自ら救出に行こうとしたが、それは困る。

皇女殿下には、魔王復活の犠牲になってもらわないといけない。

皇女フィリアを復活の生贄とするのも一見すると政治的な問題になりそうだが、クレオンによれば、政府と取引して許可を得ていると言っていた。

だから、皇女には救出隊を派遣することでしぶしぶ納得してもらい、こちらについてきてもらった。

どちらにしても、間違いなくソロンもクレオンも死んでいる。

この数百年、誰も攻略できなかった死都ネクロポリス制覇の栄誉は、アルテが独り占めすることになる。

そして、魔王復活によって手に入る膨大な魔力も、軍に差し出す分を除けば、アルテ一人のものになる。

かつて誰も手にしたことのない、圧倒的な力をアルテは手に入れる。

そうなれば、憧れの聖女ソフィアを超えることになるし、もしかしたらソフィアも自分のもとに戻ってきてくれるかもしれない。

アルテは思わず笑みをもらしたが、妹のフローラは心配そうに黒い瞳でアルテを見つめた。

「お姉ちゃん。あたしたち……大丈夫かな？」

「さっきからあたしたちは快進撃を続けてるでしょ？　十層を過ぎてからは敵もすごく少なくなったし」

「……おかしいよ。どうして魔族がぜんぜん現れないの？　それに、遺跡の道の脇に転がっている魔族の死体、これ、誰が倒したの？」

「さあ？　魔族同士が共食いをすることもあるっていうし、そういうこともあるんじゃない？」

そう言っても、フローラはなおも不安そうにしていた。

アルテとフローラは双子なのに、正反対の性格をしていた。

ともかく、フローラは気が弱い。

魔法学校時代だって、いじめられているフローラを助けるのが、アルテの日課だった。

フローラが小さくつぶやく。

「お姉ちゃんは、はじめて聖女様に会ったときのことを覚えてる？」

「忘れるわけない。魔法学校の一年生のときに、聖女様があたしたちを助けてくれた」

「ソロン先輩と知り合ったのも、そのときだったよね」

アルテは美しい眉をひそめた。

たしかにそのとおりだが、聖女のおまけだったソロンのことなんてどうでもいい。

けれど、フローラはそうは思っていないようだった。

「あのとき、私たちを助けたのは聖女様じゃない。ソロン先輩に私たちは助けられたんだよ」

フローラは黒い艶やかな髪を指先でそっと触りながら、静かに言った。

攻略隊の先頭を進みながら、アルテは少しだけ昔のことを思い出した。

†

賢者アルテが帝立魔法学校に入学したのは、九歳のときだった。

帝立魔法学校は伝説的な賢者コンフが創立して以来、三百年の歴史を誇る。

帝国最難関の名門教育機関で、この学校に入れたのは、幼いアルテには誇らしいことだった。

しかも標準入学年齢は十二歳だから、三年も早く入学できたわけだし、入学試験の成績だって三番だった。

自分ほど賢い生徒はいない、とアルテが思ったのも無理もなかった。

きっと自分は十年に一度の、いや、百年に一度の天才に違いない。

ところが、上には上がいた。

アルテの一つ上の学年に、自分と同じ年齢で、しかも首席で入学した天才がいるという。

それがソフィアだった。

学校の授業は期待したほど面白くなく、学生寮での生活はそれ以上にくだらなかった。

わかりきったことばかり繰り返す無能な教師。

年下の自分に嫉妬し、嫌がらせをすることしかできない同級生たち。

周りの連中は馬鹿のくせにプライドだけは高い愚か者ばかりだった。

帝立魔法学校は、きっと素晴らしいところだと思っていたのに、入ってみれば、この世でもっともくだらない場所に思えた。

そして、そんな学校に居続けざるをえない自分のことも嫌いだった。

自分は優秀だけれど、この学校をいきなり飛び出すほどの勇気も能力もなかった。

アルテはまだ九歳だったのだから。

力が足りなかったのだ。

もしもっと優れた力さえあれば、こんな魔法学校に用なんてなくなる。

だから、アルテはソフィアに興味を持った。

自分と似た境遇で、しかも自分よりも優秀だという少女ソフィア。

ソフィアなら、自分のことを理解してくれる。

ソフィアと知り合う機会は、すぐにやってきた。

今でもソフィアと最初に会った日は忘れられない。

その日、アルテは校舎の片隅の物置で、同級生の何人かを痛めつけていた。

理由なしにやったわけではない。

妹のフローラが同級生たちに髪をつかまれ足蹴(あしげ)にされているのを見て、頭に血が上ったのだ。

フローラはアルテと一緒に入学したけれど、飛び級とはいえ成績は最下位に近かったし、要領も良くなかった。

アルテに対する周囲の敵意は、そのままフローラにも向けられて、気弱なフローラはそれをそのまま受け入れてしまっていた。

けれど、アルテはそんなことは許さない。

アルテは、フローラに魔術師として高い素質があると思っていた。

なんといっても、フローラはこの天才の自分の妹なのだから。

もし飛び級で入学していなければフローラの成績は上位だったはずだろうし、少なくともそのへんの同級生たちよりは遥かに優れた存在だ。

だから、そんな凡人たちがフローラよりも偉そうにしているなど、黙って見ていられない。

アルテはありったけの魔法を使って、フローラをいじめた同級生たちを嬲(なぶ)った。

関節を逆に曲げ、髪を焼き、毒をかけて苦しませる。

フローラは隣で泣きじゃくり、「もういいよ、もうやめてよ、お姉ちゃん！」とつぶやいていた。

それでも、アルテは攻撃を止めなかった。

ところが相手のなかに、けっこう機敏な生徒がいて、そっとアルテの背後に回ると杖を無理やり取り上げた。

杖を奪われてしまうと、今度はアルテが劣勢に立たされることとなる。

魔法が使えなければ、アルテは無力な九歳の少女にすぎなかった。

相手は十二歳の少年少女たちだったから、体格差は歴然としていて、今度はアルテが暴力を振るわれる番になったわけだった。

アルテは頬を勢いよく平手打ちされ、その場に突き飛ばされた。

そして倒れたアルテに、背の高い男子が馬乗りになり、拳で力いっぱいに殴ろうとした。

彼らはさっきまでひどく痛めつけられていたから、アルテを憎悪の目で見ていたし、殺しかねないような勢いだった。

そのまま誰も助けに来なかったら、もしかしたらアルテは重傷を負って、二度と魔法が使えない身体になっていたかもしれない。

けれど、そこに二人の上級生が現れた。

一人はソフィアで、颯爽と現れた一つ年上の少女は光り輝いて見えた。

そして、もうひとりが、ソフィアの世話係だったソロンだった。

ソフィアが杖を一振りすると、アルテを取り囲んでいる同級生たちはあっさりと動きを止めた。

彼ら彼女らはもう、アルテに暴力を振るおうとはしなかった。

いや、できなかったのだ。

ソフィアの膨大な魔力量を前にすれば、どの一年生の魔法耐性も紙切れのようなものだったからだ。

ソフィアは傷一つつけず、彼らを呪文で拘束し、その動きを止めたのだった。

アルテは呆然として、その場に横たわったままだった。

さっきまで自分に馬乗りになり、拳を叩き込もうとしていた男子生徒をちらりと見る。

彼の顔は不自然に引きつり、目は大きく見開いていた。

そこにあるのは、ただただ、純粋な恐怖だった。

アルテが彼らを痛めつけていたときですら、そんな表情は見せなかった。

ソフィアの圧倒的な力を畏怖しているのだろう。

ソフィアは小さな歩幅でこちらに歩いてくると、アルテに手を差し伸べた。

彼女の金色の美しい髪がふわりと揺れ、翡翠色の大きな瞳がアルテを見つめる。

「えっと、大丈夫？　あなたの名前は？」

「……アルテ。一年のアルテです」

「そう。わたしは、二年のソフィア」

名乗られなくても、アルテは相手の名前を知っていた。

ただ、遠目から見たことはあっても、まだ話せてはいなかった。

自分と同じ九歳で魔法学校に入学して、自分よりも優秀だという天才少女ソフィア。

ずっと話してみたかった相手が目の前にいる。

ソフィアは柔らかく微笑んだ。

その笑顔は大人びて見えて、本当に美しかった。

ソフィアはアルテの頭をそっと撫でた。

「怖かったよね？」

「はい」

アルテは素直にうなずき、そして、そのことに驚いた。

普段の負けず嫌いのアルテなら、他人に弱みを見せるなんて絶対にしない。

きっと相手がソフィアだからだ。

ソフィアが自分よりも力があるのは明らかで、だからこそ、アルテはソフィアの前でなら素直になれて、彼女になら甘えられると思った。

急にソフィアは後ろを振り返ると、そばにいた年上の少年に話しかけた。

「ソロンくん、これでよかった？」

「もちろん。さすがソフィア」

少年が穏やかな声で言うと、ソフィアは翡翠色の瞳を輝かせた。

この少年は何者だろう？

ソフィアとは違って、どう見ても、大した魔法の才能はなさそうだ。

なのに、この少年と話すとき、ソフィアはとても嬉しそうな顔をした。

アルテは胸の奥がもやっとするのを感じた。

たぶん、それは嫉妬だったのだろう。

その日から、アルテは後輩としてソフィアと、そしてソロンと交流するようになった。

†

アルテがそこまで思い出したとき、フローラがネクロポリスの壁を調べながら、小声でささやいた。

「知ってる？　あのとき、お姉ちゃんを助けようと聖女様に言ったのは、ソロン先輩だったんだよ」

薄々気づいてはいた。

今思い返してみると、あのころのソフィアはソロンにべったりで、しかもかなり繊細な性格をしていた。

自分一人の判断でアルテたちを助けようとしたわけではないのかもしれない。

「でも、実際に助けてくれたのが、聖女様だったのは変わらないじゃない」

「けど、ソロン先輩がいなければ、あのままお姉ちゃんが酷い目に遭い続けていたよ。それに、お姉ちゃんが他の子に怪我をさせたことも黙っててくれたし」

事実をありのままに学校に報告すれば、フローラやアルテに暴力を振るった同級生たちだけでなく、反撃をしたアルテにも処分が下されるのは明らかだった。

アルテのせいで、同級生たちのなかにはけっこうひどい怪我を負っていた者もいた。

喧嘩両成敗でアルテも退学処分ということもありえた。

そうならなかったのは、ソロンが双方の言い分を聞いて、その場で内々に処理したからだった。

ソロンは「妹のためを思ってやったことなのだから、同情の余地はあるけどね。でも、やりすぎはいけないよ」と諭すようにアルテに告げた。

大した力もないくせに偉そうに、とアルテは内心で思ったが、何も言わなかった。

同級生たちも、退学や停学になっては困るので、ソロンの提案を受け入れていた。

目の前のフローラがつぶやく。

「私たちは、きっとまたソロン先輩に助けてもらうことになるよ」

「なにそれ？　予言かなにか？」

「うん。……私はいちおう占星術師だし」

「あたしたちみたいな一流の魔術師が、なんであんな弱い人に助けられるわけ？」

「翼虎と戦ったときだって、お姉ちゃん、ソロン先輩に助けてもらってたような……」

フローラが小声で異議を唱えたが、アルテが鋭く睨むと、フローラは押し黙った。

どのみち、ソロンは死んだに違いないのだ。

フィリアたちは、そしてフローラはソロンのことを生きていると思っているみたいだけれど、さすがにその可能性はないだろう。

常にアルテの前に立ちはだかっていたソロンは、ついにいなくなった。

喜ぶべきことのはずなのに、胸にどこか空虚感があるのはどうしてだろうか。

アルテは余計な考えを振り払った。

ともかく今は攻略に集中しよう。

名誉と、魔王の力を手に入れ、そして聖女を取り戻すのだ。

そう思ってアルテが一歩前へ進んだ瞬間、遺跡の床が大きく揺れた。

地を割くような轟音が響く。

「な、なに？」

アルテの声は、他の冒険者たちの叫びにかき消された。

遺跡の壁が、天井が、床が割れ、そこから魔族が溢れてくる。

「敵襲ですぞ！」

後ろのほうからノタラスの鋭い声が聞こえる。

アルテは杖を振り、魔族の群れを焼き払ったが、とめどなく魔族は現れる。

そこに遺跡の崩壊が加わり、攻略隊は完全に混乱して、もはや統率がとれない状態になっていた。

こうなったら、とりあえず敵を倒すしかない。

アルテは歯ぎしりをし、もう一度、杖を高くかざした。

†

俺は、クレオン、そして救出隊の冒険者たちとともに、全速力でアルテたちの後を追いかけたが、なかなか追いつかなかった。

リサは息が上がった様子で、頬を紅潮させている。

普通に考えれば、アルテたちは敵と戦いながら進んでいるはずだから、その進み方はかなりゆっくりになるはずだ。

一方、俺たちはアルテたちが敵を倒した後を追っていることになるわけで、実際に魔族もほぼ現れていないから、かなりの速度で道を歩いている。

なのに、追いつけないのはどういうことだろう？

おかしなことはもう一つある。

遺跡の道に転がる魔族の死体。

それは攻撃魔法や剣で倒されたものには見えなかった。

傷一つ負っていないのだ。

俺は考えた。

「アルテたちは第十一層より後は、ほとんど敵と戦ってないんじゃないかな」

「そうだろうな。しかし事前に調べた情報とあまりに違う」

クレオンが俺のつぶやきに応じる。

俺とクレオンはともに冒険者たちの先頭に立っていた。

クレオンの言うとおり、俺も大図書館でネクロポリスについて調べたときには、第十層以下にも黒竜をはじめとする強敵が待ち構えているという情報があった。

なのにアルテたちが攻略を進めるなか、敵はほとんど現れなかった。

なにか嫌な予感がする。

遺跡の罠だろうか。

だとすれば、ますます早くアルテたちに追いつかなければならない。

そこにはフィリアたちもいるのだから。

ふいに強烈な匂いがあたりに漂った。

さびた金属のような、嫌な匂いだ。

かすかに人のうめき声がする。

俺は妙に思い、宝剣を振って、光魔法であたりを照らした。

遺跡の床が光を反射する。

そこに液体が流れていたからだ。

真っ赤に遺跡の床を染めていたのは、血糊(ちのり)だった。

そして、その近くには人間の腕だったと思われる肉塊が落ちていた。

隣のリサが息を呑む。

目の前には凄惨な光景が広がっていた。

打ち捨てられた魔族の死体は、今度は明らかに人間の手によって殺されたものだった。

その傷跡は生々しく、戦闘が行われてからさして時間が経っていないことを示している。

一方で、そこには冒険者たちの姿もあった。

全部で二十人ぐらいはいるだろう。

ある者は腕を失い、ある者は足を失い、別の者は腹から血を流し、顔に大きな傷を負っていた。

そして、何人かはすでに命を落としていた。

アルテたちと一緒に攻略を進めていたはずの冒険者たちだ。

そのとき、向こうから白いぼんやりとした光が見えた。

傷つき、血を流す小柄な冒険者の少女のもとに、身をかがめて回復魔法を使っている魔術師がいた。

それは占星術師フローラだった。

フローラは俺やクレオンたちの姿を見ると、一瞬、困ったような表情をした。

フローラ自身はまったくの無傷のようで、他の冒険者たちの救護にあたっていたようだった。

「ソロン先輩、それに……クレオン先輩も、無事だったんですね」

「なんとかね。それより、この状況はどういうこと？　フィリアやアルテたちは？」

フローラはふるふると首を横に振った。

そして、俺を上目遣いに見る。

「……わからないんです」

フローラによれば、攻略隊は敵の抵抗にあわず順調に進んでいたが、突然、魔族が大量に現れて、遺跡の崩落が生じた。

フローラたちは必死で戦ったものの追い込まれ、崩落から逃げるなかで散り散りになったという。

もともとちょうど分かれ道にさしかかっていたせいで、誰がどの道を進んだかもわからなくなったらしい。

アルテはもちろん、フィリアやその護衛のノタラスたちの安否もわからない。

俺は罠にかかったとはいえ、フィリアから離れてしまったことを後悔した。

もしかしたら、今この瞬間にもフィリアが魔族の手で命の危機に晒されているかもしれない。

一秒でも早く捜しに行きたいけれど、目の前で倒れている冒険者たちを見捨てるわけにはいかない。

回復した冒険者も合わせて集団で行動しなければ、フィリアたちを見つけることも不可能だろう。

俺とクレオンはうなずきあうと、まだ息のある負傷者たちの救助に取り掛かった。

幸いリサのような回復に特化した白魔道士もいるし、魔法剣士の俺や聖騎士のクレオンもそれなりに治癒魔法を使える。

俺は気を失っている剣士の男の近くで膝を地面についた。

そして、回復魔法を唱える。

俺はため息をついた。

この冒険者はけっこう深手の傷を負っているし、すぐに戦闘に参加できるようにはならないだろう。

なんとか命だけでも助けてあげないといけない。

そのときフローラが俺のそばに寄ってきて、身をかがめた。

フローラが小声でささやく。

「先輩。手伝います」

「ああ、ありがとう」

「あの……少しお話ししながらでも良いですか？」

「もちろん」

「取引をしませんか?」

「取引?」

「はい。先輩にはお姉ちゃんを助けてほしいんです」

俺は思わずフローラの顔をまじまじと見た。

ちょっと恥ずかしそうにフローラは大きな黒い瞳をそらす。

フローラが持ちかけたのは、俺にアルテを助けてほしいという意外な相談だった。

「アルテを助ける? 俺が?」

「はい」

フローラは小さくうなずいた。

アルテといえば俺を騎士団から追い出し、俺の屋敷を襲撃した相手だった。

そして、今もフィリアの身柄を狙っている。

少なくとも、俺が積極的に助ける理由はないと思う。

フローラは弱々しく微笑んだ。

「あんな人でも、わたしにとっては大事な姉ですから」

「俺にとっては、そうじゃない。アルテも俺のことなんか仲間だと思っていなかったみたいだし、
俺にとっても、もうアルテは仲間じゃない。むしろ敵だといってもいいぐらいだよ」

「でも、先輩は屋敷の襲撃のときも、お姉ちゃんを殺そうとしませんでした。しかも、翼虎との戦

いでもお姉ちゃんを守ってくれた」

「あれはまあ、成り行きだよ」

じっとフローラが俺を見つめた。

なんだか居心地が悪い。

フローラの大きな黒い瞳からは、何の感情も読み取れなかった。

「仮に俺がアルテを助けるといっても、何からどうやって助けるのかな。さっきはたまたま俺がアルテの近くにいて、他に前衛がいなかったから、力になれた。けど、もっと戦闘力のある冒険者はほかにいるはずだよ。例えば、クレオン」

「クレオン先輩ではダメなんです」

フローラは声を低めた。

ほとんど聞こえるか聞こえないかの小さな声だ。

フローラはまるでクレオンのことを警戒しているかのようだった。

「きっとソロン先輩なら、私たちのことを助けてくれます」

「どうかな」

「先輩がお姉ちゃんを助ける理由がないことなんて、わかっています。だから取引をしましょう。私はこの攻略作戦を成功させて、ソロン先輩とフィリア殿下を守ります。その代わりに、もしお姉ちゃんが救いを求めていたら、守ってあげてください」

「アルテは俺に助けてほしいと言うぐらいなら、死んだほうがマシだと思っているよ」

「そんなことはありませんよ、きっと。それに救いというのは、戦いのなかだけのものではありませんから」

「なんだかフローラは預言者みたいだな」

「いちおう……占星術師ですから」

「ともかく、フローラがどんな事態を想定しているのかわからないな」

「このネクロポリス攻略作戦が終わったときには、すべてわかります」

「今は教えてくれない？」

フローラは何も言わず、くすっと笑った。

教えるつもりはない、ということだろう。

けど、フローラにはなにか思惑があって、クレオンやアルテとは別に独自に行動しているみたいだ。

フローラが何を考えているかは、まったくわからなかった。

「本当に大事な想いは、言葉にはしないものなんです」

「もっとフローラは思っていることを口に出して、堂々としていればいいと思うけどね。フローラは俺なんかよりずっと優秀な魔術師なんだから」

俺の記憶のなかにあるフローラは、いつも姉や周囲の顔色を窺い、びくびくしている子だった。

たぶん、自信がないんだと思う。

でも、フローラは実力も指折りの魔術師だし、頭も良ければ容姿だって優れている。

それに気弱な性格だって、周りのことを気づかうことのできる優しい性格だともいえる。

だから、もっと普通に、正直に振る舞えばいいのに、と俺は思っていた。

俺の言葉に、フローラは遠い目をした。

「そうですね……。この攻略作戦から生きて帰れたら、そうするのも悪くないかもしれません。で、でも、そんなふうに振る舞うなんて、できるかどうか……わかりませんけど」

「高度な占星魔法を扱うことに比べたら、ずっと簡単なことだよ」

「私にとっては難しいんです。でも……」

「でも?」

「先輩の前では、少しだけ素直でいられるような気がします」

フローラは首をかしげて、そして、嬉しそうに頬を緩めた。

言われてみれば、騎士団時代からそうだったかもしれない。

フローラは、姉と話しているときや他の団員たちと話しているとき、いつもおどおどしていた。けど、俺と話しているときだけは、比較的自然な態度のことが多かったと思う。

「昔……まだ私が魔法学校の一年生のときのことですけど、そのときも、先輩は、私のことをきっと優れた魔術師になれるって言ってくれましたよね」

「ああ、そういえば、そんなこともあったね。実際、そのとおりになったわけだ」

俺が笑うと、フローラはこくっとうなずいた。

「私……嬉しかったんです。あのときの私は成績も悪くて、みんなも私のことを馬鹿にしていて……。私は優秀なお姉ちゃんとは大違いでした。でも、先輩だけは私のことを認めてくれましたから」

フローラは綺麗な黒い瞳で俺を見つめた。

そんなふうにまっすぐに見つめられると、恥ずかしくなってしまう。

「先輩があのときああいうふうに言ってくれたから、だから、今の私がいるんです」

フローラは少し要領が悪かっただけで、才能自体は申し分なかった。だから、今では高い実力を持った占星術師となっているのだ。それだけのことだと思うけれど。

その後もフローラは楽しそうに昔話を続けた。

考えてみると、魔法学校でも騎士団でも、俺とフローラは決して短くない時間を一緒に過ごしてきた。

俺たちは話しながら、気を失っている冒険者たちの救護を進めていて、クレオンやリサたちが助けてくれた冒険者たちも含めて、おおよそ全員分の手当が終わった。

すでに命を落とした冒険者たちは、もう救うことはできないけれど。

俺たちは遺体に手をかざして黙祷した。

帝国教会流の弔いだった。

俺はフローラを、クレオンを、リサを、カレリアを、そして他の冒険者たちを順番に見つめた。

フィリアやアルテたち他の冒険者は、そう遠くない場所にいるはずだ。

そして、いよいよ遺跡の最深部へと突入する。

†

聖騎士クレオン、双剣士カレリアを先頭に俺たちは道を進んでいった。

崩落した箇所に気をつけながら歩いていく。

俺の両隣には白魔道士の少女リサと、そしてアルテの妹のフローラがいる。

なんだかおかしな状況といえば、おかしな状況だ。

「どうなんでしょう？　賢者様たちは無事なんでしょうか？」

「無事でないと困るけど……」

リサのつぶやきに、フローラが小さな声で答える。

この二人は見た目も能力も立場もぜんぜん違う。

性格だってまるで正反対で、気弱なフローラに対し、リサは明るくミーハーで天真爛漫だった。

なのに、この二人がなぜかもの凄くよく似ているような感覚に、一瞬襲われた。

どうしてだろう？

不思議だが、考えても仕方がない。

リサもフローラもいざというときには、フィリアの味方になってくれるかもしれない重要な冒険者だ。

魔族はふたたびほとんど現れなくなった。

一方で、魔族の大群が突発的に現れて、アルテたちを襲ったりしている。

不気味だ。

「どうしてこんなに魔族が少ないんでしょうね？　やっぱりおかしくないですか？」

「私は……その……いちおう理由は思いつきますけど……」

リサとフローラの両方がじーっと俺を見つめる。

俺に理由を言え、ということだろうか。

ちょっと考えてから、俺は口を開いた。

「例えば、非常に強力な魔族が複数の階層を移動して、他の魔族を捕食しているとかは考えられるとは思うけど」

「捕食？」

リサが首を傾げたので、俺はもう少し補足した。

「上位の魔族のなかには下位の魔族を喰らい、その魔力を吸収するのもいるんだよ」

「あっそれ、聞いたことあります。でも、だからって急に魔族が減ったりするんですか……？」

「よほど大型で凶暴な魔族が自由に移動していれば、もしかしたらありえるかもね。実際に、東方の遺跡にそういう魔族がいたから。フローラは覚えているよね？」

話を振られたフローラがびくっとして、顔を赤くする。

「……はい。えっと、東方の大庭園跡にいた、大ゴブリンですよね。あのときはソロン先輩が止めを刺してくれて……」

「まあ、その頃はまだ俺もそれなりに役に立てていたから」

「ソロン先輩は今でも……」

フローラは何かを言いかけて、結局、やめたようだった。

一方のリサが羨望の眼差しで俺たちを眺めている。

「いいなぁ。二人は聖ソフィア騎士団の思い出話ができて」

「そんなに良いことばかりじゃなかったけどね」

「でも、帝国最強の騎士団を作って、そこで大活躍して、羨ましいです。わたしも聖ソフィア騎士団に入りたかったのに！」

「金印騎士団だって悪いところじゃなかったんじゃない？」

金印騎士団は落ち目とはいえ、帝国では長い伝統をもつ名門騎士団だ。

そこに所属しているのだって、十分名誉のはずだ。

しかし、リサは目をそらし、えへへと笑って何も言わなかった。

なにか言いたくないことでもあったのかもしれない。

俺はそれ以上、リサの話には踏み込まなかった。

そのとき、道の曲がり角の向こうから、人の声が聞こえた。

二人が言い争っているみたいで、どちらも少女の声だった。

片方は甲高く声を荒らげていて、もう片方は落ち着いた品のある声だった。

俺たちは顔を見合わせて、その声のほうへと近づいていった。

かなりの数の冒険者がそこにはいた。

「だから、あたしたちが引き返すわけにはいかないと申し上げています！」

「でも，あなたの妹とははぐれたんだよね？　捜さなくていいの？」

「ここで待っていればフローラは必ず合流します！　無闇に捜しに行くほうが危険です」

そう言って不機嫌そうに言っていたのは賢者アルテだった。

そのアルテに対して、銀髪の小柄な少女が正面から対峙している。

フィリアだった。

「でも、ソロンを捜さないと……」とフィリアがつぶやくと、アルテが「何度同じ話を繰り返すんですか？　捜索隊にまかせておけばいいんです」と威圧的な口調でいった。

どうやら、アルテとフィリアたちのあいだには対立が生じているようだった。

フィリアの後ろにはナーシャやノタラスたちが控えていて、アルテに非好意的な目を向けている。

フィリアはふたたび何かを言いかけたようだったが、その前に俺たちがやって来たのに気づいたようだった。

そして、俺と目があう。

「ソロン！」

フィリアが目を大きく見開き、弾んだ声で俺の名前を口にした。

そして、ぴょんと飛び跳ねるように俺に近づくと、その小さく細い腕で、俺に抱きついた。

俺はびっくりして後ずさろうとしたが、フィリアに抱きしめられているせいで動けない。

フィリアが頬を俺の胸に擦り寄せる。

「ソロン……温かい。ソロンが生きててくれてよかった」

「ふぃ、フィリア様。みんな見てますから……」

「すごく不安だったんだよ？　ちょっとぐらい甘えてもいいでしょ？」

フィリアが涙目で俺を見つめ、顔を赤くする。

そう言われると、俺もフィリアを突き放すことができない。

他の冒険者も見ている前だ。

皇女に抱きつかれているのは、問題がある気もするけど。

でも、俺がフィリアの立場だったら、たしかに心配だったとは思う。

「魔力回路がつながっているから、ソロンが生きていることはわかったけど、でも、いつ死んじゃうかわからなくて……。他の冒険者の人たちもたくさん死んじゃったし……」

「心配をかけてしまって、そして、フィリア様の側から離れてしまってすみません」

「ソロンのせいじゃないのは、わかってるよ。でも、もう二度とわたしを一人にしたりしないって約束してほしいの」

「約束しますよ」

「本当？」

「本当です」

俺が微笑むと、フィリアも俺を見つめ、そしてくすっと笑った。

そして、俺にしなだれかかったまま、つぶやく。

「ソロンがいてくれれば、きっとこの遺跡から、わたしたちの居場所へ無事に帰れると思うから」

俺はフィリアにうなずき返すと、そっとフィリアの肩をぽんと叩いた。

それを合図に、フィリアが俺から離れる。

ちょっと恥ずかしそうにしているフィリアの向こうには、アルテとフローラがいる。

少し安堵したような顔のアルテが、フローラに話しかけ、フローラは言葉少なくそれに返事をしていた。

俺はノタラスに近寄り、ここは何層なのか、と尋ねた。

ノタラスはメガネの奥の瞳を光らせた。

「まったく見当がつきませんな」

遺跡の崩落の影響で、正確な現在位置を把握できていないのだ。

「おおよそ第十八層ぐらいかな」

俺がつぶやくと、ノタラスも「おそらく」と返した。

ここが第何層かは不明でも、かなり地下深くまで来たことは確かだ。

突発的な魔族の出現を除けば、あまり魔族と戦わずに俺たちは進むことができていたからだ。

一方で、そうは言っても、これまでの戦いでかなりの数の冒険者が脱落している。

重傷を負って上層の安全地帯で俺たちの帰還を待っている人もいれば、死んでしまった者もいる。

クレオンが聖剣を腰の鞘から抜いた。

その刀剣は多くの冒険者たちの照明魔法の光を反射して、黄金色（おうごんいろ）に煌（きら）めく。

「ネクロポリス攻略達成まではあと一歩だ。……僕は、君たちのそれぞれが、その義務を果たすと信じている。そのとき、この遺跡は僕たちのものとなるだろう」

クレオンの言葉は静かだったけれど、その場に良く響いた。

疲れ切った顔をした冒険者たちの顔に、生気が戻る。

あと少しで前人未到の偉業を達成するのだという思い。そして、聖騎士クレオンに対する信頼。

その二つが冒険者たちの心を動かしたのだと思う。

アルテと違って、クレオンには人望があった。

ともかく、遺跡攻略は最終局面に差し掛かろうとしている。

俺はノタラスにささやきかけた。

「頼んだよ、ノタラス」

俺が短く言うと、「お安い御用ですとも」とノタラスは笑いを含んだ声で答えた。

旧聖ソフィア騎士団幹部のノタラスは、俺とフィリアの味方のなかでは最も実力のある冒険者だ。

攻略達成後に、クレオンやアルテたちがフィリアを魔王復活の犠牲にしようと動いたとき、一番頼りになるのはノタラスだった。

ナーシャやラスカロスたちも俺にうなずきを返している。

ふっと、クレオンが言っていた裏切り者のことが頭に浮かぶ。

クレオンを殺そうとしたという冒険者が、攻略隊のなかにいる。

俺だってクレオンを殺すつもりはない。

それは俺とクレオンが長い付き合いだからでもあるけれど、同時に、クレオンの戦闘力なしにこの遺跡の攻略は困難だろうという判断もあった。

一方で、「裏切り者」はクレオンなしでもこの遺跡の攻略を達成でき、かつクレオンを殺す動機があるということだ。

そんな人物がこのなかにいるのだろうか。

俺の考えは、いきなり中断された。

遺跡の床が震え、耳を切り裂くような咆哮がその場に響き渡る。

遺跡の前方の壁が左右にゆっくりと開き、そこに宮殿の広間が現れる。

左右に厳つい鷹の石像がある。

大図書館で事前に調べた情報によれば、鷹の石像がある広間は古代王国の重臣たちが詰める重要な場だった。

つまり、ネクロポリスの宮殿の玉座はすぐ近くにあるということだ。

そして、およそ数百人は入れるであろう広間のほとんどすべての空間を、一体の魔族が占拠していた。

それは大蛇で、銀青色に輝く鱗（うろこ）をもっていた。

死都ネクロポリスを死都のまま守る魔族。

伝説的な冒険者たちを葬ってきたネクロポリスの死の番人。

多くのネクロポリスについて触れた書が、この大蛇の名を「ウロボロス」と記していた。

この大蛇ウロボロスに打ち勝ったのは、勇者ペリクレスのみだ。そのペリクレスも完全には倒しきれず、だから今ここにウロボロスが生きているのだろう。

これより先のことをペリクレスは「神に裏切られた」としか書いていない。

俺は宝剣テトラコルドを抜いた。

相手は強敵だ。

みな壮絶な戦いになると想像していると思う。

「さあ、僕たちの行く手を阻むもの、つまりこの大蛇を倒してしまおう！」

クレオンが攻略隊全体に声をかけた。

しかし。そのとき、綺麗な甲高い声がその場に響いた。

「それには及ばないよ」

急にウロボロスは動きを止めた。

そして、その中心部から青い血がほとばしり、絶叫を上げた。

何が起きたのか理解できないまま、俺は立ちすくんだ。

ウロボロスは致命傷を負ったようだった。

断末魔の苦しみに暴れるウロボロスの横に、いつのまにか、一人の人間が立っている。

その人物は銀色の長い髪をたなびかせ、真っ白なゆったりとした服を着ていた。

さっきの甲高い声の主だ。

その顔立ちはぞっとするほど整っていて、銀色の瞳は魅力的に輝いていたが、男女どちらかは判別がつかなかった。

その人物はウロボロスの鱗の下からなにかを抜き取った。

青い血で濡れた臓物（ぞうもつ）。

ウロボロスの心臓だ。

その人はウロボロスの心臓を手でつかむと、口のなかへと放り込んだ。

そして、にこりと笑う。

「ようこそ。死都ネクロポリスの終わりの地へ」

攻略隊の誰も、その言葉に答えなかった。

仕方なく、俺が進み出て尋ねる。

「冒険者ってわけではなさそうだ。いったいあなたは何者なのかな？」

「このネクロポリスの支配者だよ。ネクロポリスの最後の番人は魔族じゃない。人間なんだよ」

銀髪の「人間」は、愉しそうに俺たちに語りかけた。

六話　ネクロポリス最後の戦いの始まり

はるか昔に滅んだ王国の首都。

その遺跡の地下深くに人間がたった一人でいる。

そんなことはありえないはずだが、目の前の銀髪の人物はそう主張している。

俺は肩をすくめた。

「どうにも信用のできない話だね」

「人間といっても、普通の人間ではないのさ。私は悪魔との混血者でね。そこの娘と同じで」

そう言って、銀髪の人物はフィリアを見つめた。

びくっとフィリアが震える。

他の冒険者たちがざわめく。

フィリアが悪魔の血を引く身であることは、伏せてある。

宮廷では公然の秘密だとは言っても、冒険者たちが知っているような話ではない。

アルテのように気づいた者もいたかもしれないが、少なくとも大々的に言われるのは嬉しい事態ではなかった。

俺は自分の顔がひきつるのを感じた。

「悪魔の血が強く出ていれば、普通の人間と違って歳を取りにくくなるんだよ。特に魔族を捕食している限りは、なおさらね」

「不老不死ということかな」

俺の問いに相手はうなずいた。

「それに近い。そして、私は二千年前からこの遺跡を支配している。私の名前はサウル。聞いたことはあるだろう？」

俺は押し黙った。

サウルといえば、帝国教会の七大使徒の一人だ。

聖霊の加護を受けたという、伝説上の開教の聖人である。

サウルは正しき教えを広め、そして古代王国に迫害されて殉教した。

帝国教会ではそう教え、サウルたち七人の使徒を崇拝の対象としている。

そんな伝説上の人間が目の前にいて、しかもこの遺跡の番人だという。

サウルと名乗った人物は、俺の内心を見透かしたように、静かに言う。

「私がサウルだということを、君は信じていないね。後ろにいる何人かは違うようだけれど」

振り返ると、無言のクレオンやアルテたちが、眉一つ動かさずこちらを見ていた。

これもクレオンたちにとっては予測していた事態らしい、
たしかにかつて攻略に失敗した勇者ペリクレスは、ネクロポリスで「神に裏切られた」と書き記している。

敵が帝国教会の聖人だということなら、神に裏切られたとも言いたくなるだろう。

けれど、おかしな点だらけだ。

二千年前に死んだはずの聖人が生きていて、しかも悪魔との混血者だという。

少なくとも現在の帝国教会の教えでは、悪魔は迫害されるべき異端のはずだった。

「信じられないのも無理もない。私が聖人サウルだという証拠を見せてあげよう」

サウルの言葉と同時に彼の背が輝きはじめた。

そして、その背中から純白の翼が生える。

「来たれ、聖霊よ」

サウルの言葉と同時に、大理石の床が白く光り、そこから美しい透明の剣が取り出された。

サウルは右手にその水晶の剣を握り、俺たちにそれを向けた。

冒険者たちが息を呑む。

銀色の髪。人でありながら持つ白い翼。

そして、何より水晶の剣。

どれも絵画のなかで描かれる聖人サウルの象徴だ。

何より、神の分身である聖霊を召喚したことが、決定的な証拠だった。

サウルの背後には、明るい白光(びゃっこう)が射していて、聖霊の加護を受けていることを示していた。

「さて、諸君。神に楯突くつもりかな？」

なるほど。

伝説的な冒険者たちですら、死都ネクロポリスをずっと攻略できてこなかった理由。

それがわかった。

冒険者たちのほとんどは帝国教会の信者だ。

その聖人と戦うなんて、思いもよらないことだろう。

実際に、攻略隊の冒険者を見回すと、ためらいと恐怖が顔に浮かんでいる。

帝国国教の力は、単なる絵空事ではない。

教会に選ばれた聖女ソフィアは規格外の力を持つ魔術師だ。

ならば、聖霊の加護を直接受けたというサウルの実力は計り知れないものがある。

そのとき、アルテが進み出た。

アルテの顔には不自然な微笑が浮かんでいる。

「情報通り、魔族の手先が現れましたね。あたしたちを惑わすこの銀髪の青年は、聖人サウルなんかではありません。……偽者なんです」

アルテはためらいなく言い切った。

†

目の前の青年は伝説上の聖人サウルそのものの姿をしていたし、紛れもなく聖霊の力を使っていた。

だから、俺の目からすれば、そこに本物の聖人がいるように思えた。

他の冒険者たちも同じで、アルテの言葉にみんな戸惑いとためらいを感じているようだった。

アルテはよくとおる声で続ける。

「帝国教会の聖人が悪魔との混血だったり、魔族の心臓を食べたりするわけないじゃないですか。だいいち、聖人だというなら、こんな遺跡にいるはずがありません」

アルテの言葉はいちおう説得力のあるものだった。

たしかに、はるか昔に死んだはずの聖人が地下深くで遺跡の番人をやっているなんて、荒唐無稽だ。

だが、サウルは涼しい顔で答えた。

「私は使命を帯びているからここにいる。この世に蘇らせてはいけないものを封じているんだよ」

おそらく、サウルの守っているというものこそ、古代王国を滅ぼしたという魔王だろう。

この遺跡で最も価値のある存在で、そしてクレオンとアルテが狙ってるものだった。

「君たちがここから引き返すというなら、危害は加えない。もっとも帰りの道中の安全までは保障できないけれども」

　サウルが穏やかな笑みを浮かべて言った。

　しかし、アルテはサウルの言葉が聞こえなかったかのように無視し、声を張り上げた。

「みなさん。この魔の者の言うことに騙されてはいけません。こいつが偽者だってことは、あたしたちの帝国教会総大司教へスティア聖下の回勅(かいちょく)からも明らかです！」

　そう言うと、アルテは一枚の紙を取り出した。それは銀色の墨で縁取られていて、たしかに総大司教の金印が捺されていた。

　そこにはネクロポリスでサウルの名前を語る者がいても、それは真の聖人ではないという旨が書かれていた。

　ここ数十年で威光は衰え続けているとはいえ、帝国国教は帝国臣民の大多数が熱心さの程度の差こそあれ信仰している。

　その国教の最も身分の高い聖職者の言葉といえば、かなりの権威がある。

　信仰の問題のせいで目の前の青年を攻撃するのをためらう必要は、少なくともなくなる。

　けれど、総大司教は一度もこの遺跡に来たことはないはずだし、この遺跡の情報だって記録で少し残された程度のはずだ。

　なのに、どうして遺跡の奥深くにいる人物が聖人サウルでないと総大司教は断言できるのか。

　俺がそう指摘すると、アルテはにやりと笑った。

「総大司教聖下の言葉を疑うつもりですか？　そんな畏れ多いことが、ただの魔法剣士の先輩に許されるとでも思うんですか？」

「教会をどうやって抱き込んだのか知らないが、聖下自らがここにいれば考えを改められるはずだ」

「それは先輩がそう言っているだけにすぎません。……さあ、皆さん。聖人の名を騙る不届き者にあたしたちの手で誅罰（ちゅうばつ）を！」

まだ多くの冒険者たちには、ためらいがあるようだった。

そのとき、クレオンが横から口をはさんだ。

「ここで引き返せば、これまでに犠牲になった冒険者たちはどうなる？」

はっとした顔を多くの冒険者がした。

ここまで来るのに、あまりにも大きな犠牲を払いすぎた。

重傷を負って再起不能となった魔術師、命を落とした剣士。

そういった人たちがかなりの数いる。

「彼ら彼女らの犠牲を無駄にしてはいけない」

クレオンが言うのとほぼ同時に、アルテが杖を高く掲げた。

「昏（くら）き門より現れしもの、現し世（うつしよ）の炎より疾（と）くあれ。……燃やし尽くせ！」

止める間もなかった。

アルテの呪文とともに、青く光り輝く魔法陣が展開し、そのなかから紅蓮（ぐれん）の炎が放たれる。

その炎がサウルを直撃した。

「やった！」

アルテが小さくつぶやいていた。

不意打ちとはいえ直撃を食らわせたはずで、アルテからすればかなりの傷を負わせられたと思ったのかもしれない。

しかし、煙のなかから姿を現したサウルの服は燃えていず、髪は焦げ跡一つなく、傷もまったく負っていなかった。

アルテが舌打ちし、一方のサウルは俺たちに向かって不思議な微笑をした。

「愚かだね。人数がいれば神の力に打ち勝てると思ったのかな。だけど……それは誤りだ」

サウルが水晶剣を一振りすると、目を開け続けていられないほどのまばゆい光が生じ、それが一つの束となってこちらに襲いかかってきた。

もちろん最初に狙われるのは、一番先頭にいてサウルと話していた俺だった。

俺はやむなく宝剣テトラコルドを抜いた。

目の前に聖人サウルの光魔法が迫ってくる。

けど、サウルの放った光の攻撃魔法を受け止められる自信があるかといえば、俺にはまったくなかった。

相手は二千年前から生きてきた伝説の聖人で、神と聖霊の加護を受けている。

しかも、サウルは勇者ペリクレスら凄腕の冒険者を倒してきたのだ。

そんな敵と真正面から戦って勝てるはずがない。

俺は宝剣を振りかざした。

宝剣で攻撃を受け切るわけじゃない。

そのフリをしただけだ。

ちょっと間をおいて俺は叫ぶ。

「俺の後ろにいる人たちは、左右にわかれて避けてくれ！」

そう言ってみたものの、すでにほとんどの冒険者は光魔法を怖れて、その進路から逃げていたようだった。

タイミングを見計らって俺も攻撃をかわすことを決めていた。

フィリアだけは俺のそばにいたので、俺はフィリアを腕で抱き込むと大きく右へと倒れ込んだ。

フィリアが小さく悲鳴を上げる。

でも、これで光魔法の向かってくる方向から、俺たちは外れた。

こんな規格外の攻撃はかわしてしまうのが一番だ。

サウルの光魔法は、俺達の背後の壁に激突し、大理石を大きく砕き削った。

仮にこんなものが直撃すれば、いくら宝剣でも無事ではすまない。

あの攻撃を受け切る自信があるんだろうか。

俺に代わって、クレオンが聖剣を握り、前へと出る。

ともかく、態勢を立て直さないといけない。

ちょうど俺はフィリアを押し倒した格好になっていて、フィリアはちょっと恥ずかしそうに頬を染めていた。

「大丈夫ですか？」

「……うん。ソロンのおかげで」

俺たちはすぐに立ち上がった。

いつサウルの攻撃に再び襲われるかわからない。

今のところ、サウルはクレオンと対峙し、二度目の攻撃は控えているようだった。

静かに彼は言う。

「さあ、この力を見て、なお私と戦おうと思うのかな？」

「当然だ」

クレオンは即答する。

よほど確かな勝算があるんだろうか。

一方のサウルは俺たちに対してもう一度降伏を勧告した。

「どうして君たちがここまで来る間、魔族が少なかったのかわからないのかな？　私が君たちとの戦いに備えて、魔力を用意するために捕食したんだよ。つまり」

サウルが水晶剣をかざす。

すると、広間の天井近くに、円の中に複雑な図形が組み合わさった魔法陣が一つ展開した。

いや、一つじゃない。

サウルが水晶剣をもう一振りすると、魔法陣は二つに増え、さらに三つとなり、一瞬のうちに天井を覆いつくすほどの数になった。

そのどれもが古代王国時代の文字で書かれている。

リサたちは顔を青くして天井を見上げていた。

この魔方陣の一つ一つから、さっきみたいな攻撃が放たれるとすれば。

あっという間に全滅だ。

フィリアが俺の袖を引く。

「ソロン……わたしたち、勝てるのかな？」

そもそも相手は聖人で、しかも圧倒的な力を持つ敵だから、戦うべきではないと思う。

でも、やる以上は敵を打ち倒せないと困る。

フローラだって秘策があると言っていたし、信じたいところではあるけれど。

でも、俺は正直に言った。

「サウルを倒すことができるのかはわかりません。ですが……」

俺はあえて微笑んでみせた。

「フィリア様がここから無事に帰れるようにはしてみせます。それが俺たちにとっての勝利なんですから」

フィリアは一瞬きょとんとして、すぐに「そうだよね」と嬉しそうに声を弾ませた。

そして、フィリアは俺の頬にそっと手を触れた。

「ソロン……わたしに勝利を！」

俺はフィリアにうなずいてみせた。

リサにフィリアを託し、俺はもう一度宝剣テトラコルドを構えた。

敵のサウルは大規模な魔法陣を無数に展開している。

けど、これを作り、維持して機能させるためには相当の魔力が必要となる。

大蛇ウロボロスをはじめとする有力な魔族を捕食したといっても、サウルの魔力が底なしというわけではないはずだ。

そう信じたい。

ともかく、魔法陣を破壊すれば、そこから放たれる光魔法の攻撃を防ぐことができるし、サウルの魔力を削ることができると思う。

相手は聖霊の加護を受けているから、その通りにうまくいくかはわからないが。

サウルが水晶剣を高く掲げ、魔法陣を発動させようとした、そのとき。

フローラがその指先から断続的に炎魔法を放ち、サウルを攻撃した。

あえて杖を使わないのは、切り札の占星魔法のために魔力を温存しているからだろう。

もちろんサウルにはほぼダメージを与えられないから、意識をひきつける効果しかない。

サウルは左手をすっと前に出すと、フローラの炎魔法を手のひらで握りつぶした。

そして「へえ」とつぶやく。

「君も悪魔の血を引いている……いや、違うな」

サウルはフローラを見て、小さくつぶやいていた。

どうしてサウルは、一瞬とはいえ、フローラが悪魔の血を引いているなんて言い出したんだろう？

そんな話は聞いたことがない。

フローラはアルテの双子の妹で、れっきとした侯爵令嬢だった。

侯爵が悪魔の血を引いているとは思えない。

フィリアの場合と同じように母親が愛人ならありえるかもしれないが、フローラは侯爵の正式な妻の娘のはずだった。

もし悪魔の血を引いているなら、そもそも魔法学校にも入学できない。

ただ、サウルがフローラの血筋を誤解した理由は気になった。

サウルがフローラに気を取られているうちに、アルテがふたたびヤナギの杖から強烈な攻撃魔法を打ち出していた。

サウルは左手をかざしただけでそれを防いだが、若干の隙が生まれた。

そのあいだにクレオンがサウルめがけて踏み込む。

「魔法陣を発動させるな！　攻撃を途切れさせないようにするんだ！」

クレオンの掛け声と同時に、双剣士カレリアが飛び出す。

救国騎士団のメンバーがそれに続く。

たしかにたたみかけるように攻撃を続ければ、サウルを足止めはできるだろう。

だが、中途半端な攻撃を重ねても、サウルは傷一つ負わない。いずれこちら側の攻撃だって止まるだろうし、そうなれば魔法陣が発動してしまう。

そう。

中途半端な攻撃ではダメなのだ。

フローラは黄色の三角帽子を深くかぶり直し、さっと長い杖をローブから引き抜いた。

そして、それを高く掲げ、よく通るきれいな声で詠唱をはじめた。

「天に輝くはすべて星。地に流れるは蒼き血潮。巡行する星々の理に従い、地上の我らは力を得ん。……堕ちよ！」

魔法陣が展開されている天井近くに、巨大な裂け目が生じる。

そこからまばゆい黄金色の光が差し込む。

赤々と燃える大量の隕石が占星魔術によって擬似的に創出され、サウルの魔法陣めがけて降り注いだ。

これがフローラの切り札の占星魔法だった。

占星術師の戦いでの最も重要な役割は、天体の軌道上の位置を計算し、その力を利用した超巨大型の魔法攻撃を使うことだった。

普通の遺跡だったら最後に待ち構えているような強大な敵ですら、簡単に倒せてしまうほどの破壊力を誇る。

一撃の火力の高さという意味では、クレオンもアルテもソフィアもフローラにはかなわないだろう。

けれど占星による攻撃魔法は一度使うと、かなりの時間、魔力は一切使えなくなってしまう。

回復魔法や簡単な攻撃魔法も含めて、だ。

一度の戦闘で使えるのは一度きりだし、周りの協力が不可欠で、そういう意味では制限が多くて使いづらい魔術だった。

ただ、今回はフローラの魔術は有効に機能した。

サウルの展開していた無数の魔法陣は、フローラの堕とした隕石によって一掃されていく。

魔法陣は半分ぐらいまで減った。

クレオンたちの猛攻によって、サウルは足止めされていた。

だから、フローラが魔法陣を破壊していくのを止めることはできない。

……はずだった。

サウルは水晶剣を大きく振った。

その斬撃はクレオンが受け止めたが、同時に剣から魔法攻撃がばらまかれる。

クレオンたちはそれを避けようとして、一瞬の間が生じた。

「やれやれ」

サウルは微笑むと、指をパチンとならした。

天井の魔法陣の一つが青く輝き始めた。

まずい。

雷のような明るい青い光が、フローラめがけて落ちていく。

フローラは攻撃魔法を展開している途中で、さっきみたいに攻撃を避けるわけにはいかない。

クレオンたちはサウルの足止めのために離れた位置にいて、フローラを攻撃からかばうのは不可能だ。

フローラの周りには護衛として何人かの剣士がいるにはいる。

ただ、攻略隊参加者とはいえ、その実力はクレオンやカレリアには遠く及ばなさそうだ。

だいいち、サウルの攻撃が来るのを見て完全に怯えているし、フローラを守れるかといえばおそらく無理だろう。

だけど、ここでフローラがやられてしまえば、まだ多く残っている魔法陣を消すことが難しくなり、攻略隊は敗勢濃厚となる。

俺はいざというときにフィリアを守れるように、やや後ろに下がっていたから、フローラと比較的近い位置にいた。

だから、反射的にフローラの前へと飛び出したけれど、本当だったらあんな攻撃には立ち向かいたくない。

宝剣テトラコルドが、あの攻撃を受け止めきれるかどうか。

幸い、さっきの光魔法の攻撃よりは威力は低そうだけれど。

危険な賭けだが、やってみるしかない。

サウルの魔法陣から放たれた青い光を見ても、フローラは攻撃の展開をやめなかった。

攻撃によって、すべての敵の魔法陣を消去してしまう必要がある。それに一度展開すると簡単には中断できない。

そして、一度使うのをやめてしまえば、占星魔法は魔力切れでその戦闘中は再開もできなくなる。

敵の光魔法がフローラを捉える前に、俺の宝剣テトラコルドによる防御が間に合った。

俺は宝剣をまっすぐに構え、フローラに届かないように宝剣の刃で魔法攻撃を受け止める。

「そ、ソロン先輩！」

フローラが上ずった声で俺の名前を呼ぶ。

振り返ってその顔を見ることはできないけど、フローラの声にはかなりの怯えがあった。

それはそうだろう。

こんな化け物じみた敵の攻撃を受ければ、跡形もなく消えてしまう可能性だってある。

俺は宝剣の柄を強く握りしめ、魔力を用いて魔法への抵抗力を高めた。

青く輝く光が宝剣に降り注ぎ、刃が光を乱反射させる。

目の前には幻想的な風景が広がるが、俺はそれどころじゃなかった。

これはやっぱり防ぎ切れないかもしれない。

宝剣テトラコルドは優秀な魔法剣で様々な小技が使えるが、耐久力にかけてはそこそこといったところだった。

加えて、俺の魔力量は大したことがないのだ。

宝剣が火花を散らし、赤みを帯びてきた。

そして、耳障りの良くない音で軋みはじめる。

限界が近づきつつあるが、サウルの魔法陣は止まる気配がない。

フローラの攻撃で魔法陣は消えていってはいるものの、問題の魔法陣が消えるのはあと少し時間がかかりそうだった。

まずい。

俺はサウルの光魔法に飲み込まれるのを覚悟した。

「ソロン！」

そのとき、フィリアの声がした。

ここで俺が死ねば、フィリアを守ることも、フィリアに魔法を教えてあげることもできなくなる。

そのとき、不思議な感覚に襲われた。

なにか外側から温かい者が流れてくるような気がする。

切れかけていた俺の魔力が満たされていく。

そうか。

フィリアと魔力経路がつながっているから、その魔力の一部が俺に俺を助けてくれているのだ。

宝剣テトラコルドはなんとか持ち直し、サウルの魔法陣の攻撃に数秒ほど耐えた。

その次の瞬間、ラスカロスが俺の前に飛び出して、サウルの攻撃魔法を弾き返した。

ラスカロスは聖ソフィア騎士団きっての実力者だったし、それにサウルの魔法陣からの攻撃も勢いを失いつつあったから、防ぐことができたのだと思う。

ほぼ同時にフローラの魔法がサウルの残りの魔法陣を一掃する。

なんとか危機は脱したわけだ。

けれど、事態は解決したとは到底言えない。

「そこの占星術師の攻撃はなかなか良い魔術だったね。けれど、魔力量からしても人間が短時間で使えるのは一度きりのはずだ」

サウルは穏やかな笑みを浮かべた。

かなりの魔力を消化したとはいえ、サウルは相変わらず無傷のままだった。

それにサウルに有効なほどの威力をもつ攻撃は、フローラの占星魔法ぐらいだった。

けれど、フローラは魔力を使い切り、占星魔法をもう使えない。

そのはずだった。

フローラはおもむろに占星魔術(タロット)カードを掲げた。

その占星魔術(タロット)カードが青く輝き始め、大きな魔力の渦が集まっていく。

周りの冒険者達が驚きに目を見張る。

それは俺も、そしてサウルも同じだった。

「これが私の秘策です。……占星魔術による攻撃は一度の戦いで使えるのは一度きり。以前の私はそうでしたが、今の私は違うんです」

フローラはもう一度、占星魔術による攻撃を行おうとしている。

サウルは絶句していたが、やがて、納得したようにため息をついた。

「なるほど。君は……ただの人間じゃない。使ってはならない力に手を染めたな。それは魔王の子孫たちを犠牲にして、手に入れた力だろう？」

フローラは無言でうなずいた。

……フローラが魔王の子孫を利用した？

俺は困惑した。

魔王の子孫は高い魔力量を誇るから、生きた魔力の供給源として利用する者もいる。

けれど、そのためには魔王の子孫に改造手術を施し、非道な扱いをしなければならない。

実際にアルテは魔王の子孫の少女たちを奴隷にして使い潰し、廃人化させてきた。

そして、より強い力を手に入れようとしていた。

だけど、フローラはそんなひどいことには反対だったはずだ。

妹とはいえ、フローラはアルテのやっていることすべてに賛成はしていない。

大図書館で偶然出会ったとき、フローラは確かにそう言っていた。

なのに、実際には姉と同じように魔王の子孫を道具扱いして力を手に入れた。

そして、莫大な魔力を必要とする占星攻撃を一度きりではなく、戦闘中に二度使えるようにしたという。

なら、フローラの言っていたことは全部、嘘だったのか。

俺たちの味方になってくれる可能性なんて、始めからなかったのかもしれない。

フローラは隣の俺の視線に気づいたのか、寂しそうに微笑んだ。

「私は臆病者なんですよ、ソロン先輩」

フローラは俺にそう言った後、すぐに占星魔術の発動に移った。

今度は魔法陣を破壊するためではなく、敵のサウルそのものを倒すための攻撃だ。

フローラが詠唱をはじめるのと同時に、クレオンが合図して前衛の冒険者たちが一斉にサウルに対して剣撃を繰り出した。

サウルは剣士たちの対応に追われ、フローラを止められなかった。

「墜ちよ！」

フローラの叫びと同時にクレオンが「退け！」と声をかける。

一斉に前衛たちが飛び退った。

間をほとんどおかず、直視することができないほどのまばゆい光を放って、燃え盛る攻撃魔法の塊がサウルに直撃する。

普通の魔族であれば、これで燃え尽きていただろう。

だが、サウルはぼろぼろになりながらも、その場に立っていた。

「禁忌の力に手を出したところで、なお私を倒すには足りない……！」

けれど、魔王の子孫の力を利用しているのは、フローラだけじゃない。

アルテはもちろんそうだし、もしかしたらクレオンだって魔王の子孫たちを犠牲にしているかもしれない。

アルテがふたたびヤナギの杖を掲げ、七色に光る魔法の束をサウルめがけて放った。

これも魔王の子孫の魔力を利用したものだろう。

いかにサウルといっても、弱らないわけではない。

連続する攻撃で、サウルはかなりの魔力を失っていた。

そこにたたみかけるようにクレオンがサウルへと踏み込んだ。

聖剣が青く輝き、一閃する。

サウルは深く斬られ、その場に倒れ込むと、やがて淡く白光しはじめて跡形もなく消えてなくなった。

残ったのは、彼が握っていた水晶の剣だけだった。

あっけないものだと思う。

二千年前から生きてきたというこの遺跡の番人は、倒された。

第三者から見れば、聖騎士クレオン、賢者アルテ、そして占星術師フローラの三人の偉大な冒険者の力で、偉業が達成されたように見えるかもしれない。

だけど、彼ら彼女らの手は、魔王の子孫の血で汚れている。

「偽者の聖人は倒されました。あたしたちの……勝利です！」

アルテの宣言に、一瞬冒険者たちは静まり返り、そして、わっと歓声が沸き上がる。

ネクロポリス攻略は達成されたのだ。

そのとき、広間の奥の壁が轟音を上げながら、左右に開きはじめた。

古代王国の玉座の間が俺たちの前に姿を現した。

その空間は銀色に輝いていた。

古代王国の玉座の間は壁も床も天井も白金でできているのだという言い伝えを思い出した。

そして、天井まで届くほどの黄金の塊があった。

いや。

それは黄金で覆われた巨人だった。

びくりとも動かないが、それが何者かは明らかだった。

「これがヴェンディダードの七人の魔王。古代王国を滅ぼしたアカ・マナフだ」

クレオンがつぶやく。

それは、たしかに言い伝え通りの魔王の姿をしていた。

魔王はおとぎ話のなかの存在ではなかった。

これこそがクレオンとアルテの真の目的のはずだ。

二人は、隣国との戦争に使うため、そして、さらなる力を手に入れるために、魔王を復活させるつもりなのだ。

そして、この魔王を蘇らせるのに必要なのは、フィリアを生贄として差し出すこと。

それだけは阻止しないといけない。

だから、俺と仲間のノタラス、ラスカロス、ナーシャたちにとっては、ここからがクレオンとアルテを敵に回しての真の戦いとなる。

そのはずだった。

フローラがふらふらと歩いているのが目に入る。

そして、フローラはサウルが立っていた位置まで行き、水晶の剣を拾い上げた。

勝利に酔いしれる冒険者たちは、誰もフローラの行動に注目していなかった。

フローラは水晶の剣を持ったまま、クレオンに近づいていった。

クレオンがおや、という顔をして、それから微笑んだ。

「この戦いで勝てたのはフローラのおかげだな。君が一番の功労者だ」

クレオンは握手しようと、フローラに右手を差し出した。

けれど、フローラはそれに応えなかった。

次の瞬間、フローラの手にある水晶剣が、クレオンの胸を深く突き刺していた。

その場の誰もが「理解できない」という顔で、フローラとクレオンを見つめていた。

フローラが水晶剣をクレオンから抜くと、クレオンは糸が切れたようにその場に倒れ込んだ。

なぜフローラがこんな凶行に及んだのか。

姉のアルテが指示を出したのかと思ったが、アルテもまた、大きく黒い瞳を見開き、信じられないという表情をしていた。

フローラが水晶剣をかざして言う。

「クレオン先輩は……魔族に魂を売ったんです」

「魔族に魂を売った？」

俺が問い返すと、フローラはうなずいた。

「人類の敵であり、古代王国を滅ぼした魔王の復活。それがクレオン先輩の目的でした」

フローラの言葉は過去形だった。

すでにクレオンは死んだということだろう。

「魔王の復活によって手に入れた力を自分のために……しかも教会の禁忌に触れる目的のために使おうとしたんです。だから……それを止めるには……こうするしかなかったんです。これは帝国教会の命令でもあります」

フローラは意外なことを言い出した。

クレオンを殺したことの正当性をどうやって担保するつもりだったのか、俺は気になっていた。

けれど、教会の権威がフローラの背後にはあるらしい。

ともかく、わかったことが一つある。

「遺跡の崩落を起こしてクレオンを殺そうとしたのも、フローラだったのか」

翼虎を倒した直後、遺跡の床が抜け、俺とクレオンは一緒になって遺跡の狭間に落ちていった。

そのとき、フローラの姿は不自然に見当たらなかった。

「本当はあのとき、クレオン先輩には退場してもらうつもりでした。でも……ソロン先輩を巻き込んでしまうのは想定外だったんです。私はソロン先輩に危害を加えるつもりはありませんでしたし……

それに、ソロン先輩は皇女殿下の魔力の加護を受けていましたから、魔族の毒が効きませんでした」

結果として、俺の助けでクレオンはそのときは生き延びた。

フローラは計画を変更し、遺跡攻略の最後にクレオン謀殺を行うことにしたらしい。

大勢の前でクレオンを殺すのは、フローラにとってはかなり危険なはずだ。

現に双剣士カレリアは想い人を殺され、今にもフローラに斬ってかかろうとしている。

この場の誰もが、フローラの敵になってもおかしくなかった。

それでもフローラには勝算があるということだろう。

「来たれ、聖霊よ！」

フローラは水晶剣が一振りすると、その背には白く輝く翼が生えた。

聖人サウルの物であった水晶剣。

サウルの力の秘密はこの剣にあったらしい。

フローラは今や神と聖霊の力を手にしている。

加えて、フローラには魔王の子孫から得た魔力と、そしてサウルと違って、最新の魔術の知識がある。

早めに手を打たないと対処不能となると思ったのか、カレリアが一歩踏み込み、二つの宝剣を繰り出した。

しかし、フローラは身動き一つしないのに、カレリアの剣は届かなかった。

短い衝撃波が放たれ、カレリアはそれに阻(はば)まれ、弾き飛ばされた。

フローラは水晶剣に目を落とし、弱々しく微笑んだ。

「これだけの圧倒的な力があれば……もう私は何にも怯えなくて良くなるの。そうでしょう、ソロン先輩？」

「こんな方法を使わなくたって、フローラは何にも怯える必要なんてなかったはずだ」

俺がつぶやくと、フローラは首を横に振った。

「先輩は力がなくても、強くいられるかもしれません。でも、私は違うんです」

それからフローラは剣を高く掲げた。

その先には、黄金色に輝く巨人、つまり魔王アカ・マナフがいた。

「けれど、力のために魔王を復活させたりはしません。聖人の力と違って、これは悪しき力ですから。いずれ制御できなくなりますし……復活のためには大きな犠牲を払う必要があります」

そしてフローラは三度目の占星魔法を詠唱した。

聖人の力は、三回連続の占星魔法攻撃の実現を可能にしたようだった。

次の瞬間、魔王が青白い光に包まれる。

その黄金色の巨体は炎で赤く煌めきながら、激しく燃え、やがて燃え尽きた。

魔王は消失した。

魔王復活のために必要となる犠牲は、フィリアだった。フローラは大図書館で言ったとおり、攻略を成功させ、そして、フィリアを守るという約束を果たしてくれたらしい。

「どうして……？」

アルテは呆然としていた。

魔王の力を使って、魔術師としてのさらなる高みを目指す。

力こそすべてという考え方のアルテにとっては、目の前で魔王を燃やされたのはショックだっただろう。

それに、聖人の強大な力を手にしたのも、アルテではなくフローラだった。

フローラは微笑んだ。

「大丈夫。……これからは私がお姉ちゃんを守ってあげるから。もうクレオン先輩もいないもの」

「誰がいないって？」

背後から低い声がした。

フローラがハッとした顔で振り返ったが、遅かった。

ほとんど人間技とは思えない速さで聖剣が繰り出され、フローラの水晶剣を捉えた。

水晶剣は弾き飛ばされ、フローラの手から落ちる。

フローラの後ろに立っていたのは、聖騎士クレオンだった。

胸に大きな傷を負っているが、クレオンはまったく動作に支障はなさそうに見えた。

普通の人間だったら、どう考えても致命傷になっているはずだ。

いや。

クレオンはもう普通の人間ではないのかもしれない。

聖剣は黒く濁ったオーラをまとい、クレオンの肌には複雑で不気味な赤い模様が浮かんでいた。

クレオンが余裕の笑みを浮かべる。

「僕が君の裏切りに気づいてなかったと思うか？」

クレオンはフローラに聖剣を振り下ろした。

そして、その場に鮮血が飛び散った。

クレオンの聖剣がフローラを正面から斬りつけたのだ。

フローラは悲鳴を上げて、その場に倒れた。

占星術師の黄色の服が血で染まっていく。

クレオンが静かに言う。

「君が僕のやり方に批判的なのは気づいていた。さっきの水晶剣を避けなかったのは、君が裏切り者であるのを明確にするため。……僕は救国騎士団の団長であり、攻略隊の実質的な指揮を執っている。その僕をフローラは殺そうとした。だからフローラを国家反逆罪にこの場で問うことができる」

「あなたさえいなければ……お姉ちゃんがあんなひどいことをしたり……ソロン先輩が追い出されたりしなかったのに」

フローラは苦しそうな息の下で言う。

そのフローラの言葉をクレオンは無視し、代わりに透明な杭のようなものをフローラの胸に打ち込んだ。

フローラがもう一度甲高い悲鳴を上げる。

そして、完全に硬直した様子のアルテへとクレオンは向かう。

慌てて俺はフローラのもとへ行き、身を屈めた。

かなりの重傷だから、早く手当をしないと手遅れになる。

それに透明な杭も気になる。なにかの魔装具だとは思うのだけれど、見当がつかないし、引き抜くこともできなかった。

俺が回復魔法を使いはじめると、フローラは首を横に振った。

「私は……悪い子なんです。魔王の子孫たちにひどいことを……」

「喋っちゃダメだ。助かるものも助からなくなる」

「私よりも……お姉ちゃんを……」

振り返って見ると、クレオンはぽんとアルテの肩に手を置いていた。

「安心しろ、アルテ。魔王は滅んでなんかいない。フローラ程度の力で消滅させられるなら、サウルが二千年もここで封印し続けている理由がない」

「魔王が……生きている？」

アルテの問いにクレオンはにっこりと微笑み、素早くアルテの胸のあたりに、同じく透明な杭を打ち込んだ。

アルテが大きく目を見開き、「あぁっ」と小さく悲鳴を漏らした。

クレオンは声を張り上げた。

「この女アルテは、貴族の娘であるライレンレミリアに暴行を加え、皇女フィリア殿下を誘拐しようとした。その罪は軽くないので、ここで誅罰を与える」

「それは……クレオン先輩だって知っていたことじゃないですか」

「嘘を言ってもらっては困るな。カレリアの告発で初めて僕も知ったんだ」

双剣士カレリアはためらいなく、クレオンの言葉に同意した。そして、カレリアはアルテに脅されて、嫌々悪事に加担させられていたのだと言った。

けど、嘘をついているのは、クレオンのほうだ。

アルテの悪事はクレオンの承認のもとで行われていたはずで、仮にアルテの暴走だとしても事後にすべてクレオンが黙認してきたに違いなかった。

だから、クレオンは何らかの理由でアルテに言いがかりをつけて、この場で粛清しようとしているのだ。

「他にも騎士団財産の横領や、平民の娘を拉致して違法に奴隷としていたことなど、君の罪状は数え切れないほどある。そして、君は妹と結託して、僕を謀殺しようともした」

「違う！　フローラがそんなことをしようとしているなんて、あたしは知らな――きゃあああ！」

クレオンがうずくまるアルテを蹴り上げた。

そして、その髪をつかみ、顔を引きずり上げる。

「どんなことにも犠牲はつきもの。大きな力を得るためなら、どれほどの犠牲を払ってもかまわない。アルテはそう言っていたはずだ。なら、君自身が犠牲になってもらおう！」

クレオンの言葉と同時に、アルテの胸に打ち込まれた透明な杭が赤く輝きはじめた。

「ああっ……きゃあああああ！　誰か助け――ああああああああああっ！」

アルテが耳を貫くような絶叫を上げ、その場でのたうち回った。

よほどの激痛が走っているのだ。

それと同時にアルテの身体から魔力の奔流が生じていた。

激痛の理由はおそらく無理やり魔力を奪われているからだ。

それはフローラも同じだった。もともと重傷を負っているフローラにとっては、より大きな負担だったろう。

フローラは激しい苦痛に喘ぎながら、救いを求めるように俺を見た。

ともかくフローラの血だけでも止めないといけない。

が、誰かが俺の肩をぽんと叩いた。

クレオンだった。

「ソロン。君がこの女たちを助ける理由はない」

「だけど……」

「君は助ける相手を選ぶべきだ。そうでないと……すべてを失うことになるぞ。もうこの二人は助からない。魔王復活のための生贄になってもらうんだからな」

「アルテとフローラが？」

「ああ。この二人は優秀な魔術師だ。そして、魔王の子孫を大量に利用し、壊れるまで使って魔力を高めていた」

「クレオンが二人に魔王の子孫を利用させていたんだろう？」

クレオンは俺の言葉を無視して続けた。

「アルテとフローラの血はかなり魔王の子孫に近づいている。そして、生贄そのものが優秀な魔術師であればあるほど、より効率よく魔王復活の媒体とすることができるんだ。つまり、魔王の子孫そのものを犠牲にするより、この二人を使ったほうが成功する確率が高いということだ」

「フィリア様を生贄にして魔王を復活させるというのは……」

「フローラがそんなことを言っていたか？　ああ、たしかにアルテはそのつもりだったのかもしれない。だが、僕はこの帝国の忠実な臣下だ。そんな畏れ多いことをするはずがないだろう？」

クレオンは愉快そうに笑った。

足下ではフローラがもう悲鳴を上げる力もなくしたのか、うわ言のように「助……けて」とかすれた声で言っていた。

俺の回復魔法による回復だけでは、フローラの消耗が速すぎて、明らかに間に合っていなかった。

けれど、他にフローラを、そしてアルテを助けようとする冒険者はいなかった。

アルテは逃亡しようとする攻略隊の冒険者たちを力ずくで戦わせていたし、そもそも恨みを買っていた。

特に、俺の味方の冒険者たちにはアルテを助ける理由なんてまったくなかった。

召喚士ノタラスや剣士ラスカロスはアルテの宿敵だ。

黒魔道士ナーシャは、むしろアルテを殺したいと思っている側だろう。

ナーシャの主であるライレンレミリアに、なかば廃人化するまで酷い暴行を加えたのは、アルテだった。

そして、フローラはそのアルテの妹で、しかもクレオンを殺そうとした。

あえてクレオンの敵となろうとする人間は誰もいなかった。

俺は震える声で尋ねた。

「いったいクレオンの目的はなんなんだ?」

「魔王を復活させる目的は。大共和戦争を終わらせるためさ。魔王の力は戦争に勝つ切り札になる。そして、これは帝国軍最高総司令官ラーヴル将軍、そして首相ストラス閣下直々の命令でもある!」

クレオンは声を張り上げた。

周りに魔王復活の正当性を示すためだろう。

だが、俺はクレオンの言葉を信じなかった。

「それは建前だよね？　魔王を復活させるのは、クレオン自身のためで、しかもそれが教会の禁忌に触れるんだろう？　フローラはそう言っていた」

クレオンは暗い瞳でじっと俺を見つめ、そして声を低めた。

「ああ……たしかに目的はもう一つある。アルテの罪の中で最も許せないのは……アルテがシアを侮辱したことだ」

その話がクレオンの真の目的とどう関係するのか、一瞬わからなかったが、俺ははっとした。

教会の禁忌に触れ、そして、魔王の力を使うほどの莫大な魔力を必要とする魔法。

そして、クレオンが真に望むこと。

「かつての僕たちの仲間、死んでしまった少女を生き返らせること。シアの蘇生、死者の復活こそが僕の真の目的だ」

クレオンは決然とした様子で、言い切った。

死者は蘇らず、というのは普遍の真理だ。

けれど、クレオンは魔王の力を使い、俺たちのかつての仲間シアを蘇らせるつもりなのだ。

俺は震えた。

クレオンのやろうとしていることは帝国教会の禁忌に触れる。

それだけじゃない。

死者の蘇生のために、いったいどれほどの犠牲を払わなければならないのか、まったく想像がつかない。

　クレオンは言う。

「魔王アカ・マナフ一体の復活だけでは、死者の蘇生は達成できない。まだ、計画は始まったばかりということだ」

　すでにネクロポリス攻略のために多くの冒険者が死んだ。

　今、魔王を復活させるために、フローラとアルテという二人の少女が生贄とされつつある。

　この上さらに犠牲を重ねることでしか、クレオンの目的は達成できないのだ。

「こんなことはやめるべきだ、クレオン」

「僕の目的はたしかにまったく個人的なものだ。が、しかし魔王の復活とネクロポリスの財宝獲得は帝国の国益にもつながるからな」

「そういうことじゃない。こんなやり方で生き返るなんて、シアが望むと思う？」

「シアは遺跡で魔族に撲殺されるなんていう酷い死に方をしたんだ。納得して死んでいったとでもいうのか？　そんなわけないだろう」

「けれど……」

「人は自分の居場所のためなら、どれだけでも残酷になれるんだ。君だって、ソフィアや皇女殿下が殺されそうになったら、手段を選ばず守ろうとするはずだ」

「それとこれとは話が違う」

「違わないさ」

瀕死のフローラの瞳からはすでに光が失われつつあった。

血を流し、魔力を奪われつつあるフローラは、ただときどきびくびくと痙攣するだけで、もうほとんど死人同然だった。

そのとき、広間に新たに大勢の冒険者たちが現れた。

先頭に立つのは、鋼の重厚な鎧に身を包んだ大男だった。

「第二分隊の守護戦士ガレルスだ。途中いくらかの犠牲は出したが、帰還への道は確保しておいたぜ。で、この状況は？」

ガレルスはあたりを見回し、横たわるアルテとフローラを見て、「ああ」とつぶやき、薄く笑った。

まるでこうなることを予め知っていたかのようだ。

クレオンは簡潔に現在の状況をガレルスたちに告げると、アルテとフローラに刺した杭と同じ形状のものをガレルスに渡した。

それは短い周期で赤く輝き、二人の少女に刺された杭と対になって共鳴しているようだった。

あれが魔王復活のための魔力を吸い上げる装置なんだろう。

「ガレルスにこの場の後始末は頼む」

「任せておけ、クレオン」

それを合図に、クレオンとカレリアたち騎士団の幹部が魔王のいた玉座の間へと向かった。

やがてクレオンたちが移動を終えると、玉座の間と俺たちのいる広間のあいだの壁が再び閉じた。

そのあいだに俺は身をかがめ、フローラの治療に専念した。

魔力を最大限に使って治療に当たったたし、ついでに白魔道士のリサも駆け寄ってきて手伝ってくれた。

だから、ほんのわずかだけフローラの容態は良くなったように見えたけれど、基本的には焼け石に水だった。

このままではフローラの身体はもたないだろう。

ガレルスが俺に声をかけた。

「よせよ。クレオン暗殺未遂の大罪人なんざ助ける意味なんてないんだからなぁ？」

「こうなることをガレルスは知っていた？」

「まさか」

ガレルスは声を上げて笑った。

楽しくてたまらないというように。

そして、ガレルスは、倒れ伏すアルテの頭をつかみ上げ、その腹部を蹴り上げた。

短い悲鳴をアルテは上げたが、次の瞬間には、憎悪のこもった目でガレルスを睨み返し、「あんたなんか……」と吐き捨てていた。

ガレルスはそれにかまわず、アルテを床に叩きつけた。

「おいおい、思ったより元気じゃねえか。このまま魔王復活の生贄になっても、アルテは死なずにすむかもな。まあ廃人同然になるのは免れんだろうが、そりゃアルテ自身が魔王の子孫たちを同じ目に遭わせてきたんだから自業自得ってやつだろう。だが……」

ガレルスはフローラに目を移した。その瞳には憐れみと蔑みがあった。

「同情するぜ。こんな馬鹿な女の妹でなければ、そしてクレオンに楯突こうなんていう愚行さえしなければ、ここで死ぬこともなかったんだが」

フローラがここで死ぬ。

その可能性はかなり高くなっていた。

「まあ、死ななくても大罪人として奴隷に落とされるわけだがな。元侯爵令嬢で優秀な魔術師の残骸といえば、奴隷としていい値段で売れただろうからもったいないもんだ」

ガレルスは好き勝手なことを言っていた。

とてもかつての仲間に対する物言いだとは思えなかった。

そのとき、フローラは瞳にわずかな輝きを取り戻し、立ち上がろうとした。多少は俺たちの治療が役に立ったのかもしれない。

けれど、フローラはすぐによろめいて倒れそうになり、慌てて俺はフローラを支えた。

俺は正面からフローラを抱きしめる形になったけれど、その身体は驚くほど軽かった。

フローラは黒い瞳で俺を上目遣いに見つめた。

「ソロン先輩……最後に二つだけお話ししておきたいことがあるんです」

「最後だなんて言わないでほしい。無理して喋らなければきっと回復も……」

フローラは首を横に振った。

もう助からないと、フローラの目は言っていた。

「お姉ちゃんを助けてあげてください。そんなこと、先輩に頼むなんて勝手だってわかってます。でも、もう私にはできないですから」

俺はうなずいた。

アルテは俺の敵だった。

でも、こういう事態に陥る以前に、フローラは、俺とフィリアを守る代わりにアルテを助けてほしいと取引をもちかけていた。

実際にフローラはサウルを倒して俺たちを助けてくれている。

あまり賛同できない暴走ではあったけれど、クレオンを倒すことでフィリアを守ろうともしてくれた。

なら、俺は可能なかぎりフローラの願いを叶えてあげたい。

フローラは恥じらうように目を伏せた。

「もう一つの話は……どうでもいいことなんです。私、先輩のことが好きだったんですよ」

「へ？」

俺はきょとんとして、それから少し自分の顔が赤くなるのを感じた。

こんな場所で、こんな状況で、フローラから告白されるなんて思いもしなかった。

「魔法学校で初めて会ったときから、ずっとです。ううん、今も」

「どうして……俺なんかを……」

「私はいつもお姉ちゃんの付属品でした。みんなが素晴らしい力を持ったお姉ちゃんのことを褒めて、私のことは『アルテの妹』としてしか見ていなかったんです。でも……先輩だけは私を私として見てくれました。先輩の前だけでは、私も素直でいられるような気がしました。だから……」

そこでフローラの言葉は途切れた。そしてフローラは突然、小さな赤い唇を俺の唇に重ねた。

フローラの唇は燃えるように熱かった。やがてキスを終えると、フローラは弱々しく微笑んだ。

「さよなら、先輩」

次の瞬間、俺の腕のなかのフローラの身体がびくりと跳ね、フローラの甲高い悲鳴が響き渡った。

胸に打ち込まれた杭がさらに激しく赤く輝き、同時にフローラから魔力が急速に流れ出していく。

フローラの絶叫はやがて止まったけれど、もはや大きく息をするだけで、瞳は濁り、顔からは生気が失われていた。

「フローラ……！」

「ソロン。こいつらを助けたければ、この杭をなんとかしないとダメだぜ。おまえの二流の回復魔術じゃどうにもならん」

ガレルスが俺に面白がるように告げた。

見ると、ガレルスの手の中の透明な杭も、赤い輝きを増していた。

あれを奪えば、フローラたちからの魔力の流出を止めることができる。

そうなれば、二人を助けることができるかもしれない。

けれど、そのためには、ガレルスを敵に回して勝たなければならない。

「賭けをしようぜ、ソロン。戦っておまえが勝てば、この杭はおまえのもの。二人を生かすも殺すもおまえの自由だ」

「ガレルスが勝ったら？」

「オレが勝ったら、そのときはおまえの宝剣テトラコルドをよこせ。そいつを使いこなせるのはおまえじゃなくて、オレだからな」

俺はうなずいた。

賭けるのは自分の宝剣だ。

もし負けても、誰か他人を傷つけることはない。

ただ、相手は騎士団幹部のなかでも上位の実力をもつガレルスだ。

はたして勝てるかどうか。

ガレルスは馬鹿にしたように軽い口調で続けた。

「オレは一人で戦うが、おまえは味方を何人つれてきてもかまわんぜ。じゃないと賭けにもならずにオレの勝利で決まりだからな。もっとも、味方になってくれるような酔狂なやつなんざ、いないかもしれんが」

俺はあたりを見回した。

アルテとフローラを助けるために、味方になってくれる冒険者なんていなかった。

召喚士ノタラスは、クレオンとともに魔王のいる玉座の間へ向かってしまっている。

そのとき、二人の小柄な少女が進み出た。

一人は白魔道士のリサだ。

そして、もう一人は皇女フィリアだった。

「わたしはソロンの味方なんだから！」

フィリアはそう言い、リンゴの木の杖をさっと抜くと、高くそれを構えた。

俺とガレルスの決闘に、リサ、そしてフィリアの二人は味方として参加してくれるらしい。

けど、リサはともかく、皇女であるフィリアを戦わせるわけにはいかない。

俺は慌ててフィリアを止めようとしたが、フィリアは首を横に振った。

「わたしだって、少しは支援魔法が使えるもの。ソロンが教えてくれたんだから」

「ですが……」

「それに、わたしとソロンは魔力回路がつながっているから、だから、わたしの魔力がソロンの力になっていると思うの。感覚でしかないけど……」

「いえ、フィリア様のおっしゃるとおりです」

俺は認めた。

七層の崩落の際に魔族の毒を受けたはずなのに、俺にはまったく効かなかった。

聖人サウルの恐ろしい魔法攻撃も、俺の剣で弾き返すことができた。

どれもフィリアの魔力の助けのおかげだと思う。

フィリアが魔王の子孫として規格外の魔力量を持っているからだ。

だから、フィリアが意識的に俺に魔力を供給し、支援魔法を使ってくれれば、たしかに俺がガレルスに勝てる可能性は上がるだろう。

けれど、それは本質的にはクレオンがアルテたちの魔力を奪っているのと同じことだ。

加減を間違えて、フィリアからの魔力の供給量が大きくなりすぎれば、フィリアの身体になにか異常が生じるかもしれない。

それに……。

ガレルスが「ほう」とつぶやいて、にやりと笑う。

「皇女殿下だろうが、決闘に参加された以上はオレの敵。戦いで怪我をされても、オレの責任じゃありませんよ」

ガレルスの言う通り、フィリアを危険にさらしてしまうことになる。

決闘は結果がすべてであり、そこに参加するかぎり、身分の上下は何の意味も持たない。

俺はやっぱりフィリアを押し留めようとしたが、代わりにフィリアは俺の背中に手を回し、ぎゅっと抱きついた。

そして、俺を上目遣いに見る。

「もしかしたら、魔王復活の犠牲にされているのは、わたしかもしれなかったんだよね。ソロンはフローラさんたちを助けてあげたい？」

「……はい」

フローラは俺のかつての仲間で、俺たちのために動き、そして俺のことを好きだと言ってくれた。

そして、アルテはフローラの姉だ。

フローラたちは善人ではないけれど、こんな凄惨な扱いを受け、虐殺されていいとは思わない。

それに、クレオンやガレルスたちも正義の側にいるわけじゃない。彼らは魔王復活のためならどんな犠牲でも払ってよいと思っているのだ。

俺は覚悟を決めた。

フィリアの力を借りてガレルスを倒す。

ガレルスが約束通り、俺が勝ったらフローラたちを解放するとは思わない。クレオンがそれを許すはずがないからだ。

ただ、今ガレルスは明らかに俺を見下して油断しているし、決闘に勝った直後なら、フローラとアルテを苦しめ、魔力を吸い上げている装置を奪う機会があるはずだ。

そうすれば、フローラたちの犠牲の下に行われている魔王復活も止められるはずだ。

俺は微笑んでフィリアの頭を軽く撫でると、フィリアは恥ずかしそうに顔を赤くした。

そして、フィリアはうなずいた。

「ソロン、わたしたちに勝利を！」

「必ず俺たちで勝って、フローラたちを助け、そして魔王復活を止めましょう」

俺はゆっくりフィリアから離れると、宝剣テトラコルドを抜き放った。

そして、宝剣をガレルスにまっすぐ向けた。

ガレルスもまた、にやにやしながら大剣を構える。

リサが横から口を挟む。

「わたしのことを忘れないでくださいね？　わたしもソロンさんの味方ですから」

「ありがとう。本当に助かるよ。まずはフローラの治療を続けていてほしいな。それで、もし俺が戦闘に支障をきたすような怪我をしたら、そのときは俺に回復魔法をかけてほしい。頼める？」

「もちろんですよ！」

リサは杖を左手に持ちながら、了解というふうに右手を軽く上げる。

次の瞬間、ガレルスが俺に向かって大きく踏み込んだ。

多くの冒険者が見守るなか、俺たちとガレルスとの戦いが始まった。

ガレルスの大剣が振り下ろされる。

俺が宝剣でそれを受け止めると、互いの刃が激しい火花を散らす。

「こうして剣を交えるのも久しぶりじゃねえか、ソロン」

「ああ。そうだね」

かつての騎士団時代の仲間であるガレルスは、俺の目をまっすぐに見た。

守護戦士ガレルスという人物に俺は良い印象を持っていない。

ガレルスもまた、俺のことを嫌っているようだった。

ガレルスは伯爵家の三男として生まれ、魔法学校を優秀な成績で卒業した。その後、名のしれた冒険者パーティーを渡り歩き、そして聖ソフィア騎士団の幹部になった。

名門の血を引き、魔術と剣術の才能にも恵まれ、おまけに人望もあったのだ。

後輩たちの面倒見が良く、弱者には優しく、正義感も強い、というのが魔法学校時代のガレルスの評判だった。

そして、最初は俺もそれを信じていたし、ガレルスが聖ソフィア騎士団に参加することには大賛成だった。

当時は騎士団の拡大路線が軌道に乗った頃でもあり、またシアの死への反省から実力の高い冒険者のみを仲間に加えていた。

これは副団長だった俺の方針であり、アルテが加わったのもほぼ同じ頃だ。

加入当初こそガレルスは穏やかで、騎士団の決定におとなしく従っていた。が、それはたぶん様子を見ていたのだろう。

半年ぐらい経ってから、ガレルスは騎士団の運営に口を出し始め、事あるごとに騎士団のやり方に異を唱えるようになった。

もちろん反対意見を言ってくれるのは悪いことじゃない。

適切な指摘なら俺はそれに従って意見を修正しただろうし、騎士団の風通しを良くするという意味でも、反対意見が出ること自体は望ましかった。

けれど、ガレルスはどうも反対のための反対意見を述べているような、無理のある意見を言い出すことが多かった。

加えて、ガレルスが突っかかる相手は常に俺なのだ。

しかも俺のことを見下したような物言いが目立った。

その頃には、俺もガレルスがどんな奴か気づき始めていた。

ガレルスは、自分より下の立場の人間にはたしかに親切な面もあった。

だけど、それは自分の取り巻きや追従者に対してだけで、自分の気に入らない相手にはどんな冷酷な仕打ちでもした。

さらに、貴族の三男という立場がガレルスの性格を複雑なものにしたのだと思う。

名門の生まれであっても三男であれば、家督は継げず、財産もさして与えられず、子孫はやがて平民と同じ立場へと落ちていくことになる。

そのことが、かえってガレルスに強烈な貴族意識を植え付けたのかもしれない。

平民にもかかわらず副団長だった俺は、ガレルスの格好の攻撃対象になった。

ガレルスは俺を無能だとけなすと同時に、ソフィアやクレオンの優秀さを事あるごとに強調した。

そうすることで俺を追い落とそうとしたのかもしれないが、ソフィアもクレオンもガレルスの主張に賛同せず、俺が副団長で良いと言ってくれていた。

しだいに俺とガレルスの対立は深まっていき、やがて俺はほとんどガレルスの意見に取り合わなくなった。

それでもガレルスは騎士団に必要な存在だった。

熟練の盾役冒険者と比べても、遥かに高い防御の力量をもつ守護戦士だったからだ。

騎士団の防御の要を外すわけにもいかず、俺はガレルスを騎士団から追い出すことをしなかった。

そうこうしているうちに、クレオンが考えを変え、アルテと組んで俺のほうを追放してしまったわけだ。

ガレルスの大剣が俺の宝剣を弾き、俺は体勢を立て直すために飛び退った。

薄くガレルスは嗤った。

「もともとおまえのことは気に喰わなかったんだぜ、ソロン」

「べつにガレルスに気に入られたいと思ったことはないね」

「そりゃそうだろうな」

ガレルスの大剣が振り下ろされ、右から宝剣テトラコルドを一閃させる。

なんとか俺はそれをかわし、俺を襲う。

綺麗にガレルスの鎧にあたったはずだが、ほとんどガレルスにダメージは与えられていなかった。

次の瞬間、ふたたびガレルスの剣がこちらに向かってくる。

俺は宝剣を素早く構えて、それを受けたが、大剣の斬撃はかなり重たく響いた。

ガレルスの攻撃を宝剣テトラコルドで受けることも何度かはできると思う。

が、逆にこちらからガレルスの守りを崩す決定打を見つけなければ、ジリ貧だ。

遺跡で得られた古代の重厚な鎧、それに高度な防御系魔法が、ガレルスを守っている。

なんとかしないといけない。

ガレルスは、俺の攻撃では自分の防御を抜けないとタカを括っている。

その油断に付け入る隙がある。

俺は宝剣テトラコルドをやや下げて、「燃えよ」とつぶやき、そこそこの威力の炎魔法を放った。

それがガレルスの鎧に当たるが、もちろん、こんなものではガレルスを倒せない。

「なんだ？　剣で戦うのは諦めたのか？　だがそんなろうそくの火みたいな攻撃じゃあ、なんにもならんぜ」

ガレルスは声を上げながらこちらに近づいてくる。

炎魔法を受けても何のダメージもないから、気にもとめずにまっすぐにガレルスは歩いてきた。

俺はそのまま炎魔法を撃ち続けた。

ガレルスの鎧の真ん中を、ぐるりと円を描くように炎魔法を当てていく。

わずかとはいえ、鎧に加熱による跡が残る。

俺の攻撃はさらに続き、炎の跡はさらに広がっていき、円のなかに星形を描いた。

そこで俺は叫んだ。

「フィリア様！」

「了解！」

フィリアが綺麗に通る声で、俺に応じた。

その瞬間、身体に激しく熱いものが流れてくるのを感じる。

魔王の子孫であるフィリアの膨大な魔力。

それを俺は利用し、ガレルスの鎧に描いた魔法陣に流し込んだ。

「なっ……」

ガレルスは慌てて対応しようとしたが、遅い。

魔法陣は発動し、明るく緑に輝き始めた。ガレルスの鎧の防御魔法は消え去ったのだ。

次の瞬間、俺はフィリアの魔力を宝剣テトラコルドにも通し、ガレルスの鎧をめがけて素早く一

閃させた。

ガレルスの鎧はあっさりと崩れ去り、ガレルスはがくっと膝をついた。

俺の勝利だ。

フィリアが「やった」と弾んだ声で言うのが聞こえる。

けど、まだ安心できない。

ガレルスの背後にある、魔力吸収装置を奪わないといけない。

これさえなんとかすれば、フローラたちは助かるはずだ。

が、俺の前に突如として一人の少女が立ちはだかり、軍刀を振りかざした。

俺はやむなく宝剣でそれを受け、立ち止まった。

「させませんよ」

少女はにやりと笑った。

軍服を着ていて、灰色の髪を短く切り揃えている。

ガレルス隊の一員のようだ。たしかにガレルスの分隊には軍人出身者も含まれていたと思う。

「ガレルスは一人で戦うと言っていたんだけど、君は俺と戦うつもりなのかな」

「あなたとガレルス殿の戦いに手を出すつもりはありませんが、しかしあの装置を奪われるのは困りますからね。魔王の復活は軍の悲願ですから」

俺が少女に足止めされているあいだに、ガレルスは立ち上がり、また戦意を回復させたようだった。

そして、ガレルスは憎しみに燃えた瞳で俺を睨んだ。

「つまらない小細工でオレをはめやがったな」

「小細工だろうがなんだろうが、ガレルスは負けたんだよ。さあ、約束を守ってもらおうか」

「約束？　ああ、フローラとアルテを解放するって話か。そんなバカげた話、オレが本気で言うわけがないだろうが？」

それはそうだろう。

魔王復活という大きな目的を、俺との賭けに負けたぐらいでやめられるはずがない。

だから、ガレルスを倒した直後に、力ずくで魔力吸収装置を奪いたかったのだが、それも無理になった。

ガレルスが声を張り上げた。

「この男ソロンは、逆賊の賢者アルテと占星術師フローラに手を貸す不届き者！　皇女殿下をたぶらかす佞人(ねいじん)である！　捕らえろ！」

ガレルスは約束を守らないばかりか、数にものを言わせて俺を捕縛するつもりらしい。

冒険者たちは戸惑った様子だった。

彼らがあまり乗り気でなさそうなのは、目の前の事態が呑み込めていないせいだ。

それに、皇女であるフィリアも明らかに俺の味方をしている。

しかし、それでもガレルス隊の冒険者たちはいち早く俺に剣を向け、杖を構えようとした。

数十人の一流の冒険者相手にこの場を切り抜けることは不可能に思えた。

俺一人ではもちろん、フィリアとリサの力を借りても、どう見ても負けが見えている。

ラスカロスやナーシャたちはどうすればよいか迷っているようだったが、少なくとも積極的に俺の味方をしてはくれなさそうだった。

俺は覚悟を決めた。

もしかしたらガレルスを再起不能に陥らせれば、なんとかなるかもしれない。

包囲された状況では、非現実的だけれど、それでも可能性のある手段に賭けるしかない。

それに、たとえ俺が捕らえられても、フィリアにはすぐに危害は及ばないはずだ。

ところが、広間に通じる道の一つから、薄い明かりが輝いた。

なにごとかと冒険者たちは全員そちらを振り返る。

やがて明かりは強くなっていき、冒険者たちがまばゆい光を放つ杖を持ちながら現れた。

先頭に立つのは、バシレウス冒険者団元団長のレティシアだった。

クレオン、ガレルスと並ぶ攻略隊の分隊長で、別の道から遺跡の攻略を進めていたはずだけれど、やっとここまでたどり着いたみたいだった。

レティシアは長身のすらりとした美人で、自慢の茶色の髪をかきあげて周りを見回した。

のんびりとした声で彼女は言う。

「遺跡の最後の敵と戦うのには間に合ったかな？　いやはや、遅くなってすまない。代わりと言ってはなんだか、とても頼りになる味方を連れてきたから許してくれ」

レティシアの言葉と同時に、道の暗がりから二人の魔術師が現れた。

一人は朱色の髪に真紅の瞳が美しい若い女性だった。

俺は驚いた。

俺の師匠の「真紅のルーシィ」がどうしてレティシアと一緒にいるんだろう。

ルーシィ先生は俺の目を見ると、くすっと笑った。

そして、もうひとりは金色の髪と翡翠色の瞳を持つ少女だった。

「ソロンくん。……無事で良かったよ」

純白の修道服のソフィアは胸に手を当てて、ほっと息をついていた。

状況は混沌としはじめた。

皆、ソフィアとルーシィ先生に注目している。

それは守護戦士ガレルスも例外ではなく、彼は大きく目を見開き、信じられないという様子で呆然としていた。

「どうしてここに聖女様と魔法学校の教授がいる？　あんたらは帝国五大魔術師として共和国との戦いの最前線に送られている予定だったはずだ」

ガレルスがようやく口を動かした。

政府はソフィアとルーシィ先生のネクロポリス攻略作戦参加を禁止していた。

その理由をクレオンは明かしていなかったけれど、どうやら二人を戦争に参加させるということだったらしい。

たしかに二人を戦争に投入すれば凄まじい戦力になるだろう。

それに、広く世間で人気のある聖女と、権威ある魔法学校の教授を先頭に立てれば、士気も上がる。

政府の考えは理解できたが、だからこそ俺は怒りがこみ上げてきた。

二人を危険な戦地に赴かせるなんて、そんなことにクレオンが賛成だったなら許せない。

けれど、それならガレルスの言うとおり、なぜ二人は政府の命令を無視してここに来ることができたのだろう。

その疑問にはルーシィ先生が答えてくれた。

「ソロンが危険な目に遭いそうなのに、私が指をくわえて黙って見ていると思う？　そんなわけないでしょう？」

ルーシィ先生は真紅の瞳で俺を見つめた。

「私はこれでも帝立魔法学校の教授で、大貴族の娘なの。政府高官に知り合いもいるし、戦場行きを少し遅らせるなんて簡単よ」

「本当はソロンくんにも先に知らせておければ良かったんだけど……。敵を騙すにはまず味方からってルーシィ先生が言うから……」

と、ソフィアが補足する。

二人がレティシアの第三分隊に加わったのは、クレオンとガレルスらに気付かれないように行動する必要があったからだと思う。

そうすれば、最後に合流して、魔王復活の生贄になりそうになるフィリアと、フィリアを守ろうとする俺を助けることができるからだ。

レティシアはすっとぼけた調子で「こんな心強い味方から協力の申し出があったら、断るわけがないだろう？」と言っていた。

ただ、状況は想像とはぜんぜん違うものとなった。

俺が要約して現在の状態を説明すると、ソフィアが短く息を呑んだ。

魔王復活の生贄とされたアルテとフローラは、今も床に倒れ苦しんでいた。

消耗しきったフローラは、瞳は濁り、一言もしゃべらず、ときどきびくびくと痙攣するのみとなっていた。

さっきまでは強気だったアルテも、手足を投げ出して仰向けになり、「助けて……痛い」とうわごとのようにつぶやいている。

そして、胸に刺された杭が赤く輝くと、「きゃあああああ！」と甲高い悲鳴を上げていた。

ガレルスがそれを見て、不機嫌そうに舌打ちし、「うるせえんだよ」と言ってアルテを蹴り飛ばした。

それから、いいことを思いついたというように、にやりと笑う。

「アルテ。助けてほしいか？　この苦しみから逃れたいか？」

アルテは虚ろな瞳で瀕死のフローラを見て、それからガレルスにうなずいた。

その姿を見て、ガレルスは愉しそうな声で続ける。

「それなら、『ガレルス様』とでもいって命乞いをしてみろよ。ついでにオレの靴でもなめろ。そうしたら許してやるさ」

「許してください、ガレルス様。……お願い、助けて。こんなところで死にたくない！」

アルテはそう言うと、ガレルスの前にひざまずき、舌を出して彼の靴を舐めた。

そこには、傲慢だけれど誇り高い賢者の面影はなかった。

もちろん、こんなことをしたからといって、ガレルスがアルテを助けるわけがない。

その判断もできないほど、アルテの精神は摩耗しきっているのだろう。

ガレルスは魔力吸収装置を手に取ると、それを軽く弄(もてあそ)んだ。

次の瞬間、アルテが絶叫を上げる。

おそらく魔力吸収装置で、魔力の奪取の速度を上げたんだろう。

アルテはのたうち回り、やがてぴくりとも動かなくなった。

瞳からは光が失われ、その美しい顔には恐怖と絶望が刻まれ、中途半端に開いた口からは唾液が垂れ流されていた。

「ひどい……」

ソフィアがつぶやく。

そう思ったのは、ソフィア以外の冒険者たちも同じだったようだ。

あまりにも非人道的な扱いに、誰もが困惑していた。

ガレルスは俺、フィリア、リサ、ルーシィ先生、ソフィアの五人を見回す。

「ソロンの罪は不問にしてやる。このアルテみたいな目に遭いたくなかったら、さっさとここから出ていけよ」

形勢の不利を悟ったのか、ガレルスは俺と戦わない方針を決めたようだった。

俺を捕縛するというのを取りやめさえすれば、ソフィアやルーシィ先生たちが退いてくれると思ったらしい。

けれど、ソフィアは首を横に振った。

「ガレルスくん。どんな事情があったとしても、アルテさんはわたしの仲間だったんだよ。わたしのことを慕ってくれた後輩だったの。それに……」

「私の大事なソロンを傷つけようとしたのを、許したりはしないんだから！」

ルーシィ先生は叫ぶと同時に熾烈な炎魔法をガレルスめがけて繰り出した。

ガレルスはなんとかそれを大剣で受け止める。

鎧の魔法防御を失ったのに、魔法学校教授の天才ルーシィの攻撃を受け止められるのは、さすが守護戦士といったところだ。

けれど、攻撃はそれで終わらなかった。

ルーシィ先生が攻撃しているあいだに、ソフィアが教会式魔術の詠唱を行っていたのだ。ソフィアの魔術が直撃すると、さすがのガレルスも吹き飛ばされ壁にたたきのめされた。

さらに、ソフィアの熱心な支持者の剣士ラスカロスとその部下も中立から俺たちの側へと転じた。

黒魔道士ナーシャもまた、俺の味方をすることを決断したみたいだった。

アルテへの恨み以上に、苦しめられるアルテたちの姿が、傷ついた主のライレンレミリアに重なって見ていられなかったのだろう。

ガレルス隊の冒険者の数人が俺たちと戦おうと剣を抜いたが、ラスカロスとナーシャたちに制圧された。

軍服の少女もガレルスを助けようと動いたが、飛んできた攻撃魔法に当たり、「ああ……仕方ないですね」とつぶやいて、気を失う。

振り返ると、フィリアとリサが「やった」と弾んだ声で言い、ハイタッチをしていた。

二人が攻撃魔法を使って倒してくれたらしい。

ガレルスはなお起き上がり、大剣を拾って抵抗しようとしていた。

「この逆賊たちを拘束しろ！　オレは――」

「終わりだ。ガレルス」

俺は宝剣テトラコルドをガレルスに振りかざした。

ガレルスは大剣で受け止めようとしたが遅い。

俺の斬撃がガレルスの剣を捉える。

ガレルスは体勢を崩し、剣を取り落とした。

俺はガレルスの首に宝剣を突きつけた。

「ま、待てよ。ソロン。早まるな。オレを殺すつもりか？」

俺が無言のままガレルスを見下ろすと、彼は冷や汗をかき、怯えた目で俺を見上げた。

「わ、悪かった。オレが悪かった。なんでもするから許してくれ。金ならいくらでもやる。俺の家の力で貴族の称号を用意してやってもいい。そうだ。美女の奴隷だって譲ってやる。だから――」

「殺しはしないさ。……けど、少し黙っておいてくれないかな」

俺は宝剣を左手に持ち替えると、右の拳でガレルスの頬を殴り飛ばした。

ぐふっ、と変な声を上げたガレルスは、今度こそ動かなくなった。

†

俺はため息をついた。

ガレルスは倒され、もはや積極的に俺に危害を加えようとする敵はいなくなった。

ガレルス隊の冒険者や救国騎士団の団員たちも、聖女ソフィアや真紅のルーシィの圧倒的な力を見ている。

彼らもあえて俺たちと戦うつもりはないようだった。

こういう事態を見越して、クレオンはソフィアとルーシィ先生を攻略に参加させなかったんだと思う。

ただ、クレオンやカレリアたち救国騎士団の主力は、玉座の間で魔王復活の儀式を行っている。

俺は魔力吸収装置に目を向けた。

ガレルスが取り落としたものだ。

早速それを回収すると、俺はフローラのもとへと向かった。

フローラとアルテを魔王復活の生贄となった状態から解放しないといけない。

この手の魔装具の類似品は一度扱ったこともある。

フローラはぐったりとしていて、もしリサが回復魔法をかけ続けていなければ、すでに死んでいたと思う。

フローラの足下にひざまずいているリサにうなずくと、俺はフローラに着けられた魔力吸収装置の解除をはじめた。

フローラは目を覚まさなかったけれど、薄く胸を上下させて呼吸はしていて、生きていることはわかった。

ソフィアが駆け寄ってきて、リサと回復魔法をかける役を交代する。

リサは聖女に憧れていると言っていたし、ソフィアが近くにくると「聖女さまだぁ」とつぶやいて顔を輝かせていた。

リサも優秀な白魔道士だけれど、聖女の回復魔法はリサの遥かに上をいく。

ただ、それほど強力な回復魔法をかけたとしても、フローラが助かるかどうかはわからなかった。

しばらくしてフローラの魔力吸収装置の解除は終わった。

次はアルテだ。

アルテはずたぼろになった黒い魔道服を着て、うつろな瞳で天井を眺めている。

ただ、魔力吸収装置の負担は一定の周期で高まるようで、今はそれほど苦しみが強くないんだろう。

それに、フローラほどは消耗していない。

アルテは弱々しい声で、俺に問いかける。

「……どうして……先輩はあたしのことを助けるんですか？」

「フローラに頼まれたからね」

「……フローラは……っ！」

傷が痛むのか、魔力吸収装置の苦痛のせいか、アルテは顔をしかめた。

「無理して喋らないほうが良いよ」

「あたしは……ずっとソロン先輩のことが嫌いでした」

「改めて言われなくても知っているよ」

「なんでこんな人のことを聖女様は……それにフローラは好きなんだろうってずっと不思議に思っていたんです。でも……助けてくれたことにはお礼を言います」

俺は意外に思って、まじまじとアルテの黒い瞳を見つめた。

「なんですか……？」

「いや、アルテが素直に礼を言うなんて、らしくないなと思って」

「あの……バカにしてるんですか？」

「べつに」

俺は微笑し、アルテは不服そうに頬を膨らませ、俺を睨んだ。

まだ魔力吸収装置の解除はできていないけど、助かったと思ったのか、アルテは少し元気を取り戻したようだった。

これを機会にアルテも少しは考えを改めてくれると良いのだけれど。

アルテは俺に完全に身を委ね、解除装置の解除を任せていた。

そして、アルテがつぶやく。

「あたしは……もう救国騎士団の副団長ではいられないですよね」

「だろうね」

ここから話がどう転んでも、クレオンとアルテのあいだで和解が成立するはずもない。

アルテはうなずいた。「だから、あたしは……」アルテが目を伏せて、なにかを言いかけた。

あとちょっとで魔力吸収装置が外れる。その瞬間、アルテの胸に打ち込まれた魔力吸収装置が再び激しい光を放ち始めた。しかもその光の色はこれまでと違う、鈍い青色だった。アルテが黒い瞳を大きく見開き、その表情が絶望に染まる。

「しまった……！」

かなり急いで魔力吸収装置の解除を進めたはずだけれど、あと一歩のところで間に合わなかった。

魔王復活が最終段階に入ったんだろう。これまで以上の速さで、魔力吸収装置がアルテから魔力を奪おうとしている。アルテは救いを求めるように俺にすがりついた。

「いやだ……助けて、ソロン先輩！　もう痛いのはいやっ……きゃあああああ！」

アルテの絶叫とともに、魔力の強い波動がアルテの身体から生じる。そしてアルテの身体がまばゆい黄金の光に包まれる。背後からルーシィ先生が上ずった声で叫ぶ。

「ソロン！　離れないとあなたも巻き込まれるわ……！」

たしかにこのままここで魔力吸収装置の解除を続ければ、アルテの魔力の暴走に巻き込まれる。

けれど、アルテは瞳に恐怖の色を浮かべ、俺を見つめていた。俺は覚悟を決めた。あと少しで魔力吸収装置は解除できるはずだ。アルテから放たれる光の範囲が広がり、その暴走する魔力のせいで俺の肌に焼けるような痛みが走る。アルテは叫ぶ気力もなくなったのか、顔を真っ赤にしながら、荒い息遣いで呼吸するだけとなっていた。早くしないとアルテの体力が限界を迎える。ようやく解除の最後の段階に来た。俺は痛みを我慢しながら手を伸ばし、アルテの胸に刺さった透明な杭を抜いた。それと同時に光と魔力の奔流が止まり、アルテは糸が切れた人形のようにがくっとうなだれ、ぴくりとも動かなくなった。

「アルテ！」俺はアルテに呼びかけたが、アルテが目を覚ます様子はなかった。

そのとき、玉座の間の扉が開いた。救国騎士団の白い制服を着た面々が、その部屋から現れる。

そこにはもちろんクレオンもいた。

「諸君！　魔王の復活、そしてその制御に成功した。あとはこの遺跡の財宝を手に入れて引き上げよう。……僕らは英雄だ！」

冒険者たちはみんなはっとした顔をした。多くの冒険者にとってここに来た目的は二つ。一つはネクロポリス攻略成功という栄誉と箔を手に入れること。もう一つは、古代遺跡の莫大な財宝を手に入れることだった。ほとんどの冒険者は一斉に財宝の回収へと向かい、散り散りになった。

クレオンがこちらにやってきて、動かず横たわるアルテとフローラを蔑むような目で眺めた。

「もうこの女たちは終わりだな。死ななかったのは運が良いが、きっと死んでしまったほうが良かったと後悔するだろう。魔術師としてのすべてを失ったんだから」

「そうしたのはクレオンだ」

「君が怒ることか？　アルテたちは多くの魔王の子孫の少女たちを犠牲にして、悪逆非道を働いてきたんだ。自業自得だ」

「けれど、この二人は仮にも侯爵令嬢だ。こんなことをして平気だとは……」

「ああ、それなら問題ない。今頃、この二人の侯爵家も国家反逆罪で告発されている」

ソフィアが「帝国教会だってこんなやり方を許さないよ」とつぶやくと、クレオンは微笑んだ。

「フローラもそんなようなことを言っていたな。だが、僕の後ろには教会の総大司教へスティア聖下がついている。フローラに俺を倒す名分を与えた司教たちも、いずれ失脚するだろう」

結局、アルテとフローラを守るものは何もないということだった。俺はクレオンを睨んだ。クレオンはあいかわらず微笑んでいたが、目が笑っていなかった。

「もうこの女たちは用済みだ。すべての魔力は回収したし、二度と魔術は使えないだろう。力を求めた結果、すべての力を失ったんだから皮肉なものだ」

「アルテとフローラをどうする？」

「叛逆者として奴隷身分に落ちるのは確定だし、その場合は僕ら騎士団が身柄を預かることになるな」

「それはそうだろうけど、そのあとどうするかを聞きたいんだよ」

「なるほど。……まあ、名門貴族の娘で、これだけの美少女、しかも天才魔術師として有名だったわけだからな。どれほど高い値段でも、買おうとする連中がいるだろう。見世物にして競売にかければ、多少なりとも騎士団の財源として役立つはずだ」

「クレオン……！」

「ああ、それとも今回の功績に報いて、ガレルスあたりにくれてやってもいいかもな。あいつなら喜ぶに違いない」

俺はぞっとした。

もしガレルスがアルテとフローラを奴隷にすれば、どんなふうに扱うか、想像もしたくない。

もしここでアルテとフローラを助けようと思えば、方法は一つしかなかった。

「俺がアルテとフローラを買うよ」

もちろん、俺が二人を本当に奴隷として扱うわけじゃない。かつて悪魔のペルセを助けたときのように、奴隷身分から逃れられない以上、形式的に「俺の物」ということにする必要がある。

クレオンは真顔になった。

「その言葉を待っていた。君が二人を奴隷にすると言うなら、相応の代価を払ってもらう」

クレオンの言い値で二人を購入せざるを得なかった。

気が遠くなるような金額で、俺の豊富な財産からしても、かなりの痛手ではあった。

交渉が成立すると、クレオンはその場から立ち去ろうとした。

クレオンには大勢の救国騎士団の幹部が味方しているし、今戦うのは得策じゃない。

ただ、いつかは決着をつけないといけないかもしれない。俺はクレオンに声をかけた。

「シアの復活を止めるつもりはない？」

「ない。……僕にとってシアはかけがえのない存在だった。シアは、弱かった僕のことを何よりも大切だと言ってくれた。だから、僕も、たとえどんな犠牲を払ってでも、シアは蘇らせる」

クレオンはもう振り返らなかった。

後に残された俺たちは、しばらく黙った。

やがて、フィリアは真剣な表情で口を開いた。

「これから、大変になるね。でも……わたしたちは勝ったんだよね」

俺はうなずき、ぎこちなく微笑んだ。

「この遺跡で、フィリア様をお守りすることが、俺の目的でしたから」

そういう意味では俺たちは間違いなく勝利を収めたと言える。

攻略隊はかなりの犠牲を払ったけれど、少なくともフィリアは傷一つ負わなかった。

フィリアはうなずき、そして嬉しそうに微笑んだ。ぴょんと飛び跳ねるように俺に近づき、そして抱きつく。

「わ、わ、フィリア様⁉」

「ありがとう！　ソロン！」

「み、みんな見てますから」

「やめたほうがいい？」

俺が答える前に、ソフィアとルーシィ先生とリサが「やめたほうがいい！」とほぼ同時に焦った様子で言って、絶妙な感じでハモっていた。

俺はちょっと困ったけれど、微笑してフィリアの頭を撫でた。

「さあ、俺たちの屋敷へ帰りましょう」

そして、俺はフィリアの肩を叩いてゆっくり離すと、アルテとフローラに目を移した。

二人はいまだ起き上がる様子はなかった。

クレオンによれば、二人はもう二度と魔法が使えない身体になったという。

魔王復活のために莫大な魔力を奪われ、しかも無理やり奪ったのだから、魔力経路もぼろぼろにされているだろう。

治療にあたっているソフィアに、俺は二人は大丈夫そう？　と聞くと、ソフィアは首を横に振った。

「生きているよ。でも……フローラさんのほうは二度と目を覚まさないかもしれない」

ソフィアの見立てによれば、フローラは脳にまで損傷が及んでいるらしい。

起きて普通に会話できるまで回復する可能性は、二割程度ということだった。

俺は暗い気持ちになった。

フローラはずっと俺のことを好きだったと、生贄になる直前に言ってくれた。

「気づかなくてごめん」

と俺はひとりごとをつぶやいた。

なんとかフローラを助けてあげたい。

そのとき、「ううっ」とうめき声が聞こえた。

見ると、アルテが苦しそうな顔をしながら、起き上がっていた。

アルテのきれいな黒髪がふわりと揺れる。

「あたし……助かったんですか？　でもどうして真っ暗なんですか？」

俺とソフィアは顔を見合わせた。

周りでは冒険者たちが財宝を探すために篝火(かがりび)をたくさん焚(た)いているし、周りはかなり明るかった。

もしかすると。
「それに右手が……左足もうまく動かない」
最後の魔力吸収がアルテの身体に後遺症を残したんだろう。
失明し、右手・左足も使えなくなり、すべての魔力を失った。
そして、心に大きな傷を負い、貴族から奴隷へと身を落とした。
それが今のアルテだった。
俺はしばらく事情を伏せておくことを決めた。
さっきまでアルテは生贄にされ、暴力を振るわれて、かなり追い詰められていた。
なのに、ここでさらにすべてを話せば、アルテの心が耐えられるかどうか。
けれど、アルテは立ち上がろうとして、それができず前のめりに倒れそうになった。
俺は慌てて抱きとめた。
「ソロン先輩？」
「えーと、うん、そうだよ」
不可抗力とはいえ、俺が正面からアルテを抱きしめている格好になる。
嫌がるだろうな、と思ったが、意外にもアルテは抵抗しようとしなかった。
アルテの身体はとても軽く、そして温かった。
こうしていると、アルテは十代後半の普通の少女にしか思えない。
いや。

今のアルテはただの少女だった。

力を追い求め、力ある者が正義と言っていた少女は、すべてを失った。

魔術は使えなくなり、普通の人間としての生活も送れない身体になり、俺の奴隷になった。

もうアルテは女賢者ではないのだ。

俺はアルテにささやきかけた。

「ゆっくり休んでよ。何も心配しなくていいから」

「……先輩が守ってくれるの？」

「ああ」

安心したようにアルテは柔らかく微笑むと、全体重を俺に預けたまま、気を失った。

エピローグ

聖騎士クレオンは、ネクロポリスから引き上げた後、救国騎士団本部の執務室にこもって思案にふけっていた。

もう深夜二時を過ぎている。

復活させた魔王は文字通り彼の手の中にあった。

小瓶につめられた金色の小人。

それが魔王アカ・マナフの本体だった。

魔王復活の計画は成功した。

すべては順調だ。

ただ、ソロンは潰しておく必要がある。

きっと彼はクレオンの前に立ちはだかり、シアの蘇生のための大きな障害となるだろう。

元女賢者のアルテはソロンの屋敷を強襲したが、あえなく失敗した。

今回も守護戦士ガレルスがソロンを暴力的に排除しようとしたがうまくいかなかった。

結局、力で倒そうという短絡的な発想が駄目なのだ。

クレオンはそう思う。

聖女ソフィアや皇女フィリアたちがソロンの側にいるかぎり、容易にソロンを打倒することはできないだろう。

だから、別の手を使う必要がある。

まずはソロンの財産を奪い尽くし、彼を破産させることだ。

すでにアルテたちのためにソロンはかなりの出費をしたが、それはソロンの資産のごく一部にすぎない。

だが、ソロンの奴隷である商人ペルセを使えば、ソロンを破産させることは可能だった。

ペルセはソロンに忠実で、彼を裏切ることなど考えもしないだろう。そして、ソロンもペルセのことを信頼している。

だからこそ、ペルセには利用価値があるのだ。

ペルセは自分でも気づかないうちに、クレオンの策略に乗せられて、ソロンの破滅に手を借すことになる。

そして、もう一つ、クレオンは強力な武器を持っていた。

クレオンは一枚の書類を棚から取り出した。

それは帝国の秘密警察・皇帝官房第三部からの報告書だった。

そこに書かれているのは、帝立魔法学校の教授の一人が、政府に批判的な考えを密かに持っているということだった。

彼女は革命派の秘密結社・自由同盟に加わっている。そして、敵国アレマニア・ファーレン共和国からの資金援助を受けていた。

重要なのは、その教授がソロンと極めて親しいということだった。

叛逆者は真紅のルーシィ。

ソロンの師匠だ。

これはソロンを追い詰める材料となる。

うまくやれば、ソフィアやフィリアといった利用価値のある人材を手に入れることもできるだろう。

クレオンは微笑むと、「待っていてくれ、シア」とつぶやいた。

番外編　魔法剣士の本当の願い

TSUIHOU SARETA BANNOU
MAHOUKENSHI HA
KOUJYODENKA NO SHISHOU
TO NARU

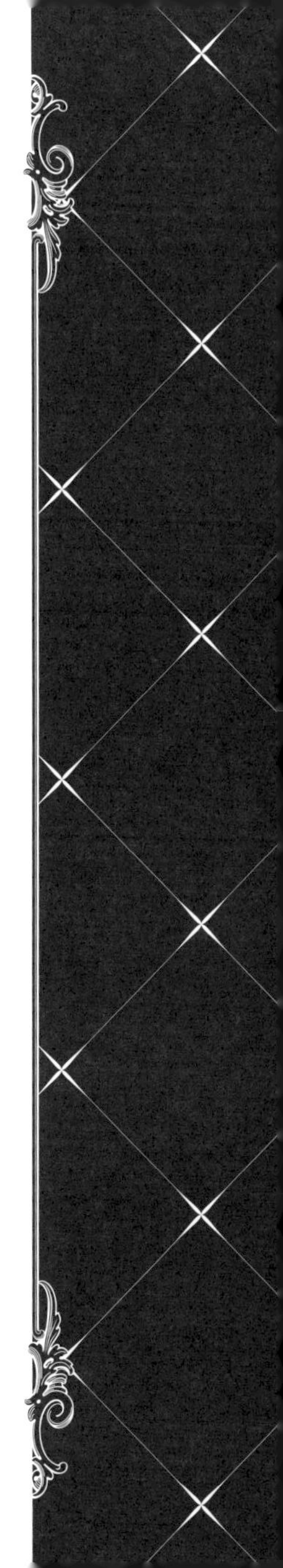

「ソロン君、君には一流の人間と、二流の人間の違いがわかるかね？」

唐突な質問に、俺は面喰らった。

十九歳の俺は、学校長グレンによる口頭試験を受けていた。

魔法学校卒業のための最終試験だ。

試験自体は学校長室において、一対一で行われる。

特に大きな失敗もなく終わり、俺は席を立ちかけた。

が、その瞬間、グレンは俺に不思議な質問を投げかけたのだ。

グレンは白髪白髭の老人で、深い茶色の瞳で俺を見つめていた。

俺が返答に困っていると、グレンは続きを言った。

「君はとても優秀だ。この魔法学校で、君は幼いソフィア君を世話係として完璧に守った。また、未熟なルーシィ君を師としながらも、魔術を要領良く身に付け、彼女を成長させた。ソフィア君やルーシィ君にとって、君が側にいたことは、計り知れないほどの価値があっただろう。だが、君にとっては……違ったのではないかね？」

「俺は二人が側にいてよかったと思いますよ。おかげで魔法学校はとても楽しかったですし。それに、ソフィアの世話係になることもルーシィ先生の弟子になることも、どちらもグレン学校長が決めたことじゃないですか」

「その通り。だからこそわしは気がかりなのじゃ。一流の人間は自分のために生き、二流の人間は他人のために生きる、とわしは思っておる」

「どういう意味ですか？」

「自分自身の真の願いを見つけて、その願いのために全身全霊を懸けることができる人間だけが、一流になれる。ただ他人の期待に応えるだけで、自分を犠牲にする人間は、たとえ優秀な資質をもっていても二流にしかなれない」

「……ご忠告、心にとどめておきます」

「君が一流の存在になれることを祈っているよ」

俺はグレンの言葉が腑に落ちないまま、部屋を出た。

†

窓から差し込む朝日に、俺は目を覚ました。

どうやら夢を見ていたみたいだ。

四年も前の夢で、そのときの俺は魔法学校の生徒だった。

しかも、卒業試験の夢を見るなんて初めてだ。

その後、俺は冒険者となって、仲間から追放され、今は皇女の家庭教師となっている。

目をこすりながら、俺は周りを見回した。

同じ部屋には二人の女の子が寝ていた。

昔からの仲間のソフィアと、俺の弟子のフィリアだ。

二人ともぐっすりと幸せそうに眠っている。

ソフィアの寝間着は胸元が少しはだけていて、俺は慌てて目をそらした。

「ソフィア様の寝間着姿に見とれていました?」

後ろから面白がるような声がかかる。

振り向くと、そこにはメイドのクラリスがいた。

もうメイド服に着替えている。

クラリスは皇女フィリアの側仕えで、今は俺の屋敷に欠かせないメイドでもある。

亜麻色の髪の小柄な女の子だ。

そして、いつでも元気いっぱいで、とてもおしゃべりだった。

「おはよう、クラリスさん」

「おはようございます、ソロン様」

ふふっとクラリスは笑ったが、俺はその表情に違和感を覚えた。

「クラリスさん……もしかして元気がない?」

「あれ? ……どうしてわかったんですか? 顔には出していないつもりだったんですけど」

「まあ、いつも見ているから」

「ふうん、ソフィア様のことだけじゃなくて、あたしのことも見ていてくれているんですね」

クラリスは少し嬉しそうな顔をして、そして事情を話し始めた。

「……ソロン様。実は……」

話を聞くと、クラリスが大事にしていた懐中時計が壊れてしまったという。

しかも、屋敷の二階の窓から落としたから、修理もできないぐらいひどい状態になってしまったようだった。

「お母さんからもらった大事な時計だったんです」

「それは……残念だね」

時計はかなりの高級品で、メイドがそう簡単に買えるものでもない。

クラリスの所持品のなかでは、たぶん、一番高価なものだったと思う。

家族からもらった大事な宝物を失ったのだから、気分がふさぎ込んでも当然だ。

クラリスは困ったように微笑むと、「お仕事しますね」と言って、部屋から出ていった。

なんとかして元気付けてあげたいけれど、さて、どうしたものか。

考え込んでいたら、突然、フィリアがむくりと起き上がった。淡いピンク色の寝間着を着ていて、青い瞳をこすっていた。

銀色の髪がぴょこんと跳ねる。

「フィリア様？　もしかして起きていました？」

俺の言葉に、フィリアはうなずくと、勢い良く立ち上がって、こちらへとやって来た。

その顔は、俺と話せることが嬉しくてたまらない、というふうに輝いていた。

「うん、わたし、起きていたの」

「おはようございます、フィリア様」

「さっきのクラリスの話、わたしも聞いていたよ」

「そうでしたか……」

「ソロン、だからね、わたしが新しい時計をプレゼントしようと思うの！」

「フィリア様が？」

「うん。わたしだって、少しはお金をためてるし」

フィリアは皇女だから、皇室予算で生活費が支給されている。

ただ、その金額はかなりぎりぎりで、フィリア個人が生きていくのに必要最低限しか政府は出してくれていなかった。

とはいえ、その限られた資金のなかで、お金をためていたらしく、俺はフィリアに感心した。

しかも、そのわずかなお金から、クラリスのために時計をプレゼントするのだから、偉いなと思う。

「いつもクラリスには助けてもらってばかりだし。ソロンがわたしの家庭教師になってくれる前は、クラリスだけがわたしが頼りにできる人だったから」

クラリスはフィリアの姉代わりみたいなもので、単なる皇女とメイドという関係以上のものがある。

俺は微笑んだ。

「良い案ですね」

「わたしの贈り物が、お母さんからもらった時計の代わりになるとは思わないけど、でも、少しでもクラリスを喜ばせてあげられたらいいなと思うの」

「フィリア様からの贈り物なら、クラリスさんもきっと喜びます」

それは間違いないと思う。

フィリアにとってクラリスが姉代わりなのと同じように、クラリスにとってもフィリアは大事な存在のはずだからだ。

「それでね、ソロンにお願いがあるの。わたし、時計って買ったことがなくって……」

まあ、それは当然だ。

フィリアは皇女で、皇宮の外に出たこともほとんどない。

フィリア自身の持っている銀時計には、帝国の紋章である双頭の鷲が刻まれている。

けれど、それはもちろん買ったわけではなく、政府からの支給品だ。

「では、一緒に帝都に時計を買いに行きましょうか」

「……ありがとう、ソロン！」

フィリアはお出かけできて楽しいという感じで、弾むように身支度を整え始めた。

「ソロン！　着替えるのを手伝って！」

「ええっ！　俺がですか!?　それは……クラリスさんにお願いしては……」

「だってクラリスにはプレゼントを買うことは内緒でしょう？」

「たしかにそうですけれど……」

いつも通りクラリスに身支度を頼むわけにはいかない。

けれど、男の俺がやるというのも……ちょっと問題がありそうだ。

「フィリア殿下……わたしがお手伝いしますから」

いつのまにかソフィアが起き上がっていて、美しい翡翠色の瞳で、困ったように俺たちを見つめていた。

「えー。ソロンにやってもらいたかったのに」

「そ、そんなこと……ダメですから。わたしは殿下の従者ですし」

フィリアは「残念」とつぶやきながらも、ソフィアに身を委ねた。

よく考えてみたら、フィリアは身の回りのたいていのことは自分ひとりでできる、なので、普段着程度なら自分で着替えられるような気もする。

まあ、いいか。

フィリアが身支度をするあいだ、俺は部屋の外に出て、扉の前で立っていた。

やがて、いつものようなお忍びの格好ということで、フィリアがマントを羽織って出てきた。

部屋の中から「いいなあ、ソロンくんと二人でお出かけ……」とソフィアの小さな声が聞こえてくる。

俺は振り返り、部屋に顔をのぞかせた。

「ソフィアさ……帝都で行ってみたいアンティーク店があるって言ってたよね？」

「う、うん……」

ソフィアが寝間着姿のまま、首をかしげた。

金色の長い髪がふわりと揺れる。

「今度、一緒に行く？」

俺が遠慮がちに提案すると、ソフィアは目を大きく見開いて、それから頬を赤くした。

「ソロンくんとお出かけ……。嬉しい。約束だよ？」

俺は笑ってうなずくと、ソフィアも微笑んだ。

とはいえ、今日はフィリアと時計店に行くのだ。

馬車の準備が整い次第、俺とフィリアは屋敷を出た。

フィリアは馬車のなかでもごきげんだった。

これだけ楽しそうにされると、俺のほうも嬉しくなる。

†

馬車に乗ってしばらくして、帝都の時計店に着いた。

帝都の大通りに面した小さな店だ。

「いらっしゃいませ」

と言って、出迎えてくれたのは、フィリアよりも少し年上ぐらいの少女だった。

茶色の短い髪で、どことなくクラリスに似ている。

商人風のきっちりした黒い服を着ているから、店員のようだ。

ただ、この時計店は店主の男性が一人で経営しているはずだったけれど。

「店主さんは？」

「今は外出で不在です。私は店主の娘ですから、代わりになんでも承りますよ」

「なるほど、ありがとうございます。……さて、フィリア様。さっそく見ていきましょうか」

フィリアが興味深そうに店内を見回していた。

置時計もいくつか置かれているが、この店が扱っているのは主に懐中時計だ。

だから、店内には懐中時計の部品が大量に並べられている。

「部品……ばっかりだね」

「完成品を買うわけではなくて、部品を選んで、組み立てを店にお願いするんですよ」

「へえ……こんなにたくさんあるなかから選ぶんだ」

「といっても、基本的に選ぶ部品は三つです。時計の外側を覆う外装、時計の動力機械のムーブメント、そして時間を示す文字盤です」

「どういうふうに選べばいいの？」

「まず、ムーブメントは内部にある小さなルビーやサファイアの石が大事な役割を果たしていて、多ければ多いほど性能が上がって正確な時間を示します」

「ということはできるだけたくさん石が入っているのを選べばいいの？」

「そうなんですが、そこは予算との相談ですね。普通は十七個もあれば、普段使いするぶんには困りません。あとは、性能とは関係ないですけど、表面の地板の模様が綺麗なものを選ぶと良いでしょうね」

フィリアはうなずくと、店内に並べられたムーブメントを見て回っていた。時計の中身であるムーブメントは、歯車と金属と宝石で複雑に構成されていて、ある種の機能美がある。

やがてフィリアも同じように感じたのか、「カッコいい」とつぶやいていた。

「これが良い気がする」

フィリアは一つの機械を選んだ。

表面の銀色の金属に波状の美しい模様が入っている。

製造元も、俺が冒険者時代に聞いた限り、定評のある機械工場のものだ。

大きな問題はなさそうだ。

次に俺たちは文字盤を選んだ。

「単純にデザインで選べばいいと思うので、あとはクラリスさんの好み次第ですね」

「うーん、クラリスさん、クラリスが好きそうなもの……」

「クラリスさん、たしか意外と青系のカッコよさそうな配色のものが好きみたいですよね」

「あ、そうだったかも。ソロン、クラリスのこと、よく見てるんだ」

「そうですか？　たまたま気付いただけですよ」

人の好みを察知したり、相手の感情を把握したり、というのは俺が無意識でやってしまうことだった。

それはたぶん、俺がもともと貴族の使用人で、そうすることが求められてきたからだ。

冒険者になってからも、俺は抜群の能力がない代わりに、観察力で不足を補った。

もし俺が貴族の生まれで、そして、魔術師としても天才的な才能を持っていれば、俺は細かいことに気づかない性格になっていただろう。

つまり、俺が二流だから、ということだ。

フィリアは俺の助言どおりに文字盤を選び、青に輝く地に、白い文字が描かれたものを手にとった。

俺も文句なく賛同する。

最後に外装を選ぶことになる。

「クラリスさんはよく持ち運ぶでしょうから、金属製の蓋が付いたものが良さそうですね。でないと、表面に傷がついてしまいますから。後はデザインですが……」

「見て！　ソロン！　これ、すっごく綺麗じゃない？」

フィリアが指さしたのは、黄金色に輝く外装だった。店内の窓から差し込む日光を跳ね返し、綺麗な色合いを見せている。

単に黄金の美しさだけでなく、流れるような複雑な模様も印象的だった。

たしかに良品だと思う。

この外装を使った懐中時計を持っていれば、かなり目を引くに違いない。

けれど――。

店員の少女が苦笑しながら、声をかけてきた。

「それはうちの店にあるもののなかで最高級品なんです」

「金無垢、だよね」

俺の言葉に、少女はうなずいた。

「よくご存知で。純度の高い本物の金を使った外装です。それも年代物で、伝説的な職人の手による装飾が施されています。これを身に着けるとなると、公爵家のご令嬢か、いえ、皇女様になるでしょうね」

その皇女様が目の前にいるのだけれど、少女は思いも寄らないだろう。

とはいえ、俺たちが選ぶべきでないこともたしかだ。

「買うお金がないということもありますが、これはクラリスさんが身に着けると目立ちすぎてしまいます。お姫様向けなんですよ」

「そっか……そうだよね」

フィリアは小さくうなずいた。

いくら仲が良くても、フィリアとクラリスのあいだには厳然とした身分の差がある。

クラリスは平民のメイドで、あまり高級品を身に着けているわけにはいかない。

それは俺も同じだ。

俺は平民出身の平凡な男にすぎない。

「代わりと言ってはなんですが、こういうのはどうでしょう？」

俺がフィリアに見せたのは、銀色の光沢を持つ外装だった。

そして、蓋の中央には小さな宝石がはめられている。

フィリアがぱっと顔を輝かせ、そして、宝石を陽の光に透かした。

翡翠色の宝石が光り輝く。それほど高価な宝石ではないが、美しさという点で劣るわけではない。

「綺麗だね！」

「これなら目立ちすぎることもないですし、クラリスさんにも似合うと思うんです」

「うん！　これにしよう！」

「本当にいいですか？」

「わたしも気に入ったし、それにソロンが選んだものだから、きっとクラリスも気に入るよ」

ということで、俺たちは選んだ三つの部品を店員に預けて組み立ててもらうことにした。

その前に支払いがある。

時計の値段を聞いて、フィリアはほっと安心したような顔をした。

フィリアの予算の範囲内で、ちゃんと支払える金額だったからだろう。

まあ、そうなるように俺が計算していたのだが。

俺は一歩引いた位置から、フィリアが金を払うのを見守っていた。

支払いを終えた後、フィリアは店内をきょろきょろと見回し、それから歩き始めた。

フィリアは時計店に限らず、帝都の店にはほとんど来たことがないし、何を見ても興味深いんだろう。

店員はさっそく組み立てに取りかかっていた。

フィリアがだいぶ離れた位置に行った後、彼女は顔を上げた。

「お客さん……」

「どうしました？」

「組み立てる職人が、こんな若い女の子で不安になりませんか？」

「特に気になりませんよ。この店の店主はいい腕をした職人だと聞いていますし、その店主が店を任せているなら、技量も確かなものなのでしょう。その歳で店の留守を任されるなんて、すごいなとは思いますが」

店員の少女ははにかんだような笑顔を見せた。

「わたしなんて、まだまだです。わたしは、一流の時計職人になりたいんです」

「それは素晴らしいことですね」

本心から俺は言った。

きっとこの少女は、一流の職人になれるだろう。

自分の願いに忠実であるかぎり。

「……お客さんはあのお嬢様の執事さんですか？」

「執事というわけじゃないんですけどね。まあ、でも、家庭教師ですし、似たようなものかもしれません」

俺は考えた。

もともと俺は公爵家の執事の息子で、俺自身も執事になるはずだった。

今も、フィリアのほぼ執事みたいなものだ。

帝国最強の冒険者集団の一員というのは回り道で、結局、たどり着いたところは同じだったのかもしれない。

店員の少女は微笑んだ。

「あのお嬢様、あなたのことをすごく好きなんですね」

「そう見えますか？」

「はい。見ているだけで、幸せっていうのがわかります。時計を選んでいるときも、お客さんがお嬢様のことを考えているんだなっていうのが伝わってきました」

そうなんだろうか。

俺はフィリアの師匠で、フィリアを助け、育て、守る義務がある。単に義務だというだけでなく、フィリアの力に俺はなりたい。

だけど……。

「それにお客さん、時計のことも詳しいんですね」

「昔は本当に公爵令嬢の執事見習いだったので、こういう買い物に付き合うことも多かったですから」

だから、俺は割と色々な知識がある。

師匠のルーシィ先生の期待に応えるために、一通りの魔法も身に付けた。

ソフィアやクレオンと冒険者集団を作るためにも、俺は万能型でないといけなかった。特化型の二人を支えるには、冒険者に必要なスキルを万遍なく習得する必要があったし、索敵や交渉、資金調達といった雑務もうまくこなせるようになった。

俺は、幼馴染の公爵の娘や、ソフィアやクレオン、ルーシィ先生といった人たちの期待に応えてきた。

そして、今も師匠としてフィリアの望みを叶えている。

が……それで良いんだろうか？

夢で思い出したグレン学校長の言葉が浮かんでくる。

「一流の人間は自分のために生き、二流の人間は他人のために生きる」

そうグレンは言っていた。

仲間から追放されるとき、俺は何もかも中途半端だと言われたし、実際そのとおりだと思う。

俺には、他の誰にも負けないというものを持っていない。

二流の人間なんだ。

グレンに言わせれば、それは、俺が他人のために生きてきたから、ということになるだろう。

「あれ？」

店員の少女が不思議そうな声を上げた。

時計の蓋にある翡翠色の宝石。それがおかしな色に輝き出した。

赤く激しい光を宝石が放ち出したのだ。

俺はその石の正体に気づいた。

ただの宝石じゃない。魔石だ。

遺跡に落ちているもので、魔力が秘められている。

たいていのものは有用なものか無害なのだが、稀に魔力を暴走させるものがある。

「きゃあああああっ」

少女が光に包まれ、悲鳴を上げる。

俺はとっさに少女の前に進み出て、かばった。散乱する魔力のせいで皮膚が焼けるような感覚がする。

腰の宝剣を抜き放ち、俺は魔石にそっと当てた。

そして、剣に魔力を込める。

魔力の暴走を、同じ魔力で打ち消すのだ。

やがて魔石は力を失い、輝くのを止めた。

店員の少女はうろたえた様子で、俺を見つめた。

「すみません……お客さんに助けていただいてしまって……」

「気にしないでください。怪我は？」

ぶんぶんと少女は首を横に振った。

俺はほっとする。

「お客さん……魔術師だったんですね」

「二流ですけどね」

俺が笑ってそう言うと、少女は「そんなことないと思いますけど」とつぶやいた。

フィリアが俺に駆け寄ってきた。

「だ、大丈夫？　ソロン？」

「平気ですよ。魔石だというのを見落としていたのは俺の手落ちです。ですが、魔力を失ったこの宝石はもう暴走することはないでしょう」

「良かった……」

そうして、ふたたび店員の少女は時計の組み立てを始めた。

やがて時計は完成して、フィリアが笑顔で受け取っていた。

店員の少女も嬉しそうに笑う。

そして俺たちは店内を出た。

大通りを歩きながら、フィリアが俺を上目遣いに見上げる。

「ありがとう、ソロン。ソロンのおかげでクラリスもきっと喜ぶと思う！」

「そうだと良いのですが」

「ソロンって本当に何にでも詳しいんだね」

「時計の選び方は執事見習いだった頃に覚えたんです。実際に、昔仕えていた公爵家のお嬢様のために時計も選びましたし。だから、大したことじゃないんですよ」

「ふうん。そうかな」

「他人のために生きていたから、俺は器用貧乏なんです。時計の知識があっても、職人のように作ることができるわけありませんし。冒険者としても周りを助けることばかりで、一流にはなれませんでした」

俺はフィリアに、グレンの言葉を教えた。「一流の人間は自分のために生き、二流の人間は他人のために生きる」ということだ。

「だから、フィリア様は自分の本当の願いを見つけてください。俺みたいな器用貧乏の二流の人間になっちゃダメですよ」

「……でも、わたしはソロンみたいになりたいんだよ？」

「俺は……」

「ソロンは二流なんかじゃない。器用貧乏じゃなくて、万能なんだよ。本当に、ソロンは他人のためだけに生きてきたの？」

「どういう意味ですか？」

「公爵のお嬢様や、ソフィアさんやルーシィや、ペルセさんや騎士団の人たちのために何かをするのって、ソロンにとっては、ただの義務だったの？」

「それは……違いますね」

身分が違うのに、公爵家の人たちは俺を実の家族のように扱ってくれた。だから、俺は公爵や公爵の娘に恩返しがしたかったし、だから立派な執事になろうと思った。

魔法学校でも、ソフィアは俺にとても懐いてくれて嬉しかった。

ルーシィ先生は俺が期待に応えるたびに、顔を輝かせて喜んでくれたし、そんな彼女を見ることが楽しかった。

騎士団の仲間たちを助け、彼ら彼女らが活躍できるように環境を整えて、帝国最強の騎士団を作り上げていったときは、とても充実していたと思う。

フィリアが首をかしげる。

「そのグレンって人の言うことはおかしいよ。他人のために生きる、ということと、自分のために生きるってことが、どうして違うことでないといけないの？」

俺は目を見開いた。

そうか。

フィリアの言うとおりだ。

他人のため、が「自分のため」であってはいけないという理屈はない。

俺は公爵家の人たちのために、ソフィアのために、クレオンのために、ルーシィ先生のために、騎士団の仲間たちの力になりたかった。

それが俺の本当の願いだったのだ。

フィリアが青い綺麗な瞳で俺を見つめる。

「それに、ソロンはわたしにとって一流の師匠だよ？　ソロンみたいに、なんでもできる人にわたしはなりたいの」

俺は微笑み、フィリアの頭にぽんと手を乗せ、そして身をかがめて目線を合わせた。

フィリアが顔を赤くする。

「ありがとうございます。俺もフィリア様の師匠になれて、本当に良かったと思います」

「本当に？　もしソロンがわたしのために、本当の願いを犠牲にしているなら……」

「今の俺の願いは、フィリア様の成長を見届けることですよ」

その言葉を聞いて、フィリアはぱっと顔を輝かせ、嬉しそうに笑った。

「せっかく帝都まで来たのだから、どこかお店に寄って行きますか？」

「うん！　本屋さんも行ってみたいし、お菓子屋さんも……。あと、ペルセさんのお店も久しぶりに見てみたいな」

「じゃあ、全部行きましょう！」

俺の言葉にフィリアは勢いよくうなずいた。

†

そして、俺たちは夕方になって屋敷に戻った。

ここがフィリアの、そして俺の居場所なのだ。

フィリアは早速クラリスに銀時計を渡そうと、屋敷の階段を跳ねるように上がっていった。

銀時計の蓋の裏には「親愛なるクラリスのために。フィリアより」と刻まれていた。

あとがき

以下はネタバレを含まない、執筆の裏話です。

もともとこの『追放された万能魔法剣士は、皇女殿下の師匠となる』という作品は、二〇一八年の冬ぐらいに原型を考えていたものでした。

当時のメモや書き出しを見ると、メインヒロインはフィリアのままなのですが、皇女ではなく、ソロンの幼なじみの聖女だったりします。完全にソフィアのポジションですね。

しかも、内容は、腐敗した帝国に対して、ソロンとフィリアの二人が反乱を起こすという戦記物だったようです。もはや原型をとどめていないのですが、「ソロン、わたしに勝利を！」というフィリアの台詞は戦記小説だった名残です。

クレオンは完全な敵役で、この二巻に登場するガレルスみたいな性格でした。主人公の師匠は年配の男性で、しかもラスボスになるはずだったのですが、「ヒロインを増やしたい！」と思った結果、現在のルーシィが生まれています。

また、当時はロシア革命に関する本をたまたま読んでいたため、その要素が一部に反映されています。

例えば、中盤で登場するウィッテは実在の首相の名前から取っていて、帝国軍が魔法攻撃で市民を虐殺したという過去の事件は、一九〇五年の血の日曜日事件がモデルとなっています。そして、トラキア帝国とアレマニア・ファーレン共和国のあいだで行われている大共和戦争は、第一次世界大戦ということになります。

他にもいくつか小ネタが仕込まれているので、気になった方は探してみていただけると嬉しいです。

最後になりましたが、二巻も魅力的なイラストを描いていただいたＣＯＭＴＡ様、ありがとうございました！　フローラたち新キャラクターを絵で見ることができて、大変嬉しく思います。巻末収録されているコミカライズをご担当いただいた鳴原　千様、ソロンやクラリスたちを生き生きと描いていただきありがとうございます！

二巻もお世話になった編集のＦ様、ありがとうございました！　また、関わっていただいた方々にも深く感謝いたします。

そして、今巻もお読みいただいた皆様、ありがとうございました。コミカライズも、ぜひよろしくお願いいいたします！

◆フローラ◆

{flora}

「……そうですね。
先輩はそういう人
でした」

性別◆♀

年齢◆17歳

◆職業◆

クレオン救国騎士団
(旧聖ソフィア騎士団)の
占星術師。

◆ソフィア◆
{sofia}

「わたし、ソロンくんがいないとダメだもん」

性別◆♀

年齢◆17歳

◆職業◆
元聖ソフィア騎士団団長。
聖女。

◆クレオン◆

{creon}

「昔の僕は弱かったからな。だけど今は僕のほうがソロンより優れた冒険者だ」

性別◆♂

年齢◆21歳

◆職業◆

クレオン救国騎士団（旧聖ソフィア騎士団）の団長。聖騎士。

◆ アルテ ◆
{arte}
「人間でも悪魔でも、
与えられた力と才能を
正しく使って、その
役目を果たすことこそが
幸せなんです」
性別◆♀
年齢◆17歳
◆職業◆
クレオン救国騎士団
(旧聖ソフィア騎士団)の
女賢者。

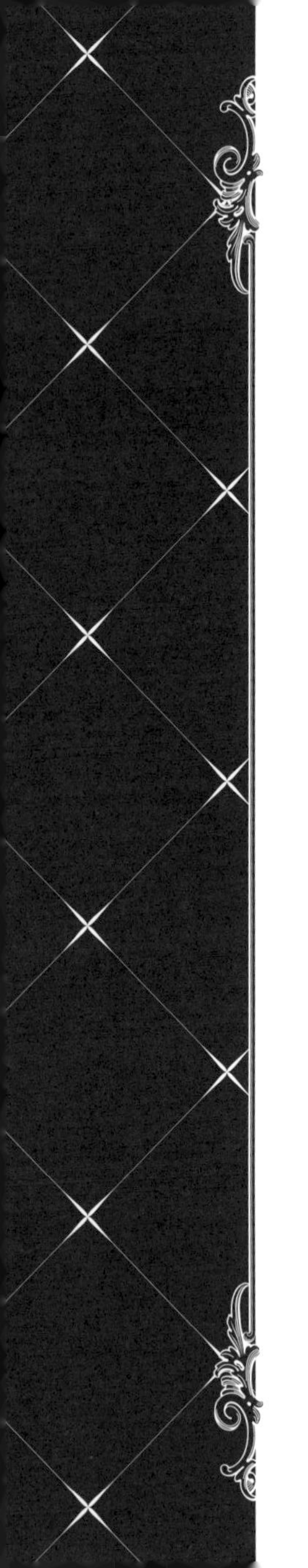
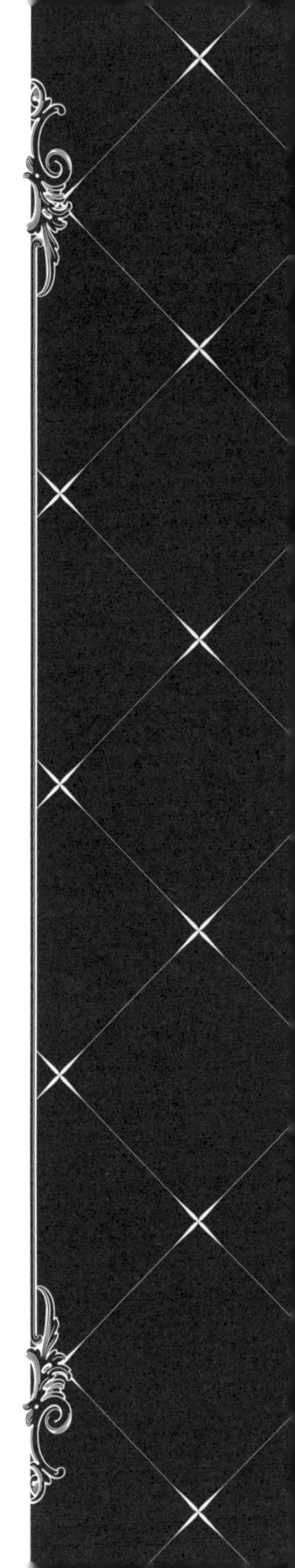

コミカライズ試し読み

漫画　鳴原千
原作　軽井広
キャラクター原案　COMTA

TSUIHOU SARETA BANNOU
MAHOUKENSHI HA
KOUJYODENKA NO SHISHOU
TO NARU

トラキア帝国
東方

…悪いけど
君は追放だ
ソロン
……へ？

……それは
俺はクビってことでいいのかな？クレオン
そういうことだ
副団長は解任
団員の身分も剥奪する
…理由を言ったほうがいいか？
へえ
教えてくれるのかさすが聖騎士様親切だね
…あのですね！

追放の理由なんて
ソロン先輩が役立たずだからに決まってるでしょう？
…役立たず？
でも俺は…
たしかにあなたは魔法剣士だから剣も攻撃魔法もそこそこできます
一応盾で敵の攻撃を受けられるし回復魔法もちょっとは使えます
……けど すべてが中途半端なんですよ先輩は

盾役なら
ガルルスが適任
剣術は聖剣使いの
クレオン先輩
攻撃魔法だって
あたしのほうが
ずっと上です

回復魔法は我らが
団長 ソフィア様が
いらっしゃいます
……

…そういえば
ソフィアは
どこに？

彼女は欠席だが
君の追放は
幹部全員で
決めたことだ
もちろん
彼女の同意も
得ている
へえ…
俺も幹部だった
はずだけど？

君はもう
幹部じゃない
……まだ
わからないのか？
足手まといは
いらないんだよ
…けど 騎士団を
ここまで大きく
したのは俺だよ
団員のスカウトや
資金調達…
攻略対象の遺跡調査や
作戦立案だって
俺がやってきた
そう
だろう？
ソロンの貢献には
感謝している
けれど 僕たちは
君を必要ないと
判断した

…追い出されるのは
別に良い…けど…

ひと言
相談してくれても
良かったじゃないか

……
ガタン

ガチャッ

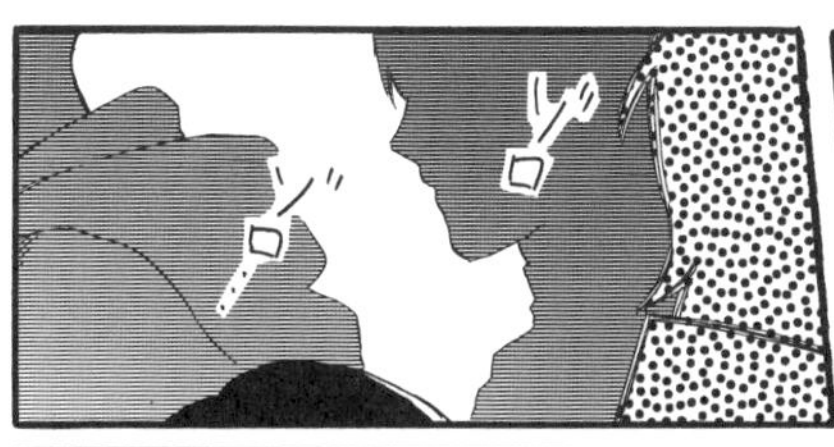

さようなら
ソロン先輩

パタン

……
荷物をまとめて
すぐ発ってくれ

スッ
!?

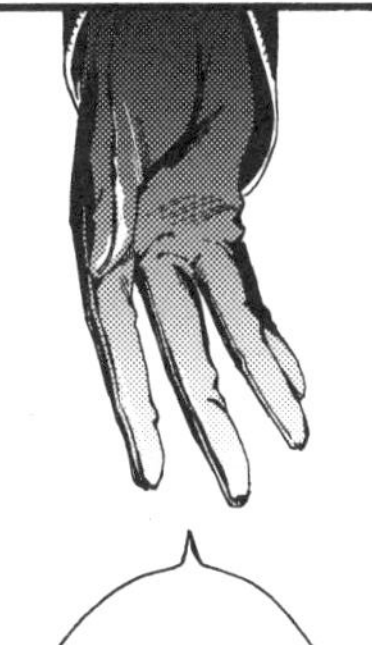
別れの
握手だよ

もう君とは
仲間じゃ…
なら
言い方を
変えよう
魔法学校
からの
長い付き合い
だろ?

最後ぐらい
友好的に
別れようよ
…君は
変わらないな

ぐっ
そういうおまえは
強くなったな
クレオン
…昔の僕は
弱かったからな

でも今は
違うだろ
それは国民
全員が知ってる

ソフィアが君の
追放に賛成したのは
君のためだ

それじゃ
そろそろ…
ソロン

…え？

これから僕たちは
もっと攻略難度の
高い地下遺跡に挑む
ことになる
彼女は
君の負傷や死亡を
心配したんだ

騎士団のことは
心配いらない
ソフィアの
ことも
これからは
君ではなく
僕が公私ともに
支えていく

公私ともに…？
それって…

僕とソフィアは婚約した

………

…騎士団内部では少し前からふたりの噂がささやかれていた
けどふたりとは長い仲だ

俺にだけはちゃんと話してくれると思っていたのに…
…つまり俺はいつでも除け者にされていたということか

……そうか
おめでとう
騎士団を作る？
そう！
卒業したら騎士団を立ち上げたいんだ
それ わたしとクレオンくんも入って良いの？
もちろん！

ソフィアには
回復役を
任せたいんだ
まかせて！
クレオンは
騎士を目指すん
だったよね？
そうだけど
僕 弱いし…
大丈夫！
ふたりのことは
俺が魔法剣で
支援するから！
……うん
それなら…
ニコッ
決まり
だな！
俺たち3人が
騎士団最初の
メンバーだ！

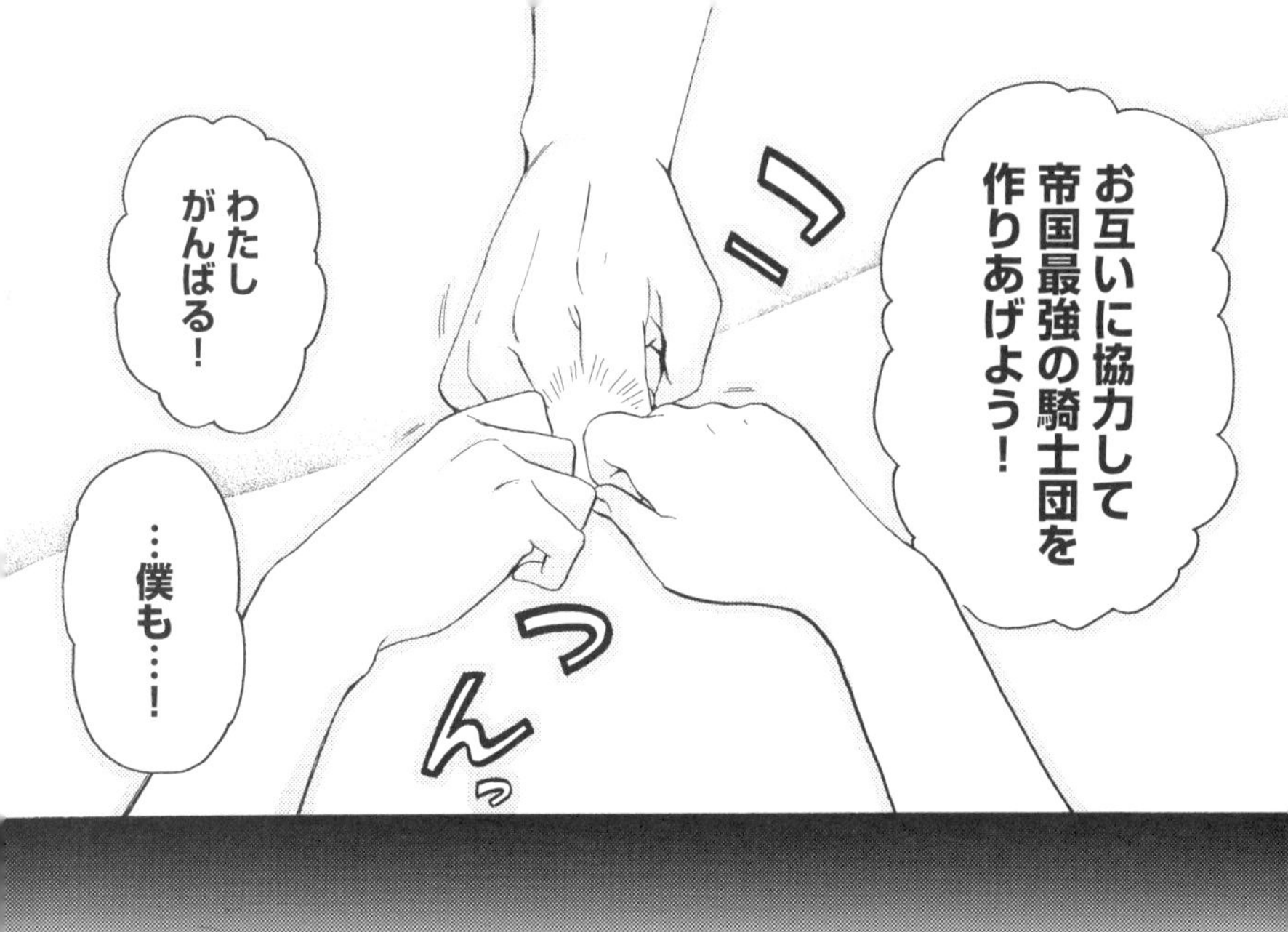
お互いに協力して
帝国最強の騎士団を
作りあげよう！
わたし
がんばる！
…僕も…！
こつんっ

ガラ
ガラ
ガラ
ガラ

ガラ
ガラ
ガラ

ぱち

…あー…
うとうとしてた…
んー
帝都には
あと何日で…

ちらっ
ちらっ
……？
…あの
何か気になりますか？
あっ
ギクッ
す
すみません
じろじろ見たりして…！
はわ〜〜っ
それは別に構いませんが
ずいぶん身なりがいいな
えっと
あたし
クラリスっていいます
皇宮でメイドをやっていて…
怪しい者じゃありませんよ！